# 望乡书

雪野 著

山东文艺出版社

# 目录

自序 …………………………… 1

第一章　西王善 …………………… 1
第二章　入学记 …………………… 75
第三章　吐丝口 …………………… 85
第四章　亲亲土地 ………………… 125
第五章　童年乐事 ………………… 163
第六章　山野奇闻 ………………… 195
第七章　盼年节 …………………… 221
第八章　所谓伊人 ………………… 249
第九章　亲人们 …………………… 261
第十章　乡关何处 ………………… 313

手写故乡的人………………………迟子建 /321

# 自　序

这本书的写作，缘于我的阅读经历。

近年来，我陆续阅读了一批乡土文学作品，如韩少功的《山南水北》、梁鸿的《中国在梁庄》、刘亮程的《一个人的村庄》、龚曙光的《日子疯长》、漆永祥的《依稀识得故乡痕》等。这些作品深深地打动了我，这既包括作者对乡土中国的怀恋、对农民命运的关切，还包括一种批判性的回望和审视。他们都生于农村长于农村，后来在城市工作生活，身经世事沉浮，开始回望故土，这种复杂浓郁的感情，深深地影响着我。

其实，我在选择这些书来读的时候，就表明了我的一种态度。现在人们的生活节奏很快，自由支配的时间有限，读书变得非常奢侈，可就在这样的日常环境下，我依然如饥似渴地在阅读，尤其喜欢读关于农村和农民的文学作品。作为一个在农村长大的人，我想通过这些作品，了解中国农村的过去、现在和未来，了解知识分子群体如何看待自己的故乡，以及自身的成长与故乡之间的关系，这也是我一直在思考的问题。我固执地认为，一个知识分子不关心农村，就不了解真实的中国；一个知识分子不关注农民，就不了解真正的中国人。

随着阅读的深入，我开始移情到自己的故乡，开始怀念那个位于齐鲁腹地的小村庄。童年时经历的人与事，在脑海中像放电影一样，一幕幕逐渐清晰起来。这让我很兴奋，有了一种倾诉的欲望，于是毫不犹豫地拿起笔来，陆陆续续写下了这些文字，便有了这本书。

这是一本写给自己、写给女儿、写给故乡的书。

说写给自己，是因为这是记录自己生命历程最真实的文字。我从十八岁开始写日记，直到今天没有间断，但十八岁之前的生活，只有一些零散的碎片储存在记忆深处。通过这次写作，我系统调动了脑海中关于故乡的全部感情和记忆。我把这些回忆用文字呈现出来，和我十八岁之后的日记形成了一个密切联系的文字整体。于我而言，既有了三十多年来鲜活的情感充沛的生命体验，又在纸页上用文字记录的方式进行了长久的固化，这是两全其美的事。文字虽然有可能遗漏一些生命细节，也会让火热的生活变得冷静又充满逻辑性，但总比日子久了遗忘了要好得多。

说写给女儿，是想让她知道，爸爸有过和她完全不一样的童年。我小时候，有一群天真烂漫的玩伴，出门就是清澈的河水、如黛的山峦、成片的碧绿的麦田，还有那些不知名的各种花鸟鱼虫，都给我带来了无限欢乐，我的整个身心都融入了大自然，无拘无束，畅快自如，这才是真正顺应天性的童年。而我的女儿，她出生在高楼林立的城市里，她的童年只有冰冷的塑料玩具，只有几个若即若离的幼儿园同学,只有上不完的辅导班。她被包裹在钢筋水泥里,包裹在汽车尾气里,包裹在淡漠的人际关系里。在我眼中,她的童年是悲哀的,但她自己体会不到。我能做的,就是尽量多带她到大自然中走走看看,呼吸一些田野的新鲜空气。我想把自己的童年记录下来,等女儿能够读懂的时候,如果有兴趣,就读来看看,让她知道,爸爸的童年是怎么度过的;让她知道,中国社会还有更广阔的另一面,人类只是天地中的一小部分,她所看到的,她所经历的,只是一个小小的侧面而已。

说写给故乡,是说这是一个从这里出生、成长的人,一个游子,送给故乡的一份精神礼物。故乡的发展日新月异,物质生活在变,人心也在变,许多年以后,生我养我的那个小村庄可能就消失了,我用自己手中的笔,给她做了一个不完美的记录,做了一个时光的切片。这种书写,从未来看,也许是一件有意义的事情。我想,我笔下的人和事虽然极具个体性和特殊性,深深地打着属于我的那个时代、那个地方、那个家庭的烙印,但同时,也具有一定的普遍性。我所记录的二十世纪八九十年代老家的状况,可能代表了大部分中国农村当年的状况;我所记录的自己的成长经历,也能代表大部分"80后"农村少年的心路历程。从这两点来说,或许具有一定的标本意义和研究价值。

在这本书中,我并没有过多地描写农村的贫穷和落后,也没有过多地描写农民的愚昧和苦难,虽然其中也有悲惨的事情,也有批判的成分,但总的来说,还是一个乐观向上的乡村少年,在讲述他经历的五彩缤纷的童年往事,在怀念那弥漫在山野中的风土人情。当然,我的这些讲述,肯定还有很多没有表达到位。那种对故乡深沉的爱，那种带有思辨性的回望和忧虑，有时候是无法完全用文字表达清楚的，人的思想和感情一旦诉诸文字，总会产生或多或少的距离和错位，这是必然，任何人都不可避免。对于我而言，努力生活过了，爱过了，表达过了，也就够了。

这本书的写作过程是比较顺畅的，因为是内心情感的自然流淌，所以并没有遣词之苦、滞涩之累。如果说此书有什么优点的话，我认为最大的优点就是真诚，就是勇于直面过去的一切。为了防止这次写作流于平滑，也为了给自己一次尝试的机会，我用手写的方式完成了全部写作，密密麻麻地写满了两个厚厚的大本子。我写得很慢，一笔一画，但心里觉得很踏实。写故乡，最宜用这种古朴且极富深情的方式来书写。

写完初稿后，我征求了几位亲友的意见，同时还给我喜欢的著名作家迟子建老师寄了一份，想请她为小书写一篇序言。迟老师在百忙之中用三个晚上认真阅读了全稿，并写了一篇两千多字的文章肯定我的创作，这给了我很大的精神鼓励。但迟老师特别谦虚，希望将她的文章放在书后作为读后感。这样一来，我只能将自己写好的后记放到书前，改为自序。同时，将迟老师的文字印在书后，算是对这份情谊最好的纪念。我想，如果我的文字没有多少价值，有迟老师这篇文章压轴，也算对得起读者诸君了。同时还要感谢 88 岁高龄的老作家周明先生和最年轻的茅盾文学奖得主徐则臣先生为本书撰写推荐语，著名作家贾平凹先生为本书题签，这给我这个刚刚起步的创作者带来了莫大的温暖。

在这本书即将出版的时候，我决定署笔名。对于写作者来说，有一个专门发表文章用的笔名，是一件很神圣的事。笔名的选取，定然要体现一些个人特征在里面,比如与自己的本名谐音,与自己的故乡关联,与自己的经历挂钩等,不一而足。此时,我想到了之前在《北京文学》《新文学史料》等刊物发表文章时用过的一个笔名——雪野。我的故乡莱芜有个很大的湖,唤作雪野湖,著名作家汪曾祺当年还专门去那里吃过鱼,以此湖名作为笔名,既有个人的地理标识,又充满了对故乡的怀恋之情。另一个重要的原因,是我特别喜欢"雪野"这种意境:大雪覆盖的原野,白茫茫一片,开阔、干净、安静,冲洗了一切破旧与丑陋,整个世界都静谧了,能让人体味到生命最深处的东西。小时候,奶奶家屋后就是一眼望不到边的田野,大雪过后,就是这个样子。我也考虑过是否存在重名的现象,上网一查,果然有位儿童文学作家也叫"雪野"。我曾想过是否再另起一个稀奇古怪的名字避免重复,但又想到中国何其大,人口何其多,起什么名字都有可能重复,也就释然了,只要有自己内心的理解和认同即可,毕竟只是个符号。

此书定稿后,一次偶然的机缘,我认识了山东文艺出版社社长李运才先生。当他听说我手头有一部关于故乡和童年的书稿时,表示很感兴趣,说写家乡的书,一定要交给家乡的出版社来出版,这才有意义。我几乎没有考虑,便同意了李社长的建议。写山东农村生活的书,放在山东文艺出版社来出版,这真是天作之合,没有比这更完美的事情了,感谢李社长的鼓励和肯定。在书稿编辑的过程中,吕月兰老师兢兢业业、辛勤付出,跟我探讨诸多细节,令我深深为之感动。

书稿付梓,思绪万千。可以想见,再过许多年,我的故乡就会成为城市的一部分,"西王善"这个村子就消失不见了,当年的人和事,也随风远去,杳无影踪。用历史的眼光看,这只是时间长河中的一瞬,可对于某一代人而言,这就是生命的永恒。

　　故乡于我,终会成为遥远的梦,我用手中的笔,努力描绘出这亲切的梦境,不想遗漏任何重要的细节,等到老得只剩下回忆的时候,还可以重回这梦里去,回到故乡的怀抱,母亲的怀抱。

作者于庚子初秋

· 第一章 ·

# 西王善

西王善这个小村庄，是我生于斯长于斯的地方，关于她的记忆，丰富、杂乱、深刻，充满了甜蜜与忧伤。那里的河流、小桥、杏花，那里的人与事，是这个世界呈现给我的第一道风景。

# 西王善

西王善是个村庄，她位于齐鲁腹地，准确地说，在济南市莱芜区张家洼街道。小村面积不大，记忆中总共有一百多户人家，四百多口人。我在这里出生，在这里长大。村中有一条四五米宽的小河，自东北向西南流去，将村子分为河东河西两个区域，河上有座百年石桥，将村子连接起来。村西有一条大道，连接莱芜城区和北部商贸重镇口镇，车马喧嚣，往来繁华。

我曾专门查考村名的来历，说"西王善"，还得从邻村"东王善"说起。东王善位于我们村东一公里处，是个很大的村庄。据说明洪武年间，李姓由山西冀州迁此定居。村南有一寺庙名为王神寺，早年有几间大殿，供奉许多佛像，还有诵经的和尚，历史上东王善曾以该寺名村。村中有一王氏为人善良，乐于布施，深得乡民敬重，人称"王善人"。她去世后村庄遂更名为"大王善"，后来我们村始有人口迁入，因与"大王善"相邻，故称"小王善"。再后来，根据地理位置，"大王善"改为"东王善"，我们村在

// 西王善村街景 //

东王善西边,所以就叫"西王善",一直跟着邻村的名字走。清康熙年间所编《莱芜县志》,已有"东王善"和"西王善"的记载。

西王善人口以吕姓和李姓居多,吕姓聚居在河西,李姓聚居在河东,另外还有孙、亓、任、张、王等几个人口不多的姓氏。村西那条官道,是贯穿莱芜南北的一条交通要道。早年间,有些村民用手推车搞短途运输挣点钱,所以老家流传着"崔家庄,编席篓;西王善,推脚手"的顺口溜。村北、村东、村南都是大片的良田,分给各家各户耕种。

河东有一棵老槐树,据说树龄已有五六百年,需要两个大人联手才能将它围拢。树干已经空了,可以藏进去两个小孩。老树生命力很强,每年夏天,树冠依然枝繁叶茂。有一些本村和邻村的村民,将红绸带缠绕在枝头上许愿祈福,增添了它的神秘色彩。树下原有一关帝庙,二十世纪六七十年代被毁。

# 吕 氏

据家谱记载,莱芜吕姓始祖是姜太公吕尚。吕尚的八十七世孙吕信复,元末从河南新安避乱迁至山东登州,明洪武三年(1370)又迁至莱芜南宫村,这算是吕姓到莱芜的一世祖。信复公之子二世祖吕直兴于明永乐元年(1403)迁至芹村,生子六人,分为六门,我们村这一支是三门的后代。

吕氏在莱芜是大姓,几百年来文脉兴旺,许多先辈读书人推动了莱芜文化教育事业的发展,这以芹村吕氏为代表。咸丰五年(1855)中举的吕传诰,字星使,号蕉雨,曾任济宁州学正。他博学多才,在老家开办蕉雨山房私塾,倡议集资修建官学汶源书院,并在书院讲学,培养了很多科举人才。清宣统《莱芜县志》载,"邑中文教不振者几三四十年,传诰倡修书院,主讲其中。自是,科名鼎盛";民国《续修莱芜县志》上称赞他说,"吾莱纯朴之风、诗书之泽,至今未湮者,渊源一本先生"。他去世后,清廷封其为通议大夫。莱芜博物馆现存有《蕉雨先生芹村消夏图》一卷。

// 西王善村吕氏族碑 //

从吕传诰开始，家族里就陆续有科举中第的人，其子吕宪瑞为同治元年（1862）进士，侄子吕宪春为咸丰五年（1855）举人，吕宪和为咸丰九年（1859）举人，吕宪秋为同治元年（1862）举人。一时间，吕氏成为名门望族，人称"官字号""举人街"。

吕宪瑞（1833—1897），字辑堂，号芝岩，曾在湖北、河南等七县任知县，后任礼部主事、许州直隶州知州，钦加三品衔。他为官三十五载，在任期间勤心为民、清廉自守，去苛政、减赋税、办义塾，民间流传着他的许多故事。他去世后，刑部主事孙葆田为其撰写墓志，协办大学士、礼部尚书徐郙为其书写墓志铭，有遗稿《菊花诗》一卷存世。

西王善这支吕姓，是十一世祖吕大声、吕大仕兄弟二人于清顺治十一年（1654）从芹村迁来，此后在这个村子生息繁衍、耕读传家，到我这一辈，已是二十二世。在这期间，也出现了富甲一方的乡绅、饱读诗书的秀才和抗战牺牲的烈士。村北吕氏墓园前，修建有万世阁，院内泰山石上刻有"行善必昌"四个大字，高高的吕氏族碑矗立院中，记载着莱芜吕氏的由来。族碑后面的谱碑上，记录着各代吕氏族人的姓名。

我父亲这一辈，大部分还都生活在西王善村，从事着农、工、商等各种普通职业，生活范围很小，很少走出莱芜。到了我这一辈，许多堂兄弟都通过读书改变了命运，考上了硕士、博士，走出了这个小村庄，在北京、重庆等大城市安家立业，只有到了春节，才会从天南地北回到这个叫作故乡的地方，享受浓郁的年味和久违的乡情。

# 老　屋

我说的老屋,是爷爷奶奶的家。

这处院落位于村子中间,在那条穿村而过的河流西岸,共有六间北屋,爷爷奶奶住在西边三间,叔叔婶子住在东边三间。爷爷奶奶的房子是土坯房,茅草顶,房门和窗户上都有雕花木饰。据说这座房子建于清末,已有一百多年历史了,后来爷爷奶奶翻新过。我家有一幅老照片,是我的曾祖父和高祖父的合影,时间约在二十世纪二十年代,背景就是这座老房子的窗台。他们身穿长衫和圆口布鞋,外着对襟短袄,高祖父端坐于太师椅上,姿态俨然,曾祖父侍立一侧,可能对照相一事还不熟悉,神情略显紧张,二人中间的圆桌上有一个茶壶和一对茶碗,还有两盆夹竹桃和两盆金钱莲点缀其间,看上去是普通的乡绅之家。

在我的记忆里,这个院子很老,也很大。

说它老,是因为经历了一个多世纪的岁月风尘。我小的时候,院子的大门是用竹片做的篱笆门,周围的院墙也是土坯墙,几十

// 高祖父（右）和曾祖父 //

年风吹雨打,刷的白墙皮已经基本掉光了,露出了泥土和麦秸。一进院门,有一棵老白杨树,两个大人才能合抱过来。它静静地立在那里近百年,见证了这个院子的人事代谢、荣辱兴衰。我的高祖父、高祖母、曾祖父和三叔,在这个老屋里相继去世,他们我都没有见过。自从我记事起,在这个院子里送走了我的曾祖母、爷爷和二叔。这三次丧事,我都有着深刻的记忆。

当然,除了丧事,还有喜事。记得是1994年秋天,小姑出嫁,那年我九岁。当天夜里,这个老院子里特别热闹,亲戚朋友都聚拢在这个古老的院落里,看爷爷奶奶把最小的女儿嫁出去。那时候农村刚兴起用面包车娶新娘,爷爷提前找好了车,把陪嫁的东西装到车上。按照习俗,车头需要贴上大红囍字。当时我的曾叔祖父还健在,大约七十多岁,是家族中辈分最大的人。他当了一辈子教师,书法也好,给孙女写红红的囍字,他是最佳人选。月夜之下,奶奶在院子里摆下一张八仙桌,幼小的我和爷爷一起摁着大红纸,曾叔祖父拿起粗粗的毛笔,饱蘸浓墨,连续写了好几张囍字,挑了最满意的一张,贴在了那辆送亲的面包车车头上,其他的囍字分别贴在了院墙上和屋里。那天晚上很热闹,每个人都喜气洋洋、笑语不断,最重要的是,我口袋里还收获了许多喜糖,这是一个儿童对婚事的最初印象。

说它大,是因为对一个孩子来说,这个二百多平方米的院子,每个角落都有许多奥秘,承载着童年的欢乐。院子中间有一条青石板路,从大门延伸到屋门,路上长满了青苔。石板路东侧的那片地,爷爷奶奶有时候种菜,有时候种花。种菜,主要是白菜、菠菜、萝卜、大葱等家常青菜。关于种花,那是有故事的。

有一年，一个亲戚送给奶奶几个"大烟葫芦"，后来我知道那是罂粟壳。亲戚说，煮鸡炖肉的时候，放进去一个，味道特别香。奶奶试了试，果然味道鲜美，于是把剩下的两个罂粟壳打开，将里面的种子全部撒在了地里。到了第二年，长出了几十株罂粟，花儿开放的时候特别艳丽。当时村民们大都不认识这种花，奶奶也只当是一味食物作料，和葱姜蒜没什么区别，并不知道种这个违法。后来，爷爷的一个同事到家里来玩，看到之后很惊讶，告诉奶奶这是罂粟花，能提炼毒品，种这个犯法，奶奶这才知道事情的严重性，于是收了当年的罂粟壳晒干以后，就把罂粟全部拔掉了。

1999年，是新中国成立五十周年，那年爷爷奶奶提前嗅到了商机，知道每逢重要节庆，各个乡镇政府、村委会、学校门前，都会用鲜花摆一些造型。爷爷提前联系了他的朋友，和一家单位签订了鲜花销售合同，然后在院子东侧的地里种满了"一串红"，成苗后移植于花盆中，大约一千盆。到了国庆节前夕，这些花全部售出了，爷爷奶奶小赚了一笔。

院子西侧有一棵大枣树，东墙外还有两棵小枣树，一到秋天，红红的枣挂满枝头，让孩子们垂涎欲滴。我最喜欢吃的枣，不是用竹竿打下来的鲜枣，而是奶奶做的醉枣。做醉枣最好是从树上直接摘，保持表皮的完整，掉在地上的容易烂。先把红枣用水洗净，晾干，然后蘸上白酒反复搓，等红枣的表面都搓匀了白酒，就把枣放进玻璃瓶中密封，到过年的时候再打开吃。奶奶每年都会做几罐醉枣，开封的时候，整个院子里散发着一股酒香，枣的表皮比刚摘下来的时候还新鲜饱满，吃进嘴里甜甜的，果肉很柔软，这是我小时候最爱的零食。

  院子中间有一口老井,约有五六米深,蓄水一米多。从我记事起,爷爷奶奶就喝这口井里的水,每天把带铁钩子的绳索拴在水桶上,打五六桶水倒进屋里的大水缸烧着喝,再打几桶放在天井,用来洗衣服、洗菜。打水需要技巧,将井绳左右晃几下,突然用力一个倒扣,水桶就装满了水。不熟练的人,一不小心就会将水桶掉在井里,花半天时间才能捞上来。夏天的时候,我和伙伴们在外面疯玩上半天,回到奶奶家,用葫芦做的舀子舀一瓢爷爷刚从井里打上来的水,一口气喝下,真是透心凉,凉中还带着甘甜。那时候,农村的孩子都是直接喝井里的水,没有听说谁家的小孩因此受凉而肚子疼。那时候还没有冰箱,夏天爷爷买了西瓜,会将瓜放在水桶里,然后沉到井水里冰一冰,几个小时后拿上来切开,就是凉爽甘甜的冰镇西瓜了。

  当年的老屋,因为周围墙角堆放了很多烧火做饭用的柴火,就有一些蛇和刺猬在里面生活。有时候奶奶做饭前,去东墙外抱一捆干柴,就会掉出一条小蛇来。印象最深的是,东边叔叔住的那三间房,在翻新之前,石头地基里有许多小蛇。春日惊蛰过后,早上太阳出来,爷爷会拿着马扎,带我到东墙外看蛇晒太阳。我和爷爷坐在那里,看到房屋地基的石头缝隙里,不时会有小蛇露出头来,吐着芯子,有灰色的、绿色的、黄色的,都不大,也没有毒性。它们也不怕人,经过了几个月的冬眠,都出来见见阳光,伸伸懒腰。奇怪的是,虽然地基里住着成群的小蛇,但叔叔的屋里面却从来没有见过蛇。叔和婶子睡在屋里,也不害怕屋底下的蛇群。蛇和人和平共处,相安无事。当时我和爷爷看蛇,也没觉得害怕；但现在回忆起来，却觉得瘆得头皮发麻。

有一年五月，叔叔的三间房屋要翻新了，先是扒了房子，又重新挖了地基。这时候，蛇都不见了。它们好像很有预见性，在人们没有注意的时候，已经将家搬到了更安全的地方。为什么我对这个时间记忆如此深刻呢？因为那时节，河两岸的老槐树上，开满了雪白的槐花，我和弟弟爬上槐树，折下了很多槐花枝。我们俩藏在刚挖好的新房子的地槽里，大快朵颐。那是我吃过的最新鲜的槐花，那种味道又甜又清香，至今我还记得。

小时候，逢年过节，或者爷爷奶奶的生日，是这所老宅最有活力的时候，我家、叔叔家和大姑小姑家都聚齐了，有十四口人，非常热闹。家里的桌子小，吃饭需要分两桌，喝酒的男人们一桌，女人和孩子们一桌，菜也要全部炒两份。记得曾祖母九十大寿那年，邯郸大爷爷家，本村三爷爷家，抚顺大姑奶奶家，城东小姑奶奶家，大大小小几十口人，都聚集到这个老院子。屋里坐不开，只能坐在外面。凳子不够用，只能到邻居家去借。堂兄弟、堂姐妹们在老枣树下聊着家常，说着思念，那场面，就像大观园里贾母儿孙绕膝，其乐融融。

随着曾祖母和爷爷的去世，那种大家庭的繁华，好像一下子消散了，晚辈们有事就电话联系一下，平常聚得很少了。老人确实是维系着亲情的那根线，把子女们牢牢拴在一起。一旦老人故去了，这根线也就断了，孩子们就像被吹散的蒲公英，哪里落脚哪里扎根，随着岁月的流逝，渐渐淡化了对老家的留恋，心里有一种莫名的失落感。

如今这所老宅里，只剩下了八十多岁的奶奶。我在北京安了家，

// 老屋的院子 //

一年只回去两次。每当推开院门,看到萧瑟的景象,心头总泛起许多悲凉:这还是我童年时那个充满欢乐的院落吗?还是爷爷和父亲几代人生活过的老屋吗?那条黄狗的吠声惊醒了我,看到满头白发的奶奶拄着拐杖打开了屋门,我才确信,这是我家的百年老屋。

今年春节回去,有位本家伯父,指着院子里那两棵银杏树告诉我说:"你爷爷当年栽下的这两棵银杏,现在是村里最老的银杏树了。爷爷栽树,孙子乘凉啊!"他还告诉我,市里要进行旧村改造,这老房子都要拆掉盖成楼房,银杏树也要砍掉。我不敢去想,如果这老屋不在了,银杏树不在了,还有何物能寄托这无尽的乡愁呢?

## 新　家

1983年，父亲二十二岁，男大当婚，爷爷奶奶张罗着给他盖了三间新房，准备迎娶新娘。这座房子位于村庄西南角，紧靠村西那条大路，当时打了五间北屋的地基，因为钱不够，只盖起来了东头的三间，院墙是玉米秸围起来的，大门是竹篱笆的。1984年秋天，父母在这座房子里结婚，1985年生下了我。

母亲跟我讲，因为房子处于村庄的边缘，当年刚住进来的时候，有月亮的夜晚，从窗户往南看，能看到很远的田野，还有田野中大大小小的坟头，视野一览无余。那时候父亲经常上夜班，母亲一个人在家照看我，住在这样孤零零的房子里觉得心虚，有时候奶奶或小姑就会从老宅过来陪我们。后来，父母攒下了一点钱，又在院子东边盖了一间灶房，西边盖了一间储物室和一间猪圈，用土坯修了围墙，盖了红砖大门，才有了一个家的样子，母亲在夜里才觉得踏实了。

母亲开始美化这个家，先是栽了一些树。在我的记忆里，屋门口西侧有一棵大石榴树。每年五月，榴花开得娇艳似火；但到秋天，果实却很少，邻居们说这是一棵公石榴，不坐果。院子南侧，种了两棵苹果树，一棵枣树。据父亲讲，那年夏天，枣树上已经挂满了小青枣，可两三岁的我还不懂事，在院子里玩耍时，拾起从枣树上掉到地上的毛毛虫就往嘴里塞，恰巧被他看到，他怕我再干这样的傻事，一怒之下就把那棵枣树刨掉了。西边两间还未盖房的地基上，种了两棵巨峰葡萄，好几年没有结果，直到我们准备搬家的时候，才结了几串葡萄，不过吃起来很甜。这些都是普通的果树，让我觉得比较奇怪的是，在院子中间，母亲还栽了一大丛竹子。在北方，尤其是在我们村，我几乎没有见过其他人家栽种竹子。竹子根系发达，每年春雨后，都会从周围发出许多新竹芽，几个月就长得很高。于是，这丛竹子越来越多，像一道翠绿的屏障，后来有一些好看的鸟还在里面做了窝。我小时候还曾天真地想，家里有这么一大丛竹子，如果能养一只熊猫，肯定够它吃的了。长大后，我读到苏轼的诗文《于潜僧绿筠轩》，其中写道，"可使食无肉，不可居无竹。无肉令人瘦，无竹令人俗"，心里一阵激动，觉得当年父母在家里栽竹子真有眼光。另外，母亲还在院子周围栽种了七八棵梧桐树。梧桐长得快，几年就成材，有些木器厂就买去做了家具。

在这个院子里，我还和动物们有了亲密接触。母亲养了一条黄狗，一头母猪，还有十几只鸡。那条狗非常忠诚，对主人亲昵有加，对陌生人则叫得很凶，认真守护着这个家。那头母猪很肥，养上一年，粪便运到田里当肥料，母猪年底就卖给了邻村的屠夫，母亲得到一笔钱，用来购买年货。关于小鸡，每年春天都有来卖鸡苗的，用自行车驮着两个扁篓，里面铺着麦秸，一边走街串巷一边拖着长腔高喊："赊小鸡嘞……"那时候农民朴实，卖小鸡叫"赊"不叫"卖"。如果手里没有现钱，可以先赊回几只小鸡养着，等秋天小鸡长大了卖了钱再还账。这种方式，给了家贫又想养鸡的农民足够的尊严。每当卖小鸡的来了，母亲和婶子大娘们都会到街上围住他，让他打开扁篓，挑几只小鸡。孩子们也愿意围着看，偶尔伸手摸摸，那上百只小鸡毛茸茸的，聚在一起，摸起来特别温暖可爱。母亲每年都会买十几只小鸡，根据鸡冠大小来挑选公母，二者要兼而有之。过年祭祀的时候，需要杀公鸡，如果用母鸡祭祀，就是对神灵的不敬。养母鸡是用来下蛋的，每当清晨起床后听到母鸡咯咯地叫，我就知道它又下蛋了，立即去寻找。有时候鸡蛋下在鸡窝里，有时候下在柴堆里，还有时候下在竹丛里。手里握着刚发现的温热的鸡蛋，有一种满满的收获感。母亲还盖了兔舍，养了二十多只长毛兔，定期剪兔毛卖钱，不过后来遇到一次兔瘟，死了一大半。另外，家里还有一只山羊。我放学回家后，喜欢牵着它到河边吃草，一脱离了母亲的视线，我就试图抓住山羊的两只角，骑到它背上让它驮着我跑。每次跑不了多远就会摔下来，虽然有点疼，但这种征服的感觉，能给我带来许多快乐。

　　屋檐下有两个燕子窝，一个大一些，一个小一些。那时候，我天天在外面玩耍，燕子筑巢的过程没有注意，等到发现的时候，两个巢已经完美地存在了。老人说，燕子是认家门的。这群美丽可爱的精灵，每年春天都会飞来，在这里居住、产卵，初夏时节，就会有四五个黑黑的小脑袋探出来，张着小黄嘴等着父母给它们衔来虫儿吃。农人们知道燕子是益鸟，也是吉祥鸟，所以对燕子

// 新家外景,如今这座房子已经拆掉了 //

窝也格外呵护。南宋诗人葛天民《迎燕》诗云,"咫尺春三月,寻常百姓家,为迎新燕入,不下旧帘遮",道出了人们期盼燕子归来的心情。

还有一件事记忆深刻,那就是捉老鼠。在农村,几乎家家户户都有老鼠。它们吃粮食、吃蔬菜,可气的是,觅不到食物时,还啃衣柜里的衣裳被褥,有的甚至肆意妄为,夜里爬到天棚顶上窜来窜去,扰得人们无法入眠。所以,在农村,灭老鼠的方式有很多种。有的养猫,有的在墙角撒老鼠药,有的在老鼠经常活动的地方设置老鼠夹子。但时间久了,这些办法常常不奏效,老鼠们好像积累了斗争经验,总能躲开这些危险,依然大摇大摆地登堂入室,谁都不怕的样子。有一年秋天,刚收了玉米,老鼠们又活跃起来,母亲看不过去,开始用特殊方法灭老鼠。她在猪圈门口,用一根十几厘米长的粗木棍,撑起一块面积和重量都很大的石板,石板下撒上一些麦粒和玉米粒,木棍下端拴上一根长绳,长绳的另一端延伸到北屋门口,攥在母亲手里。过了一会儿,果然有老鼠钻到石板下面吃粮食。母亲看准时机,果断一拉绳子,就听到老鼠发出吱的一声。我跑出去翻开石板,见老鼠已毙命。那天下午,母亲用这种方式压死了七八只老鼠,虽然有些残忍,但想想农民辛辛苦苦种了一年的粮食,却被老鼠糟蹋,心里也就释然了。

在这个家里,我还有一次痛苦的回忆,那时大约五六岁,是什么都想尝试却什么都干不好的年龄。有一天晚上,母亲带我去邻居家玩,回来的时候,我抢着去屋门后面拉灯——那时候家里照明还是用的灯泡,有一根长线从拉盒里引出来,一拉就开,再拉就关。我去拉灯的时候,因为屋里很黑,没有看清脚下的暖瓶,跑得又快，一脚就把暖瓶踢碎了，热水溅在小腿上，烫伤了一大片。母亲很心疼，想办法跟村里人讨来一些獾油抹上，后来又涂了些红霉素软膏，我在床上躺了十几天才渐渐恢复。

那时候，父亲在十几里外的工厂工作，母亲在家务农。因为父亲有工资，母亲种的粮食和蔬菜，自家吃不了还可以卖，所以生活还算舒适。有一年，父亲单位发了一个长沙发、一个大酒柜，摆在堂屋里，显得洋气了许多。后来，父母又买了一台十七吋的熊猫牌黑白电视机，顶替了墙上的广播匣子，算是有了一件像样的家电。

我十岁那年，父亲厂里招工，母亲报了名，后来也可以去工作了，所以我们搬到了父亲单位的家属院住，老家这处院子就租给了一对从城里退休的老夫妇居住。再后来，父母的单位盖了商品房，因为急于筹措资金买楼房，就把老家这处院子卖给了同村人家的一位亲戚，总共卖了七千块钱，现在觉得实在太便宜了。

前几年，市里搞交通规划，要拓宽公路，因为这处院子离公路较近，所以被占用拆除了。拆除前，我去拍了几张照片留念。听说买我们房子的那户人家，政府补偿了两套楼房。村里人跟我父母说，你们卖得太早了，如果放到现在，那两套楼房就是你们家的了。母亲笑着说，谁也没有前后眼，那时候谁会知道被占啊！再说当时买楼房确实急需用钱，只能卖掉这个房子，卖了也就卖了，不能后悔，人这一辈子，该担多少财是一定的，顺其自然就好。

## 小 河

我一直相信，凡是在乡村度过童年的人，都有一条伴随自己的河。不管那条河是大是小，是宽是窄，也不管水流湍急还是平缓，总归，河流给我们的馈赠，以及关于河的童年记忆，已经成为许多人割舍不下的情结。

奶奶家后面那条河，位于村子中央，从北边的山上流下来，日夜不息地向南流去。因为只有这一条河，所以也没有特别的名字，人们只要说到河，便指的是她。河流常年流水的地方并不宽阔，也就两三米，最深的地方也就一米多。但她有宽大的河岸，两岸全是白白的细沙，长着一些零星的野草，还有许多古老的垂柳。平常日子里，她是我们这些孩子的乐园；可每当雨季来临时，河水就会涨得满满的，以汹涌的气势吓走我们。

春天的时候，随着河上那层薄冰的融化，两岸就开始穿上绿衣裳了。这时候，水里的鱼也开始欢快地喘着气，吐着水泡，吐出整个冬天的憋闷。可是，我们却不大和小鱼玩，而是喜欢在岸上摘些野菜,以饱口福。记得有一种草芽,唤作谷荻,掐掉以后剥开外面的绿叶,会露出一种雪白的棉花状的瓤,放在嘴里嚼一嚼,咽下去,柔软甘甜。河边还生长着许多薄荷,叶子碧绿,有清香气,也是我们的猎物,挎着篮子摘上一早晨,中午母亲便可以做一道薄荷炒鸡蛋的美味了。岸边的柳树正在发芽,折下一枝来,可以编成草帽戴在头上,还可以拧成哨子吹。

其实,我们更盼望夏天的到来,因为夏天的河,才是真正属于我们的。

随着人们脱下一层层衣裳,麦苗长大了,变黄了,熟透的麦穗沉甸甸的,压弯了麦秸,大人们开始在田里忙活了,可要找到我们这些小孩,就只到河边去了。夏天在河里洗澡,是再爽不过的事情了。约上四五个同伴,一口气跑到河边,脱掉已经脏了的汗衫和裤衩,一个猛子扎到水里,在水下泡上半分钟,露出头来的时候,已经离扎进去的地方好远了,几个小孩就开始打水仗了。

有一回,家里来了亲戚,是一位老太太和她的外甥女。那时候我大概六七岁,那女孩比我小两岁。在奶奶家吃完饭后,爷爷便领我们到了河边。爷爷拿着蒲扇坐在柳树下乘凉,我们两个就脱了衣服,跳到河里玩。那时候因为太小,也不知道男女之别,所以毫无顾忌地在水里嬉笑打闹。今天回忆起那个场景,就让我想起了汪曾祺先生写的《受戒》,明海和小英子的温存,也是那样美妙的感觉。如今,三十年过去了,我再也没有见过那个和我一起在水中戏耍的女孩,只记得她很漂亮可爱。

除了和伙伴们一起去河里洗澡,有时候我也一个人去,因为我发现,自己在河里的时候,周围的小鱼不怕人,就会来找我。

河的上游有一个拐弯的地方,形成了一个不小的湾,水深半米左右,我喜欢来这里玩。每当自己一个人来的时候,我就会脱光了衣服,悄悄地下水,然后安静地端坐在水里,一动不动。一会儿,被我搅浑的水就变得清澈了,水草也在我身边摇曳,还有那些草鱼,一点都不害怕我,反而在我身边自由地游来游去,我也把它们当成了朋友,仿佛进入了童话世界。这种人与自然肌肤相亲的感觉,非常美妙。

和鱼儿和睦相处的机会少,捕捞它们的时候却多。一个人去捞鱼的时候,我会用铁丝编一个圆环,然后将窗纱布缝在上面,做成布袋状,到河里水草多的地方捞鱼,每网下去总会有些收获。如果人多,我们就会让两个伙伴在下游河道窄的地方拿大渔网拦截起来,其他人负责到上游一步一步地往下赶鱼,赶到下游再一并收网。这时候收获更大,每次都有二三十条小鱼落网,我们便开始分配劳动成果了。还有一次,我在岸边发现了一个洞,将手伸进去,居然抓出一条大鱼来,这令我欣喜若狂,赶紧放在水桶里带回了家。令我想不到的是,第二天我依然在这个洞里抓到了一条大鱼。于是,幼小的我开始想入非非了,以为这是河神的馈赠,每天都要给我一条大鱼。我打算保守这个秘密,以后每天都来抓一次鱼。可在第三天我去抓鱼的时候,手伸进去,却发现有些异样,软软的感觉,拿出来一看,是一只蟾蜍。我觉得非常恶心,吓得立即把它扔掉了,回家打上香皂洗了好几遍手,并且从此不再到那个洞里抓鱼了,也开始痛恨那丑陋的蟾蜍。

除了抓鱼,我们还经常抓螃蟹。螃蟹有时候藏在石头底下,有时候在两岸的窝里。石头底下的比较好抓,掀起石头就能手到擒来；窝里面的比较难抓。如果发现一个螃蟹窝，大胆的伙伴就直接伸进手去抓，我却不敢：一是怕洞里有水蛇和蟾蜍，二是怕被螃蟹钳破手指。我用一个专用的小铁铲，一点一点挖掉泥土，把螃蟹窝毁掉，才能抓到里面的螃蟹。有时候一个窝里一只螃蟹，有时候能抓到三四只。如果遇到正在孵卵的母螃蟹，她的腹部会有几十只小蟹，我就会把它放生。

  雨季来临的时候，河水会涨到两岸很远的地方，甚至会淹没庄稼。有一年下雨发大水，连河上的石拱桥也冲垮了。这时候，我们一群小孩就只能在岸上远远地看着，不敢下水。大胆的父辈们，就开始到河里去了。他们拿着耙地的铁耙子，站在河水中央。水已经没过了他们的腰，但是他们一点也不怕。他们要收获从上游冲下来的东西。因为发大水，会冲下许多柴火，大人们都捞起来晒干了烧火做饭用；还会连根带秧冲下一些花生，这是很让人兴奋的。看着上游漂来一大丛绿色的植物，那准是花生了，于是人们就拿着铁耙子去抢着捞。但这些都不能引起我们小孩的兴趣。我们关注的是上游水库泄洪后冲下来的大鱼，有的足有十几斤重。谁家能捕到这样的大鱼，才是最让人羡慕的。捕到大鱼的人家也不独自享用，会将鱼切成几段分给乡亲们做鱼汤喝。

  夏天的河流给这沉睡的村庄带来了活力，让劳累的人们得到暂时的休息和欢乐，也让人们注意到这条河，对她的默默滋养心怀感恩。有了这条河，孩子们就不会寂寞，大人们就消除了隔膜。

  秋天的河水是清澈的，但也渐渐变凉了，我们就不再经常下水，而是开始焚烧岸上的荒草，烤土豆和红薯吃。

  到了冬天，河流对我们的吸引力，显然不如围在屋里的火炉旁，

// 那条河如今已变得很狭窄 //

享受和母亲吃瓜子聊天的温暖。偶尔到河边耍耍，无非是溜一溜冰，痛快一番罢了。

去年回老家过年，和母亲聊起我的童年，说不尽的依然是那条河。母亲说："每当找不到你的时候，我总是到河边喊你的乳名。这时候，你却不答应，偷偷撅起屁股就沿着河岸往上游跑了，还跟伙伴们说你不在。你不知道你在河边玩我多么担心。"如今母亲说这话的时候，已经非常从容恬淡。河还在，日夜不息地流淌着，但灯下的母亲，却已华发满鬓。我也不是当年的小孩了，也已经在自己事业的道路上艰难而幸福地跋涉着。

童年的河，是我的河，也是母亲的河。她会在我心里永远流淌下去，生生不息。

# 石 桥

穿村而过的那条河上,有两座石桥。上游那座桥在村子中间,离奶奶家近;下游那座桥在村子西南,离我家近。童年夏天的无数个夜晚,我就是在这两座石桥上度过的。

奶奶家东侧这座桥非常古老,石桥两侧的护墩,高和宽分别约半米,长七八米,若是发大水,河水会没过桥来。夏天的夜晚,村里的人都喜欢拿着蒲扇到桥上来乘凉,坐在小桥护墩上聊家长里短。来这座桥上的人,以居住在村子中间的老年人为主,爷爷奶奶是常客。这座桥,最吸引我的是桥头西南侧的场院,也就是一块夏天晒麦子用的面积较大的空地。在这个地方,可以捉蜻蜓、套蝙蝠,还能听老刁说书。

夏天的傍晚,将要下雨的时候,天阴得厉害,会有许多蜻蜓和燕子贴着地面飞。燕子飞得快,蜻蜓慢一些。我从奶奶家拿来扫帚,和小伙伴们一起扑蜻蜓。看它们飞过来,用力往前一扑,往往就有收获。如果蜻蜓没有受伤,我们拿着玩一会儿,就把它们放生了。

// 村中的石桥 //

有时候下手重了，也会直接把蜻蜓扑死。还有蝙蝠，虽然这种动物长得丑，看着有点恶心，但我们却经常以套取它们为乐。看到三五成群的蝙蝠在场院上空盘旋，我们就会脱了鞋子使劲抛向天空。它们能探测到信号，经常追着鞋子飞，有时甚至会一头钻进鞋里去，和鞋子一起掉下来。如果能用鞋子套到蝙蝠，大家就会很开心。当然，我们会立即把蝙蝠从鞋里倒出来，让它们飞走。

最令我们高兴的是，老刁来了。老刁是邻村一个六十多岁的刁姓老汉。他的营生是走村串巷磨剪子抢菜刀，但他有两手绝活儿：一个是说书，一个是回阴。他说书，应该是村里出钱聘的。隔三岔五的晚上，他就来桥头上为大家说书，手里拿着一个长长的渔鼓，还有快板。打快板的时候多，如果大家鼓起掌来，他也会多打几下渔鼓，那声音可真好听。他说书的内容，大多是《隋唐演义》《桃园三结义》《杨家将》等老故事，大家已经耳熟能详了，所以最感兴趣的倒不是他说什么，而是他那悠扬的唱腔和渔鼓、快板的伴奏声。至于回阴，在乡下人看来，那可真了不起，就是可以到阴间和阎王鬼怪们聊天，问一问那里的情形，问一问去世的先人们需要什么，再回到阳间跟大家说，也就是能沟通阴阳两界。每当这个时候，他就沉沉地睡去，别人说他连呼吸都没有了，我没有亲自试过。不久他即醒来，说出很多让人惊讶的阴界之事。大家觉得合理的就照做，比如到坟地里烧纸钱或送寒衣，以安抚去世的先人。只要老刁到来的夜晚，桥头上就洋溢着无限的新奇和欢乐。

我家南侧这座桥，修在一条省道上，面积大一些，河西的许多村民都来这座桥上乘凉。一到傍晚，女人们左手拿着水壶和蒲扇，右手牵着顽皮的孩子，说说笑笑地走到桥上来了；男人们叼着烟卷，拿着马扎和棋盘棋子,光着膀子也来了。女人们和男人们是不坐在一起的,他们都有各自的事情。女人们聊天的内容无非两种:一种是村里谁家有高兴的事、闹心的事;另一种是谁从哪里听来了鬼狐神怪的事,说与大家分享,自己脸上也现出自豪的光来。男人们通常不喜欢听这些,他们聊着国家大事,说着自己的见解,觉得比国家领导人都着急;等会儿又说,自己家的事还解决不了呢,谁还管那个!随着棋子摆好,楚汉两军在棋盘上开始拼杀了,大家又都围上来,替对弈者出谋划策。他们偶尔会回过头来训斥自家婆娘总是喜欢打听家长里短;女人们不理他们,还瞧不起男人们平日里作威作福、不干家务的毛病呢!

  在桥上乘凉的孩子,大大小小总有十几个,当时最喜欢玩的游戏是扮演《新白娘子传奇》《白眉大侠》《雪山飞狐》等流行电视剧中的角色。大家会分配好角色,模仿着电视剧里的剧情,偶尔加上自己随意的篡改,正儿八经地演,但演着演着,却又跑到桥下抓螃蟹去了。桥下的水那么清,螃蟹在夜晚会出来活动,如果用手电筒对着它一照,它便不敢爬动了,自然是手到擒来。河边的草丛里,还有不少尾巴上发着绿光的萤火虫,我们也捉了来,放在小小的手心里欣赏一番,随之又把它们放回空中了。我们觉得,那淡绿色的光,游荡起来更好看。它们像一个个小精灵一样,在朴实的大地上营造了童话般的浪漫世界。

  那是多么有意思的夜晚啊!田野里吹来凉凉的带泥土味的风,在蟋蟀们清脆的叫声中,在此起彼伏的蛙鸣中,人们解除了一天的疲惫。桥下的流水如此清澈,一轮明月高悬于天,映着流年里的万家灯火,映着母亲怀里的我,安然入眠。

## 杏　园

村北有一片二十多亩地的杏园,是村里的公有资产,承包给了村民经营。每年三月杏花盛开,远远望去,雪白一片,像是一大团云彩落在了地上。走到跟前,花香扑鼻,蝴蝶和蜜蜂到处飞舞。那是我儿时记忆中,春天最美的地方。

那几年,是河东一户姓李的人家承包了杏园。每到青杏长大的时候,他们一家人就住到杏园中间那个用空心砖盖的简陋房子里,日夜看护园子,怕有人来偷杏。他们还养了一条大狼狗,不等偷杏的人走到跟前,大狼狗汪汪两声,就把胆小的人吓跑了。

那时候我六七岁,经常和小伙伴们到杏园偷杏吃,不是馋杏,也不是家里没钱买,是觉得好玩。杏园的大门和园子主人的屋门都是南向的,杏园周围用蒺藜和花椒树围了起来。我和小伙伴们对杏园的地形非常熟悉,一般会提前一天去踩点:到园子北侧看看围墙哪里有漏洞,能钻进小孩去;如果没有漏洞,我们会想方设法用小刀把蒺藜和花椒树砍出一个小洞,然后用树枝遮挡住。

第二天，我们五六个小伙伴兵分两路，三两个从南门进去，佯装偷杏，大狼狗一叫，就会被主人发现。主人从屋里走出来，冲着我们喊："干啥的？谁在那里偷杏？再偷我就放狼狗了！还不走？"我们知道，他只是喊一喊吓唬我们，不会真的解开拴狗的铁链子，万一咬伤了人要承担医药费。那只狼狗浑身有劲使不上，在那里狂吠不止。我们找一棵比较矮的杏树，爬上去随便摘几个杏，磨叽一会儿，因为要给从园子后面小洞里钻进去真正偷杏的小伙伴们多争取一点时间，这就叫"声东击西"。等园子的主人真的着急了，准备冲我们跑过来的时候，我们才从树上下来，恋恋不舍地离开，然后跑到河边约定的地点，等着那几个小伙伴回来。不一会儿，他们便提着满满两袋子杏回来了，我们也不洗，直接拿起来吃，专门挑最大最黄的熟透的杏，特别香甜。其实，每人吃十个八个也就饱了，剩下一些小的，我们也不敢拿回家，怕被父母发现，骂我们一顿，有时还会挨打，所以就直接扔到河里喂鱼了，确实有些浪费。我们在园子后面打开的洞，过不了两天，就会被巡园的主人发现，然后用蒺藜堵住。

　　杏子的成熟期也就十几天，我们顶多去偷摘两回，杏园的主人也是睁一只眼闭一只眼。整个园子几百棵杏树，五六个屁大的孩子，随便摘随便吃，也吃不了多少，所以他也懒得真去抓我们，即使看清了是谁家的孩子偷杏，也从来没有告诉过孩子的父母。有一回母亲去杏园买了一次杏，才四五毛钱一斤，买一块钱的，就能吃撑肚子。所以说，当年我们偷杏，完全当成了一个游戏，主要是体验斗智斗勇的乐趣。如果花钱买着吃，就觉得不好玩了。

　　那时候杏不好卖，不像现在可以通过网络平台销售。园子里

// 杏园旧址上种植了一片白杨树 //

几百棵杏树的果实同时成熟了，来不及摘，很多都掉到地上烂了。杏园的主人将早上摘好的杏运到镇上的集市去卖，销量也不大。通常刚开市的时候还按正常价卖，一斤四五毛钱；临近中午，市场上的人越来越少，如果还没卖完，就大减价，将杏分成几堆，一堆一块钱，因为不能运回去，运回去就烂了。后来，承包人发现只靠杏树不赚钱，又在杏树中间的空地里种上了其他经济作物，不只靠卖杏了。

　　这几年我回老家给爷爷上坟，要经过原来那片杏园，发现杏树都已经砍光了，只有个别的树桩还在，原来的土地上，育成了一个白杨林。如今还有谁知道，就在这里，当年那片云蒸霞蔚、彩蝶飞舞的杏园，承载了我们童年无尽的欢乐。

　　我一直觉得，大地上站着的山峦、草木、河流，是上天给农村儿童最好的馈赠，尤其是有大片桃花、杏花或者梨花的村庄，能给孩子们的贫苦生活带来一抹诗意，能擦亮孩子们的眼睛，让他们发现自然之美，感受到广袤大地上生机勃勃的力量。另外，还能让他们知道，花虽然好看，但这种感官之美不能经历风雨，不会长久，开花的目的是为了结果，只有结出了沉甸甸的果实，一朵桃花、杏花或者梨花，才算完成了它的使命。正如我们的人生，有的人尚未开花，有的人开了花但未结果，有的人却结出了饱满香甜的果实，也有的人结出的果实是酸的、苦的。人生于世间，像一朵朵花，各有各的不同。

## 棉纺厂

棉纺厂是一家乡镇纺织企业,位于西王善村西。二十世纪八十年代末,镇上任命我本家一个三爷爷担任厂长。他带领一帮人艰苦创业,把一个二三百人的小厂发展成五六千人的大企业,周围村子的许多农民都成了棉纺厂的职工,拿上了工资,我父亲、大姑、小姑都曾在这里工作过。

厂长三爷爷是个重视职工文化生活的领导,厂子走上正轨以后,他就指示成立了棉纺厂文艺队,由各个车间具有文艺才华的职工组成,平常搞生产,逢年过节就组织起来排节目搞演出。有一年元旦,爷爷带着八九岁的我,拿着马扎子,到棉纺厂的广场上去看文艺演出。我们去得早,坐在第一排,正好赶上莱芜电视台的记者去采访。他们看爷爷戴着眼镜,好像比周围的村民有文化,就采访爷爷,问来看演出有什么感受。爷爷说,在家门口就能看到这么精彩的演出,真不错,老百姓的日子一天比一天好了。我相信这正是记者想要的素材。后来这段视频在《莱芜新闻》节目中播了出来，很多乡亲都看到了，羞赧的我靠在爷爷怀里，第一次上了电视。

每年春节到元宵节期间，厂里会组织高跷队、舞龙舞狮队、秧歌队，参加市里的群众文艺会演。另外，还会投入巨资，搞大型灯会。厂区外面的广场上，挂着几百盏造型各异的红灯笼；厂区里面，铺天盖地全是灯笼，有大有小，有红有绿，有龙有凤，把整个厂区装点得花团锦簇、灯火辉煌。每到这个时候，十里八乡的老百姓纷纷赶来观灯，真是摩肩接踵、人头攒动。那几年正是棉纺厂经济效益最好的时候，为办灯会每年都投入不少人力财力，但同时也提高了企业的知名度，丰富了企业职工和周围老百姓的文化生活。

关于灯会，有两件事我记忆深刻。

有一年春节后，广场上几百盏灯笼刚刚布置好，我和小伙伴们去参观，不知谁出的鬼点子，说灯笼下面的流苏很漂亮，可以拿回家绑在自己的刀剑把手上，非常好看。当时我们农村的小孩，没有像样的玩具，一般会用木板或粗树枝做成刀剑的样子拿着玩。大家觉得有道理，于是到了晚上，我们几个小孩每人带了一把铅笔刀和一个书包，佯装是去看灯，趁人不备，就将灯笼下面的流苏割下来装到书包里，不长时间，就割掉了三分之一的灯笼流苏。我们欢天喜地地跑回家，装饰自己的玩具，却被父母狠狠批评了一顿。后来听说，厂领导发现以后非常生气，还打了保安队长几个耳光，我们心里也觉得有些愧疚，从那以后就再也没干过那样的事。

另一件事是1997年，春节刚过，厂里已经按照惯例张灯结彩，

// 棉纺厂大门 //

布置完了灯笼,一派喜庆祥和的景象。可是到了正月十四,离元宵节还有一天,灯笼却全摘了下来。我们面面相觑,不知何故,后来才从电视上看到,正月十三那天,邓小平同志去世了,全国都在哀悼,所以棉纺厂也取消了灯会,并降半旗致哀。

厂子南侧有个花圃,里面有个花卉大棚,两位老花工负责养花。这些鲜花,有些会摆放在厂领导的办公室和办公楼的走廊里,有些在节庆的时候摆在厂子和办公楼门口。花圃围墙不高,我和小伙伴们很容易爬进去,进去的目的不是看花,是喜欢捉花上的螳螂。不知为什么,里面螳螂特别多,尤其是剑麻上面,有时一棵上能有四五只,并且雌性的居多,头和脖子都很细小,却挺着个大肚子,特别可爱。每次我们都能捉很多只,玩够了就把它们放生。有时捉完了螳螂,我们也会挖几棵花带回家给奶奶种,比如茉莉花、栀子花、小铁树等品种,老花工也不管,反而觉得我们这些小孩能给他们单调的生活带来快乐。

厂里还挖了一个水池,中间修了凉亭,既可以当景观,还有人来游泳,暑假期间我们有时就会来这里洗澡。有一年夏天,我和堂弟正在水里玩耍,看到一个年轻漂亮的女子拿着游泳圈走来,到跟前一看,是厂里文艺晚会上经常见到的那个女主持人。她脱掉外套,只穿着泳衣,抱着游泳圈跃进了水里,畅快地游了起来。那是我第一次见到穿比基尼的青春女性,身材非常曼妙,视觉冲击力很大。

很多年以后,也就是2020年初,我正在北京的家中看电视,央视新闻频道播放了一个莱芜的新闻节目,是讲几位智障孩子的妈妈,一起投资创办了一家价格便宜的素食餐厅,妈妈和孩子们一起在餐厅端盘子刷碗,既锻炼了孩子们的肢体协调能力和语言表达能力,又能自己赚钱养活自己,很了不起,让人感动。当镜头转向这家餐厅的负责人时,我突然感觉很面熟,直到屏幕下方出现了她的名字,我才敢确认,她就是当年在水池里游泳的那位女主持人。现在的她,已经四十多岁,脸上明显苍老了一些,头发也剪短了,但是那秀丽的轮廓还在,我还是能认出她来。听她介绍我才知道,她婚后生了一个女儿,有智力缺陷,后来女儿慢慢长大,没法工作,不能照顾自己,她觉得这不是长久之计,于是考察市场后,出了一笔钱,牵头和几位智障少年的母亲一起开办了这家素食餐厅,既方便了周围百姓的用餐,又锻炼了孩子们的自立能力。目前来看,效果很好,孩子们比以前聪明了,也敢于融入社会了。镜头中,那些孩子都亲切地喊她"妈妈",她说想开几家连锁店,把这种爱心经营模式推广出去,因为还有很多智障儿童家庭需要帮助。几分钟的节目,我看得热泪盈眶,当年的她因为年轻漂亮给我留下了深刻印象,今天的她因为在苦难生活中走出了希望,让我愈加敬佩起来。

现在的棉纺厂,经济效益不如从前了,工人也很少了,在苦苦支撑着。厂长三爷爷已经退休好几年了,喜欢上了诗词歌赋,我很佩服他年过六旬投身文学创作的勇气。前段时间,他给我寄来一本新出版的诗选。翻开这本书,看到里面有很多关于棉纺厂的诗歌和照片,勾起了我的许多回忆,同时也让我想到了另一个问题。当时提倡乡镇办企业,棉纺厂应运而生,对于西王善村来说,解决了许多农民的就业问题,一些闲置房屋也租了出去,还有些村民做起了饭店、旅馆等生意,确实增加了收入,改善了生活质量;

但经济发展是一把双刃剑，带来的问题也显而易见，工业废水排入村中的河流，河水变黑变臭，鱼虾不生，影响了地下水质，原先村民都喝自家井里的水，近几年只能买水喝。这种经济发展带来的变化，中国许多乡村都面临着，经历着。幸好现在大家都意识到了环境的重要性，粗放型的发展模式越来越少，招商引资都会考虑企业对环境的影响，这是很大的进步，只有保护好绿水青山，才能换来金山银山。

# 红白事

红白事,指的是婚事和丧事。生活在齐鲁大地上的农民,受儒家文化熏染,凡事讲究礼节,所以对婚丧嫁娶很重视,每当哪家娶媳妇或者有人去世了,这不但是那户人家的大事,也是全村人的大事,男女老少都来帮忙。另外,那时候人们普遍缺少精神生活,都喜欢凑个热闹,所以遇到红白事,也是村子的一场狂欢。

先来说说结婚。

先前的时候,结婚先要媒人说媒,男女双方相亲之后,都觉得合适,才能定亲。定亲之后就要查日子,送年命。找算命先生按照双方的生辰八字,查好哪一天结婚最吉利,连同女方梳妆、上下轿、拜天地、坐床的时辰、方向都查准确,一并用毛笔写在红纸上,派人送往女方家中,这叫"送年命帖子"。

男方家还要提前找人铺床滚床,即请村里儿女双全的年轻夫妇,到新人的婚房里帮忙铺上龙凤呈祥的新被褥,床的四角分别压上几枚红枣、花生、桂圆、栗子,寓意"早生贵子",然后让一对小儿女在床上翻滚几次，寓意新人儿女双全、人丁兴旺。

　　我父母结婚的时候，是二叔用大木车把母亲推到父亲家里的，车子左边坐着娘家的送女婆，右边坐着母亲，摇摇晃晃到了奶奶家，嫁妆没多少，也就是几件桌凳和衣柜，都是肩扛人抬。从我记事起，村里人结婚，迎媳妇就开始用面包车了，但只有一辆车，没有如今六辆、八辆或者十辆车的迎亲车队那么排场。印象最深的是一个本家叔叔娶媳妇，我一大早就被母亲叫起来，和她一起去叔叔家，母亲要去帮忙，我是跟着去看热闹的。早上把新娘子接来，下车之后先拜天地，点上红蜡烛和香烛，一对新人跪下磕头，然后婆婆给新媳妇挑开红盖头，这是最令人激动的时刻，村里人先评价新媳妇美不美，和这家公子是否般配，再看看陪嫁的东西多不多，娘家来了几个亲戚等。拜完天地、吃完饺子之后，新郎新娘要到先人的墓地去上坟，告知祖先家里添丁进口了。中午在村里较大的饭店吃喜宴，乡亲们随了礼金的都会去吃饭，我们儿童收获的，就是满满两个口袋的喜糖。

　　最热闹的还是晚上，也就是在洞房里闹媳妇。老家有个习俗，娶了媳妇都要闹一闹，不闹家族不兴旺。当然还有个规矩，就是鼓励小叔子闹嫂子，怎么闹都不过分，但大伯哥是不能闹弟媳妇的。我父亲那一辈，每家都有四五个兄弟，所以谁家的孩子结婚，都不缺少本家族里闹媳妇的小叔子。他们闹媳妇的方式，有时候是用绳子吊起一个苹果来，让小两口从两边咬，刚到嘴边的时候，把苹果一提，两个人就亲嘴了，大家便哄堂大笑。还有的时候，让新媳妇给小叔子点烟，刚点着火柴就被人吹灭，再点着又被吹灭，一遍又一遍地戏弄新媳妇。这时候新媳妇一定要有耐心和定力，无论怎么闹，都不能恼，要积极配合。如果翻了脸，大家不欢而散，喜事也变得尴尬了。等大家闹累了，时间也不早了，就各自散去，最后找本家一个小叔子端来尿盆，领了赏钱，退出屋外，新郎和新娘这才有了自己的空间。屋里的灯将红窗纸映得更红，一桩喜事，能让本家族的人高兴上好多天。

再来说说丧事。

我们老家，把办丧事叫"出丧"。村里专门有一个班子，谁家有了丧事，这个班子的人都会去帮忙。有的负责采购和做饭，有的负责登记来往账目和花圈挽联，有的负责在茶棚里端茶续水接待来客，有的负责引导孝子磕头行礼，分工明确，责任清楚。亲人去世以后，要在家里停灵三天，香火不断。出丧之前的这段时间，家族里的男人，要帮主家去其他村镇的亲戚家里报丧；家族里的女人，要帮主家缝制白孝服和白帽子，在鞋上裱白布。

出丧前一天，还要"指路"和"泼汤"。指路是逝者的子女到村西头的路口，烧掉纸牛纸马和逝者的衣服，并站在高凳上连喊三声："爹（娘）啊，你上了西方大路，走好啊！"这是要给逝者指引升往极乐世界之路。每当逝者的子女哭着连喊三遍，听到的人无不觉得悲伤。泼汤是在墓地动土之前，到陵园敬土地神，有的村子泼水汤，有的村子泼面汤。我们那一片，吕姓和张姓不用泼汤。有一种说法是，吕姓祖上有吕洞宾，张姓祖上有张天师，都比土地爷官大，所以免了这道手续。想想也很有意思。

出丧当天，主家在院子里设个灵棚，摆上逝者的遗像和供奉的酒水点心，燃上香烛，再在邻居家设个茶棚，接待四面八方来吊唁的亲戚。孝子贤孙们排成长队，一会儿在灵棚陪灵，一会儿到茶棚磕头谢客，一天下来，弯着腰来来回回走几十趟，累得都站不起来了。

小时候，奶奶带我看过许多人家办丧事，还到别的村子里去看过。农村的妇女，好像特别喜欢看出丧，尤其是大家族里高寿的老人去世了，那便是个大丧、喜丧、老丧，人会更多，也会更热闹。出丧当天早上，吹鼓手的唢呐一旦响起来，就说明开丧了，许多妇女一听见，就抱着孩子往外跑，急着去看，哪怕早饭还没吃完，哪怕外面天寒地冻，都阻挡不了人们看出丧的热情。

后来据我观察，村民们看出丧，与怀念逝者没有多少关系，他们的兴趣在于：主家雇了几班吹鼓手；披麻戴孝的儿孙多不多；女人哭得好不好听；花圈和挽联是哪里送来的；吊丧的亲戚都有哪些人，认不认识；路边摆的花祭和顶灵祭好不好，有几只鸡、几条鱼；来的客人们会不会三跪九叩，姿势存在哪些问题；下葬的墓室质量怎么样；烧的扎彩有多少种；丧事办完了主家能入账多少钱；等等。说白了，都和面子有关。

大家七嘴八舌地讨论着这些细节，本来是一个悲伤的仪式，却成了为看客提供谈资的表演，也许千百年来，大家都习惯了这种现象。直到那一次，在爷爷的葬礼上，我作为长孙，抱着爷爷的遗像在送灵队伍前泪如雨下的时候，却听到有的村妇因为我家亲戚磕头下跪的姿势不到位而哈哈大笑，我对这种看出丧的心态彻底产生了反感。先人去世，仪式不可或缺，但如果葬礼成了看热闹的人的谈资，成了麻木的人们调剂生活的原料；主家为了攀比，为了迎合大家，努力表演给别人看，那就丧失了葬礼本身的意义。

听说现在老家正在推行丧事移风易俗的改革，到殡仪馆举行个简单的仪式，鞠躬告别就可以了。对此我举双手赞成，老人生前对他好一点，要比去世后办个豪华葬礼给看客们欣赏强百倍。

# 美 食

二十世纪八十年代末九十年代初的农村,已经包产到户好几年,农民也不那么贫穷了,有些人开始到周围的工厂打工赚钱,所以我小时候并没有体验过父辈的饥寒交迫。家里虽然也不富裕,但白面馒头天天有,蔬菜、水果和鱼、肉也不缺,其中有几样食物,我小时候特别爱吃,至今印象颇深。

## 油 条

邻村有家卖油条的,每天凌晨起来炸,炸好以后,老婆在家里卖,男人骑车到别的村子走街串巷卖。但他并不是每天都到我们村里来,周围几个村子轮着来,一般转两个村子,油条就卖完了,隔三岔五才到我们村。我在被窝里只要一听见那熟悉的叫卖油条的声音,就让母亲抓紧去买一些回来,怕一会儿就卖没了。这户人家炸油条的水平不太稳定,有时候炸得好,内空外酥,口感很好,我就能多吃几根；有时候面没有发好，炸出来很硬，瓤子像面疙瘩，口感就很差。另外，如果他从家里出来后先到我们村，油条还有些温热，就比凉透的好吃很多。有时候母亲买了油条，还会到村西的矿区打回几碗豆腐脑，放上韭菜花酱和香油，那真是绝配，是我儿时最爱的早餐。

## 包 子

镇上有个五六十岁的老太太，说话是外地口音，经常推着手推车，卖她包的肉包子。车上有个大簸箕，掀开绒布，包子还都冒着热气，三毛钱一个，一口咬开，皮薄馅大，还流着汤油，那叫一个香。她每次到村里卖包子，都是我的饕餮盛宴。但母亲有时候给我买得并不痛快，不是舍不得花钱，而是听别人说过，这家人卖的包子这么香很奇怪，不知道用的什么肉；另外，她还怀疑肉馅里放了罂粟粉，吃了对身体不好。但这种猜测，并没有阻止我对肉包子的热爱。有一回小学期末考试，我的成绩不错，母亲问我想要什么奖励，我忽然想起来，镇上那个老太太好久没来卖包子了，于是让母亲给我钱，我跑到镇上去买包子吃。我手里攥着钱，一个人沿着河岸走了好几里地，终于打听到那个卖包子的老太太的店铺，买了包子以后，在回去的路上就开始吃，还没到家，三个肉包子就已经到肚子里去了。

## 烤地瓜

  在我们老家,红薯叫"地瓜"。按照瓤的颜色,分为红地瓜和黄地瓜,黄地瓜比红地瓜甜。地瓜快成熟的时候,我们小孩就迫不及待地拿着小铲子去挖。我的经验是,找那种叶子是紫色的,茎比较粗壮的,根系发达的,尤其是把周围的土壤撑裂的那种,裂缝越宽越深,往往挖出来的地瓜越大。我们用刀把皮削掉,直接生吃,又脆又甜。

  最好吃的还是烤地瓜。那时候家里做饭还是烧柴火,母亲在灶房做饭前,会从筐里挑出几块不大不小瘦长形的黄地瓜准备烤。地瓜如果太大了,里面烤不熟;太小了,就容易烤煳,也不够吃。家里的炉膛下面有个铁网子,柴火烧成灰后,就自动落在了炉膛下面,堆成一堆,但温度还非常高,这时候把地瓜塞进灰堆里,炉膛里温度很高的灰持续往下落,把地瓜埋得越来越深,等饭煮熟了,灰堆里的地瓜也烤熟了。从灰里面扒出来,地瓜表皮都变成了黑色,但是扒掉这层皮,外焦里嫩,还流着油,入口绵软,特别香甜。我总是迫不及待地想快点吃,经常烫到舌头。

  现在在城市生活,有时候在小区门口会看到卖烤地瓜的。有的是用电炉烤的,有的是用炭烤的,七八块钱一斤,我偶尔会买一块给女儿吃,但味道确实不如从前。有一次遇到一个卖烤地瓜的山东人,跟他聊起来,他说收入还不错,一个月除了吃喝,还能剩下五六千。现在北京的超市,竟然开始卖红薯叶了,很多老太太抢着买,说放点儿蒜瓣炒炒很好吃,绿色健康。原来在乡下,红薯叶都是给猪吃的,苋菜也是。可见大地上的植物都是宝,只

// 爆爆米花的老人 //

要发掘出营养价值，都不会被埋没。

## 爆米花

每隔一段时间，总会有个老头来村里爆爆米花。

他骑着一辆旧自行车，带一口独特的老式手摇锅，还有一些炭，一个铁皮炉子，一个风箱，在村子中间的路口支起锅，点着炭，就有很多人从家里带玉米和大米来，请他给做爆米花。他只收取加工费，一锅大约两块钱。

将玉米倒进锅里，加入糖精，封住口，设定压力表，然后一边往火里加炭，一边不停地抓住手摇柄旋转那口锅。大约二十分钟后，火候一到，老头就用一个铁棍把锅撬开，砰的一声，比礼花弹爆炸的声音还要响。这时候，我们小孩都捂住耳朵躲得远远的。因为气压太大，锅打开的时候，爆米花经常四处飞溅，我们就到处捡着吃。

在火上烤的爆米花，吃起来有一种烟火味和焦香气。玉米花和大米花相比，我更喜欢吃大米花，因为玉米胚和玉米皮有时会烤得发黑发硬，大米花却很松软，入口即化，更符合我的口味。

## 冰　糕

在我们老家，雪糕叫冰糕或冰棍。入夏以后，就经常有人骑着自行车到村里来卖冰糕，一般都是中年女性，在自行车后座上，用绳子绑着一个白色的木箱，上面用红色油漆写着"冰糕"或"冰棍"

// 自行车上的冰棍箱 //

二字。打开箱盖,有一层厚厚的白棉纱,这是为了起到密封的作用,延缓冰糕融化的时间。棉纱里面包着冰糕,是刚从镇上的冰糕厂批发出来的。最普通的是一毛钱的冰糕,咬起来很硬,就是一块冰疙瘩,有橘子味和香蕉味的。再贵一点,是三毛钱的奶油冰糕,吃起来口感比较柔软,有奶香气。最贵的是五毛钱的,有巧克力的,有蛋黄的,吃起来更加柔软香甜。那时候,全村人家都没有冰箱,只有赶上来卖冰糕的,才能买一根降降火、解解馋。大人们一般不舍得吃,买了只是哄小孩高兴。后来,村子南边有人开了一家小型冰糕厂,冰糕的品种也多了起来。有一种外带巧克力皮的奶油冰糕,做成火炬状,竟然卖到一块钱一根,小伙伴们都觉得太贵了。

长大后我到城里工作,有了自己的家。每到三伏天,我总是喜欢从超市一次购买二三十支口味不同的冰糕,放到冰箱里,什么时候想吃了就拿出来吃。可人就是这样,一旦东西不稀罕了,需求也就不迫切了。冰箱里的冰糕经常被我遗忘,直到夏天过完了,天气渐凉,妻子提醒我,我才知道还剩下一半没吃。天冷了吃了肚子受不了,也不能放到明年再吃,有时只能扔掉。现在吃冰糕,即使花样再多,口感再好,也没有儿时的那种味道了。

## 橘子汁

小时候,农村没有什么饮料,像可乐、雪碧和咖啡之类的饮品,别说见过,听都没听说过。那时候,村南那家小卖部里,只卖一种小孩能喝的饮料,就是橘子汁。

橘子汁装在玻璃瓶里,和现在超市里卖的酱油、醋的瓶子样式差不多，上面有个金属盖。我记得一瓶大约一块五毛钱。平常母亲不舍得买，只有过年过节或者老人过生日的时候才会买一瓶。打开之后，母亲每次都让我兑着温水喝。

逢年过节，家里炒了菜，爷爷和父亲先上桌。他们端起斟满白酒的酒杯，放在鼻子前面闻闻酒香，我端着橘子汁和他们碰杯，碰完之后喝下去，酸酸甜甜的，味道特别好。

## 西 瓜

西瓜也是夏天清凉解暑的美食。我们村没有种西瓜的，十几里外的村子里有人种。瓜农们早上摘了西瓜，装满大木推车，就到周围的村子里叫卖。他们卖的西瓜，和市场上的相比，个头要小一圈，但是新鲜，吃起来甘甜多汁。那时候西瓜很便宜，一两毛钱一斤，一个瓜也就一块多，所以每次有来乡下卖西瓜的，母亲都会一次买五六个，放在家里慢慢吃。

关于挑瓜，我还真有点经验。抱起瓜来放在耳边拍一拍，如果声音清脆，且托瓜的手感到振动，那就说明瓜熟得正好；如果拍起来声音很闷，振动也无法传导，那就说明熟过头了。另外，还要看瓜的外形，圆的比扁葫芦状的好，瓜纹清晰的比杂乱无章的好，瓜蒂新鲜嫩绿的比干瘪发黑的好，瓜蒂曲折的比直的好，瓜脐小的比大的好。这都是在挑瓜的实践中积累的经验。

吃瓜的时候，先从水井里打一桶凉水，将瓜放水里冰着，一两个小时以后拿出来，刀子刚接触到瓜皮，如果瓜突然炸裂，说明是个熟得很好的脆瓤瓜，水分大；如果没有裂，可能就是沙瓤瓜，水分不太大，但比脆瓤瓜更甜。一个瓜一切两半，我自己抱走一半，喜欢用勺子挖着吃，父母则把另一半切开吃。不一会儿，我的那一半西瓜就见了底，母亲便知道，中午我又不用吃饭了。

## 樱　桃

在农村，邻里关系大都很亲近，谁家有什么稀罕物，都会想着和邻居们分享。我家东邻，我喊他们二爷爷、二奶奶，她家院子里有一棵樱桃树，每到农历四月，樱桃成熟后，二奶奶总会摘下来分给邻居们一些。她家那棵樱桃树产量也不大，摘完后，她用吃饭的碗盛着樱桃，一家送一碗，大约一斤，左邻右舍一分，也就剩不下多少了。每年夏天，我都盼着吃她家的樱桃，父母舍不得吃，只尝几颗，大都留给我。

这种樱桃个儿不大，和珍珠差不多。熟透的樱桃黄里透红，果肉很软，水分特别大，吃起来很甜。现在市场上卖的大都是樱珠，色泽光鲜，但吃起来肉硬，也没那么甜，口感一般。据老家的亲戚讲，原来那个樱桃品种，虽然好吃，但成长过程中经不起风雨，成熟以后摘起来也麻烦，并且不易运输和储存，所以现在基本都换成了大樱桃品种，那种可口的小樱桃很少见了。

## 板　鸭

我总是盼着母亲能到镇上的菜市场去卖菜，因为每次卖完菜，母亲总是会给我买几根香蕉和半只板鸭回来。但菜是一天天长起来的，有它自己的生长周期，不能拔苗助长，所以，母亲只能隔十天半月到菜市场卖一次菜，于是我也就可以十天半月吃一次板鸭。这在当年是很奢侈、很幸福的事，同村的孩子很少有我这样的口福。

镇上的菜市场门口是一条商业街，卖各种食品和水果，板鸭店是一个南方人开的。他做的鸭子不像传统的板鸭那样干，而是像今天的盐水鸭，肉质细嫩紧密、肥而不腻，嚼起来香味浓郁、别具一格，与现在一些用含有激素的饲料喂大的鸭子的味道截然不同。板鸭可以买一只，也可以买半只，老板会用刀剁成块状，再给顾客装上一包老酱汤，回家后将汤浇在鸭肉上，吃起来更入味。

母亲为了去卖菜，天不亮就去菜地里将最新鲜的青菜拔出来，码在小推车上，推到几里地之外的镇上去卖。其实，母亲推的那一小车辣椒、茄子、大葱等，卖不了几个钱，但是考虑到我年龄小，正是长身体的时候，需要补充营养，所以母亲在满足我的口腹之欲方面毫不吝啬；但同时考虑到家里的日常花销，她又舍不得买一整只板鸭，只能买半只，半只板鸭就能花掉她卖菜收入的三分之一。我放学回家后，大快朵颐，有时候一口气就吃光了，有时候剩下一些，母亲也舍不得吃，而是留给下班回家的父亲吃。那半只板鸭，承载着艰苦岁月里母亲对儿子无尽的爱。

## 狗 肉

我小时候只吃过一次狗肉，是邻居四奶奶家给的。记得将近年关，她家那条狗不知道是被杀死的还是其他原因死掉的，剥皮剔骨后，煮了一大锅，等冷却下来，连肉带冻给我家送来了一大碗。母亲说，这是狗肉，你尝尝。我吃了两口，确实比平常吃的猪肉和鸡肉香。

  关于吃狗肉，我还有一个深刻的记忆，那就是我家养的那条老黄狗。那条狗比我年龄还大，在我家养了十余年，是一条非常忠诚听话的看家狗，见了主人会很亲昵地往主人身上蹭，家里来了陌生人，它就会很凶地叫起来。我上小学的时候，有一年，它误食了猪圈门口的老鼠药，一命呜呼了。我和母亲都很伤心，准备将它掩埋在河边。那时候爷爷在我读书的小学教书，他的同事听说我家的狗死了，都怂恿他将狗带到学校里来煮了吃。爷爷回家跟我母亲说，母亲刚开始不同意：一是心里难受，舍不得；二是因为这条狗是吃老鼠药被毒死的，怕人吃了狗肉中毒。爷爷依然坚持，说已经答应了同事，屠宰的时候把内脏扔掉就行。母亲拗不过，又不愿意得罪学校里那些老师，便同意了。爷爷把狗绑在自行车后座上，带到学校，别的老师用刀子把狗收拾干净，当天中午他们就吃上了炖狗肉，整个校园里弥漫着一股肉香。爷爷叫我也去吃，我知道后号啕大哭：自家养大的狗，之前一直朝夕相处，怎么忍心吃它的肉呢？现在想起来，我都觉得这样做有些残忍。

## 兔　肉

  有一年冬天，下了一场大雪，天很冷，奶奶刚要生火做饭，河东一个堂叔扛着猎枪来到奶奶家，说外面下了大雪，正好可以打野兔,让我和他一起去。我一听心里乐开了花,我还没见过怎么打野兔,特别好奇,于是二话没说,就跟着堂叔出了门。奶奶追出大门,千叮咛万嘱咐,打枪的时候一定注意安全,堂叔说:"您老就放心吧!"

出了门往北走,踩在厚厚的雪上,深一脚浅一脚,我的小脸冻得通红。在路上,堂叔跟我说,下了雪,野兔要到处找吃的,脚印会留在雪地上,循着兔子脚印就能找到它们的窝。我觉得很神奇。

不一会儿,走过了村北那片杏园,就来到了广袤无垠的田野,一片白茫茫的世界。在地里,隔不远就会有个柴垛,有的是玉米秸,有的是麦秸,上面都盖了一层厚厚的雪。堂叔说,野兔一般都会藏在柴垛里避寒。我们开始找兔子的脚印,走过四五个柴垛的时候,发现果然有两行兔子的脚印。堂叔示意我离得远一点,我屏住呼吸,看他将沙弹上膛,找到一个像动物的窝一样的洞口,抬脚用力一踹,果然从里面蹿出一只黄灰色的野兔。因为地上有雪,比较滑,兔子跑得不是特别快,堂叔开枪一射,正好打中,兔子便躺在地上蹬腿。我们抓紧跑过去把兔子拾起来一看,是一只较大的野兔,还没被打死,腿部在流血。一出门就有收获,这是我和堂叔没有想到的。堂叔说,今天够吃的了,天气太冷,别再冻感冒了,咱们回家吧。回到奶奶家时,兔子已经奄奄一息。堂叔打了一盆热水,用刀子给兔子扒了皮,掏了内脏,把它身体里的沙弹收拾干净后,剁成不大不小的肉块。奶奶从院子里拔了一颗大白菜,用手掰了掰,中午用大铁锅做了个野兔炖白菜,兔肉很结实,有嚼头,非常香,这是我儿时吃过的仅有的一次野兔。

# 人间苍凉

关于西王善这个小村庄的回忆，丰富、杂乱、稠密，一旦思绪飘回那个年代，就会有无数的场景涌到脑海中来。我在前面试图用一些标志性的地点归拢我的记忆，但发现还是有一些画面，散落在这个小村庄的各个角落里，无序却记忆深刻。这些画面是冷峻的，甚至于残酷，这些所见所闻，让我在儿时便知道，人世间不尽是美好，也有苦难，也有悲惨，也有欺骗，也有罪恶……人生在世，各有不同的冷暖。

## 乞 丐

我七八岁的那年冬天，将近年关，天寒地冻。有一天早上，我和几个小伙伴在村西的马路上玩，忽然在路边的水沟里，发现躺着一个人，穿着破衣烂衫，头发凌乱，胡子很长，一动不动。我们走近一看，他嘴角还叼着一截很短的灭了的烟头。我们中间有个小孩向来胆大，从小喜欢打架，看到这个场景，他说，我看看他是不是睡着了。于是，他拿起一块石头，朝那人的嘴角砸过去。石头落在那人脸上，他还是一动不动，但嘴角的那截烟头，却被打落在地上。这个细节我记得特别清楚。

我们那时候小，还不知道发生了什么，于是几个小伙伴又到其他地方去玩了。中午回家吃饭时，听母亲说，村西头水沟里冻死了一个要饭的，也不知道是哪里人，大家都不认识，村委会就找人把他埋在了河边的柳树下，并嘱咐我别再到那个地方去玩了。我这才知道，早晨看到的是一个死人。那时候，村里也没有报警的说法，看着是一个流浪汉，不知是何方人士，估计也没有亲人，就草草掩埋了。一个人的生命，就这样在临近春节的一个寒夜里，悄无声息地终结了。当除夕夜的鞭炮声响起时，可能连掩埋他的人，也已经忘记了地下的那个亡灵。

## 弃 妇

有一年，在我奶奶家东侧河边那堆高高的麦秸垛里，突然出现了一对母女，母亲三十多岁，女儿四五岁。她们在麦秸垛里掏了个洞，吃住都在里面。听奶奶说，她们是本村河东人，女人和丈夫过不到一起，带着孩子跑出来了，住进了麦秸垛。这个女人可能精神上有点问题，又遭受过家暴，周围人怎么劝说她都不回家，好像她丈夫也没有来看过她和孩子。我当时觉得那个小女孩特别可怜。她比我小，弱不禁风的样子，很羞怯，老是藏在母亲身后，这么小就没了家，住在这个柴垛里，太可怜了！

后来我和奶奶经常去看望她们母女,奶奶包了水饺,也给她们送去一大碗,女人舍不得吃,留给孩子,那小女孩吃得特别香。周围的邻居,做了可口的饭菜,也会想着给她们送去一些,都不忍心看着这对母女饿死。有一回,她们母女还从柴垛里走出来,到我奶奶家里玩,女孩依然藏在母亲身后。她母亲向我奶奶哭诉了半天,说自己的丈夫对她娘俩多么不好,多年后我都记忆犹新。

过了两三个月,这对母女突然离开了栖居的麦秸垛。她们去了哪里,是死是活,大家都不知道。又过了几年,听说那个女孩的父亲又娶了媳妇,组建了新的家庭。

## 老 妪

腊月二十九,是老家的年集,每年这个时候,我都会跟着母亲到集市上买年货。有一年,我在集市上看到一个老妪,七八十岁的年纪,白头发绾着髻,裹着裤脚,满脸皱纹,提着一个空布袋,走路有些晃,步履沉重,是一副典型的山村老妪的形象。我注意到她,首先是觉得,她这么大年纪了,为什么还要亲自跑这么远到集市上买年货?让孩子们来帮忙买不行吗?我想,也可能是她一整年都没有出过那个小山村,年底了出来走走看看,感受一下过年的热闹气息。另外,我脑海中又冒出一个想法,像她这样的老人,一般是没有收入的,那她有钱买年货吗?我带着一种悲悯心和好奇心,眼神跟着这位老妪游走了一番。

她先走到一个卖苹果的三轮车旁边,车上有一堆好苹果,还有一堆差一点的苹果,她都拿起一个来看了看,问了一下价格,然后默默地离开了。之后，她又到了一个蔬菜摊位前。在寒冷的冬天，那一堆绿油油的大棚蔬菜显然吸引了她。她蹲下来拿起一把芹菜，左看看、右看看，然后问了摊主价格，问能不能再便宜一些，得到的答复是否定的。春节期间青菜走俏，摊主相信所有的青菜都不愁卖。我看她掀开裤子，从裤腰里掏出一个有些脏旧的蓝花手绢，缓缓打开，里面有些皱巴巴的零钱，有一角的、五角的、一元的，最大面值的是十元的。她看了看自己的钱，停顿了片刻，又缓缓地用手绢包住了，重新塞回了裤腰中，慢慢地离开了那个蔬菜摊位。

后来，她又走到一个售卖香、香炉、纸元宝、火纸等祭祀物品的摊位前，又一次蹲下来，仔细地看，看元宝上的剪纸画贴得是否周正，看那成捆的香是否结实。最后，她挑选了一沓纸元宝、一捆香。经过与摊主讨价还价，她又掀起裤子，掏出蓝花手绢，一张一张点好零钱，交给摊主，然后将剩下的钱再卷回手绢，塞进裤腰，小心翼翼地将纸元宝和香装进大布袋，提着慢慢往前走去。

这个时候我心里五味杂陈，没有了再继续观察她的勇气。因为我当时还在读书，也没有钱，从经济上是无法帮助她的；即使有钱，也不能直接帮她买东西，农民也有农民的自尊，更何况，像她这样经济并不宽裕的老妪，整个集市上比比皆是。我想，她有可能还会再买些其他的东西，也有可能就这样返回自己生活了一生的乡村。从她买的香和纸元宝，我又想起来，她前面看的苹果和芹菜，也是我们老家除夕夜供桌上的必备之物。她这一趟，把仅有的一点钱，都花在了购置祭祀用品上。

那一段时间，这位老妪的形象在我脑海中久久挥之不去，她让我想起了鲁迅小说中的一些人物。《祝福》中的祥林嫂，因为嫁过两个男人，怕死后到阴间会被阎王锯为两截，在生命最后的日子里，用自己打工存下的仅有的一点积蓄，到土地庙里捐了门槛，供千人踩万人跨，给自己赎罪。还有《故乡》里的闰土，他的迅哥要变卖房产，把母亲从故乡接走，无法搬运的东西，尽可以让他挑选，他拣了有限的几样东西拿回家，其中就有香炉和烛台。这些精神世界里的物品，是他们最看重的东西。

鲁迅笔下的这些农民，生活在一个世纪之前，而我见到的这位老妪，是活在今天。虽然老妪不知道祥林嫂和闰土是谁，但他们身上有一些共同点：都经历着生活的贫穷和苦楚，都相信人世之外还有鬼神，而且这种信仰，能让他们在恶人面前依然愿意行善事，在苦难面前依然有颗感恩心，这就是天下千千万万劳苦农民的缩影。我们没有资格嘲笑和责备他们，因为他们在现实生活中没有荣华富贵的精彩人生，只有在这虚无的世界里，才能安放他们痛苦无助的卑微灵魂。

## 游　街

城市里长大的孩子，跟他们说"游街"，他们可能以为是群众游行；可在我小时候，一说明天游街，大家就会心情激动，觉得有好戏看了。游街，就是用军用绿皮卡车拉着罪犯在城里和乡下的主要街道上转一圈，然后召开公开宣判大会，最后行刑。

我们村西有一条通往县城的主干道，每到游街前一天，村民们就会接到通知。第二天吃完早饭，老老少少就会涌向村西公路的两侧等候，期待着游街的车队快点到来。大约九点钟，南边的人开始喊："来了来了！"接着北边的人也喊起来，声音一浪高过一浪。我们便听到卡车的轰鸣声，不一会儿，押解犯人的车队就过来了。车队一般有十几辆车，警车开道，浩浩荡荡，前面三四辆车上，都是罪大恶极的死刑犯，后面的车上是普通罪犯。死刑犯手被反绑，每个犯人都由两名武警押着，脖子后面插着高高的木牌，上面画着红色的"×"号，胸前挂着白色吊牌，上面写着姓名和所犯的罪行，大多是抢劫杀人或强奸杀人。死刑犯有的低着头，有的昂着头。每当押死刑犯的车开过来，都会在村民中引起一阵骚动，大家都在打听这个人是哪个乡镇哪个村的，犯了什么罪，怎么杀的人，都想仔细看清楚罪犯的样子，因为大家都知道，几个小时之后，罪犯就会被枪毙，从这个世界上消失了。当时我年龄小，个子矮，看不见，父亲会把我举过头顶，让我骑在他脖子上看。现在回忆起这个场景，觉得人们就像鲁迅笔下看人砍头的麻木看客们，头和脖子像被提起来的鸭子一样，使劲伸着看热闹，而那些昂头挺胸的死刑犯，也颇似阿Q那种"二十年后老子又是一条好汉"的气概。

　　游街的车虽然行驶缓慢，但顶多几分钟，车队就开过去了。这时候，大家又蜂拥着奔向三里路之外的乡镇体育场，因为游街结束后，要在那里开公开宣判大会。

　　每次的宣判大会，体育场里都是人山人海，十里八乡的人们都会来看，有些学校也会组织学生来看。领导们坐在主席台上，犯人们被从车上押下来后，一字排开站在主席台下。第一个程序，一般是主要领导讲话，说一说今年破获了多少案件，抓了多少犯人，社会治安大大好转之类,最后再强调一下,希望大家都遵纪守法,否则,就和台下这些罪犯有一样的下场。第二个程序,是分管政法的领导宣读犯罪分子的姓名、籍贯、罪行和判决结果。每当读到一个人的名字,武警就会把他从队列里往前推两步,让大家认识一下。这时候的死刑犯,有的好像还沉浸在以自己为主角的一场表演里,挺着"自豪"的头颅;有的已经吓得几乎站不住了,需要靠两个武警架着。最后的程序,就是宣布散会,将死刑犯押赴刑场立即行刑,普通犯人则押送至监狱。

枪毙犯人的地方,在村北几里地之外的一个水库旁边。宣判大会结束后,死刑犯就要被押往那里,用一颗子弹结束其生命。有好事的百姓,可能还会骑着摩托车跟着去看。大部分人都不会去看执行死刑:一是觉得场面恐怖,二是怕沾染晦气。这个时候,绝对不会出现历史剧中法场上刀下留人的场景,听到枪响,必然是一个鲜活的生命转瞬就去了天国。

听村里人讲,有的犯人及其家属提前同意捐赠遗体,医院的车就会停在刑场旁边,因为犯人被枪毙的那一刻,全身器官都很鲜活,医生要在第一时间将死者的遗体运回医院,取出死者的器官,移植到有需要的病人身上。这类犯人带着罪恶赴死的同时,却也给世界留下了另一种温暖和光明。

后来,有一年夏天,爷爷带我到村北一座山上去玩,我们拔了一堆蒿草,搓成绳状拿回家点火熏蚊子。山顶有一棵大树,树冠酷似碗碟,我和爷爷在树下休息了一会儿,从南坡下山。山下有一泓清水,周围风景秀丽,如世外桃源。回到家后,奶奶问我从哪里拔来的蒿草,我说和爷爷去的北山。我将秀美的山水描述了一番，奶奶立即冲着爷爷发了火，说："你不知道碟子树下那个水库是以前枪毙犯人的地方吗？带孩子去那里干吗？"我听到后突然觉得脊背发凉，好像能想象到湖边有很多游走的鬼魂，后来再也没去过那里。

## 老　井

在我们村，许多人家里都有一口井，吃水、洗衣、做饭都方便。可我在这里说的老井，不是家里的井，而是村外田野里用来抽水浇地的井。这些井都很有年头，充满故事，很多都吞噬过人的生命。

我们村东南有一口深井，离我家的麦地不远。有一年，一户人家要浇地，到井边放水泵时，发现水面上漂着一个四仰八叉的女人，把这家人吓得不行，赶紧报告村委会，村委会找人把女尸打捞上来，见尸体已经浮肿了。人们都不认识这个女人，尸体在井边停放了两天，放出风去，周围的村子也没有人来认尸，于是就在离井不远的河边草草掩埋了。后来听说，她是几里路外某村的一名村妇，因为和本村年长她二十多岁的生产队长相好，二人私奔了。在外漂泊十几年后，男的因病死亡，女的无力自己生活，又返回家乡，自家人和娘家人都觉得丢脸，将其拒之门外。在外游荡了一段时间后，她自感走投无路，便选择了跳井自杀。从此以后，这口无名的深井就被人们叫作"死老婆井"。

说到跳井自杀，这是农村一种常见的自我结束生命的方式。我认识的人里面，小学时的一位老校工，无妻无子，一辈子孤苦伶仃，晚年跳井自杀了。还有我一个同学的母亲，因为和婆婆、

// 农村的老井 //

丈夫吵了一架，心里觉得委屈，也跳井自杀了。

井的意象，在农村人眼里，一方面充满感激，它给人类、牲畜和粮食作物提供了必需的水源；另一方面也充满恐惧，黑洞洞的井口像是有一股魔力，会把那些悲观厌世的人们吸进去。有些想不开的人，走到井边就挪不动腿了，趴到井台上往下一看，井水里自己的影子好像向自己微笑着招手，好像有种声音呼唤自己，于是便义无反顾地纵身一跃，扑通一声，一个生命便被无情地吞噬了。

## 骂 街

骂街，是指农妇在村里的街道上互骂。这种事情隔几天就会发生一次，乡人们司空见惯，我把它理解为一种正常的乡村生活方式。

骂街是农村中年妇女的专利。男人们遇到不平之事，不屑于用这种逞口舌之快的方式解决，直接抡起家伙就动手了。年轻媳妇初来乍到，还顾及一些脸面，不好意思敞开骂。老年妇女看惯了人间风雨，已经没有力气骂，或者觉得该骂的都骂过了，骂不出什么新花样，没意思了。所以骂街的主角大都是中年妇女。

骂人首先要有理由，平白无故骂人，那是疯子的行为。在农村，骂人的理由无非是一些鸡毛蒜皮的事。比如谁家的小孩欺负了自己的孩子，谁家的牲畜糟蹋了自家的粮食，浇地或使用脱粒机谁家插了队，怀疑别家的女人勾引了自己的丈夫，自家的锅碗瓢盆被偷了，两家的土地边界不清晰了，前面邻居家盖的新房高过自家房子了，妯娌们互相指责不赡养老人了，等等。城里人可能觉得这不是什么大事，但在乡村，这都能成为骂街的重要理由。

骂街有两种情况：一种是自己一个人骂，另一种是对骂。如果一个人骂，就是没有明确的敌对方，比如家里丢了东西，但没有抓住小偷，只是怀疑是本村人干的，于是女人骂街只能骂天骂地，骂东骂西，骂鸡骂狗，骂桑骂槐，为的是出一口恶气，也希望偷盗者听见了产生愧疚。两个人对骂，状况就比较激烈了，女人们隔着七八米的距离，双手叉腰，头四十五度上扬，嗓门很高，唾沫飞溅，互相比谁骂的难听，不是咒骂死亡，就是与生殖器扯上关系，很多词汇难以入耳。两个女人谁也不甘示弱，越骂越凶，尤其是有人看热闹的时候，无异于又添了一把火，会让骂战变得更为激烈，甚至双方会像运动员一样高高跳起。但奇怪的是，她们一直保持着空间上的距离，永远停留在对骂的层面，谁也不会主动走上前去，与对方动手厮打起来，所以无论骂得多凶，两个人都是安全的。如果骂累了，有邻居出来劝架，或自家丈夫嫌老婆丢人，要拉回家去，骂战就会逐渐平息，一方会退回自己家中。退出的一方肯定会向众人解释，自己不和对方一般见识，要不是大家劝说，肯定不会放过她；而另一方则标榜自己有理，自己大获全胜。双方都用各自的方式找到了台阶下，维护了面子。

但是，骂街并不代表真正地结仇。过几天人们会发现，那两个互相骂街的妇女，又一起约着赶集去了，又在村头的井台上聊起天来了，好像从来没有发生过那场骂战。在农村，邻里之间，除非产生了被人挖了祖坟那样的大仇恨，否则，低头不见抬头见，有点小矛盾，见面主动打个招呼，或者送上两把青菜，也就随风化解了。

骂街对于农村妇女来说，固然是抒发不平之愤的一种方式，但我认为，这更是一种自我保护的手段。在农村，妇女本来就是弱者，没有其他本事，只有借机树立一个天不怕、地不怕的悍妇形象，以后才没人敢欺负自己。

## 偷　情

叔叔和婶子到城里工作以后，爷爷和奶奶就搬到了叔叔屋里居住，西边那两间老屋，就由曾祖母居住。曾祖母去世后，房子空了下来，正好那几年在棉纺厂工作的许多外地职工需要租房，奶奶就把那两间房租了出去。

第一次来租房的是一对年轻夫妇。丈夫潇洒帅气，妻子漂亮大方，他们对我都很好，有好吃的经常送给我。过了几个月，妻子怀孕了，肚子越来越大，就不去工作了，在家休息。我和奶奶在大门外乘凉，她也和我们一起聊家长里短，说她老家的事。又过了一段时间，妻子回婆婆家居住了，只剩下丈夫还在。就在这时，我发现另一个女人经常来这里。这个女人也很年轻，头发很长，个子也高，比男人的妻子长得妖艳，经常来这里过夜。听奶奶说，这个女人好像是男人的小姨子，但并不是他妻子的亲妹妹，可能有点拐弯抹角地沾亲带故。那时候我脑海里还没有男女偷情的概念，只是觉得妻子不在家，经常带别的女人来家里不妥。后来，男人的妻子生了孩子，男人回老家的次数多了，这个女人也就很少出现了。再后来，他们夫妻就搬走了。

又过了一段时间，一个年轻女孩租下了这个房子。她年龄不大，也就十八九岁，长得小巧玲珑，五官很清秀。刚开始她一个人住，后来，经常有一个三四十岁的胖男人来这里找她，有时候白天来，有时候晚上在这里过夜，呼噜打得震天响。夏天很热，他们经常开着门，在地板上铺一张凉席，躺在上面睡觉。我总觉得这两个人在一起不般配，男的像屠夫，女的像高中生。后来听人说，这个男的是女孩的领导，自己有家室，他们两个人是情人关系。再后来，听说男人的妻子知晓情况后闹到了单位，他就和这个女孩分开了，女孩也就不再租房子。

这两段房客的故事，当年我并不太明白，如今想起来，才知道其中的关系。当年在村里租房的人很多，这种男女之事也很多，毕竟属于私事，大家都是睁一只眼闭一只眼，租房者只要按月交房租，房东也不能随意干涉别人的生活。

## 杀 人

有一年，一对东北口音的母女，在我们村西头马路边上租了两间房，开了一个理发店。母亲三十多岁，长得很结实，一头波浪卷发。女孩八九岁，上小学的年龄，可能脖子有点问题，头经常歪着。那个女人喜欢到镇上的体育场锻炼身体。有一天清晨，我和爷爷去体育场玩，看到她在单杠上上下翻滚，因为是夏天，穿得少，能看出她身上有很多肌肉。听人们说，女人虽然开的是理发店，但干的是不正当的营生，就是卖淫。

有一天深夜，村里响起凄厉的喊叫声，引得好几只狗狂吠，但大家也没有起来看发生了什么。第二天早上,有人打开大门,看到一具男性尸体躺在门口的路上,浑身是血,身上有刀伤,于是赶紧报警。后来,警察又在村头桥下发现一具女尸,就是那个东北女人,腿上的动脉断了,血尽而亡。这是一桩大案,满城轰动。后来听人说,是有两个男人来嫖娼,之后又想抢劫钱财,但没想到女人身体结实,枕头下还藏了一把刀,于是他们开始了厮杀,女人砍杀了一个男人,但自己又被另一个男人砍杀了,这个作案者逃跑了。再后来,案子是否破了我不清楚,女人的孩子也没有再出现。如今,这两间房因为公路拓宽已经夷为平地。随着岁月的流逝,人们已经遗忘了曾经有两条鲜活的生命留在了这里,好像什么也没有发生过。

## 哑 巴

哑巴是村里的一位中年女性,住在我奶奶家后面,因为全村只有她一个人不会说话,所以大家习惯性地叫她"哑巴"。

哑巴有一儿一女,她的儿子比我小一岁,小时候我们经常在一起玩耍。哑巴的丈夫个子不高,身板也不强壮,所以很难外出赚钱,只能在家种地,农闲时在建筑工地打点零工。因为她家是外村迁入的独姓,她在村里总有一种孤独感,又因为家里特别穷,所以也很自卑。

我们小时候,倒是没有贫富贵贱的概念,我经常到哑巴家里找她儿子玩。她家院子很大,但很凌乱,堆着一些木头和砖块,很适合捉迷藏。她家的房子是茅草屋,经常漏雨,也没有钱来翻盖红瓦房。

贫穷可能会让成年人抬不起头来,但不会让小孩失去快乐。有一回在她家里玩,她儿子跟我说家里有好吃的,我问是什么,他到屋里桌上拿出一张薄薄的面饼,然后打开一个黑坛子,用勺子从里面挖出一勺白白的猪油,涂抹在上面,又撒上一些盐,卷起来就有滋有味地大口吃起来,还问我要不要吃,我说不吃了,其实我觉得可能难以下咽。

后来我到另一个乡镇读书,和哑巴的儿子就没了联系。有一次回奶奶家,顺便到屋后看了看,看到哑巴家的房子已经翻新了,我觉得他们的生活有了希望。但几年后,我却听说哑巴用辘轳从水井里打水的时候,不小心一松手,被辘轳上的手柄打晕在地,去世了。她的丈夫后来得了脑血栓,行动不便,不久也去世了。他们的一对儿女相扶相守,长大后各自成家,搬到邻村去生活,这个院子便荒废了。

这么多年过去了,我为什么会对这样一个普通的村妇记忆深刻呢?因为从她身上,我经常想到中国有多少贫苦的农民,他们的生命如同草芥,悄悄地生,悄悄地死,一生也没有走出过生活的乡镇。这也是人生。但话说回来,虽然他们的生命很卑微,很容易被人们遗忘,但他们毕竟努力地活过,也是有血有肉、有爱有恨的个体,都该赢得世人的尊重。我们这些在城市里生活,被世人看作有学问、有地位,走过五湖四海的成功人士,和农民们相比,生命体验何其精彩,所以要知足,要珍惜,更要努力,努力享受这人生中的酸甜苦辣、荣辱沉浮,因为这是多少农民世代渴望而不可得的生命状态。

·第二章·

# 入学记

{ 现在回想起来,坐在爷爷自行车后座上,拽着他的衣角去上学的日子,是最无忧无虑的时光。 }

到了上学的年龄，父母开始考虑让我到哪所学校念书。我们村没有小学，当时按片区划分，我应该到北边的御驾泉村小学读书，我们村和我同龄的孩子都去了那里。但是，当时爷爷在东王善小学教书，接送我上下学比较方便；另外，姥娘家就在东王善村，中午可以去她家吃饭。因为有这两个便利条件，父母就决定把我送到村东三里地的东王善小学读书。

　　东王善小学的前身是民国年间张其钊先生创办的王神寺学堂。张其钊是姥爷的伯祖父，光绪年间的郡廪生，毕业于山东法政学堂法律别科，曾任抗日民主政府参议员、口子区副区长，是当地知名的书法家、教育家。莱芜籍著名散文家吴伯箫的岳父、当地乡绅刘莲亭的传记和碑文，即出自其钊公之手。他当年创办的王神寺学堂，培养了一大批人才。

　　东王善小学面积不大，是四四方方的布局，分为东西两个区域。西区有两排平房，前排平房有两间是育红班（幼儿园），一间是

// 我和爷爷在东王善小学的合影 //

校长办公室，其余两间是老师的办公室；后排五间教室，从东到西是一年级至五年级，每个年级只有一个班，每个班四五十个学生，全校师生总共二百多人。两排平房中间有一个花坛，里面种着一棵大松树。花坛前面是旗杆，每周一的早晨，师生都要列队升国旗。校园东区是一个操场，操场北边是单双杠等体育设施，东南角是公共厕所，厕所后面有一口大井，里面常年沤着十几根发臭的木头，不知做何用途。

在我五岁那年，母亲把我送到了东王善小学的育红班。班里有两个中年女老师，母亲早就认识她们，请她们多关照我。可我一点也不愿意去上学。刚去的那几天，我要求母亲站在学校门口，我在教室里能一眼看见她才行，只要看不见她就哭闹。后来慢慢适应了，母亲不用在校门口陪我了，但我依然不好好上课，老想着到操场去玩，所以总是举手报告老师要撒尿，老师没办法，只能放我出来。后来老师跟母亲说，你儿子身体是不是有什么毛病？是否要带他去医院检查一下，怎么老是尿频？母亲问我怎么回事，我实话实说，是骗老师的，就是不想待在教室里，母亲把我狠狠地训斥了一顿。

六岁那年，我开始上一年级，是班里年龄最小的学生。每天早上，爷爷先骑车到我家，和我一起吃完早饭，然后带我到学校，他去办公室备课，我去教室上课。爷爷在学校里教语文、自然和音乐三门课程，我读二年级的时候，他开始教我们。同学们都知道他是我爷爷，所以我有一种本能的优越感。有一次在自然课上，爷爷讲到"溶解"这个词时，从书包里拿出一个玻璃杯和一小包白糖，将水倒进玻璃杯里，然后倒进白糖，过了一会儿，白糖就化了。爷爷告诉我们，刚才白糖在水中消失的过程就是"溶解"。然后他问我们，谁想来喝一口尝尝？正好我有点口渴，就积极举手，爷爷让我走上讲台，我一口气喝完了那杯甜甜的白糖水。

　　一到三年级，我的学习成绩都不错，座位也一直在前排。三年级那年，爷爷办了退休手续，不再接送我了，我开始自己上下学。爷爷不在学校，我好像没了主心骨，心情时好时坏，也影响了学习成绩。后来换了一位姓李的副校长担任我们的班主任，教我们数学，听说之前他和爷爷有些过节，即他分管学校财务时，爷爷曾因财务支出不透明质询过他，令他颇为恼火。有一次我课间上厕所，回来的时候上课铃已经响了，这位李老师让我站在讲台上，并用黑板擦敲了我的头。那天放学回家的路上，我一直在哭，觉得心里特别委屈，到了家门口，才把泪擦干，没有把当天的事告诉母亲。那时候在乡村学校，老师体罚学生的情况非常普遍，家长也觉得老师用这种方式严格管教学生是对的，从未因老师体罚学生去找过学校。

　　到了四年级，我的学习成绩已经下降到中下游，座位也被调到了后排。我和同学们没有办法比学习成绩了，只能比点别的。有一回，学校要求每位学生制作一件手工艺品，带到学校集中展示。我和母亲用树根做了一条蛇，奶奶给我做了一个灯笼，还有一棵站满了黄鹂鸟的花树，非常精美。我把这三件作品带到学校，同学们都投来了钦羡的目光，我算是找到了一点自尊。

　　那年春节前，学校根据期末考试成绩，给班里成绩好的学生发奖状，我考得不好，第一次没有拿到奖状。回家之后，父亲看到成绩，骂了我一顿，因为父母对我的学习一直寄予厚望。爷爷

// 现在的东王善小学 //

正好来我家,看到我在墙角哭,为了安慰我,骑上自行车偷偷去了一趟学校,给我拿回来一张奖状,写上我的名字给了父亲。父亲拿过来一看,没有学校盖的公章,当场就把奖状撕了。这件事对我打击不小。

　　当然,小学期间也有好玩的事。有一年春天,学校组织春游,我们师生几十人自己带着馒头、火烧、火腿肠、咸菜、水果,打着旗子,浩浩荡荡从学校出发,走了十几里路,到了北边的秃妮子山,一口气爬到了山顶。在山上,看着盛开的桃花,蓝蓝的天空,渺茫的小村庄,心里有种难得的辽阔感。我们在山顶找了两块大石头,两位老师坐在上面,同学们围在一起,照了一张合影,这张照片至今还放在我家的影集里。

　　上小学的时候,中午有时候去姥娘家吃饭,有时候在学校里买饭吃。如果去姥娘家,她经常给我做一种叫"咸食"的食物,就是将南瓜或者萝卜切成丝,搀上水、面粉、花椒粉和盐,煎成饼子,味道不错。但是在姥娘家吃饭,因姥爷非常威严,气氛有些压抑,所以我也不经常去,大多数时候都是早上母亲给我一块钱,我中午自己买饭吃。一块钱那时候能买什么呢?在学校门口东侧三百米的小商店,能买两个火烧(每个三毛钱)、一包辣酱(三毛钱),还能剩下一毛钱归自己所有。莱芜火烧在山东很有名气,里面有油、葱花、花椒粉、芝麻,烤熟之后涂上辣酱,非常好吃。

　　当时学校里有两个老校工,一个五十多岁,一个七十多岁,他们既负责看门,也负责打铃。一个铁钟挂在值班室门口,他们一直看着钟表,上课四十五分钟,课间休息十分钟,一到点,就要用一把铁锤头敲打铁钟,一般是敲十下,方式非常原始。值班室门口还有两个大水缸，里面盛着从压水井压上来的凉水，同学们渴了直接拿着水杯去舀水喝，条件比较艰苦。

还有一件事印象深刻。学校后面是东王善村委会，在村委会大院东南角，也就是一年级教室后窗外面，常年停放着一口红漆棺材，是村里公用的。谁家有人去世了，就把这口棺材拉过去，等办完丧事，尸体火化装入骨灰盒下葬后，再把棺材还给村委会，放回原处。每当我们想起教室后面有一口经常装死人的棺材，就觉得很害怕。那时候村里办丧事，下午四五点钟才起灵，将棺材抬到长长的木板车上，前面一个人拉着，后面一个人扶着，走二十多里路到城北枣园火葬场火化尸体。这个点，正好是小学放学时间，我回家的路，又是城南的村庄去往城北火葬场的必经之路，所以经常会遇到拉着棺材的人，远远看见，我就吓得抓紧跑到马路一侧的麦地或玉米地里，俯下身子，等他们走远了，才敢从地里走出来回家。

五年级上学期结束的时候，因为母亲要到父亲的工厂去工作，我们全家都要搬到另一个乡镇，父亲就给我办了转学手续，我从张家洼镇东王善小学转到口镇中心小学读书。办理转学的那段时间，正好我生了麻疹在家休养，和我关系比较亲近的五六个同学到我家来看我，互道惜别之情。其中有一位女同学，是班里的学习委员，长得很可爱。我到口镇读书以后，就很少见她了。上初中后，有一次周末回老家，看到她正在集市上卖菜。菜都是自家地里种的，她不管是叫卖还是称重，都已经非常熟练了，不像一个十几岁的孩子应该有的样子。我知道她家境不好，穷人的孩子早当家，她过早地接受了生活的磨炼。后来，我听说她得了白血病，这让我很伤心，如此重疾怎么就落到这样一个美好的女孩身上了呢？我还没来得及去探视她，就听到了她去世的消息。不知今天还有几位同学能记得她，如果以现在的医疗条件，说不定能挽救她那刚刚绽放的如花的生命。鲁迅说，悲剧是将人生有价值的东西毁灭给人看。我这位同学的早逝，让我知道了什么是人间悲剧。

如今二十多年过去了，小学的四五十个同班同学，除了一个在我们老家报社当记者的还有联系，其他同学都已经没有联系了。他们大都在莱芜工作，过着安逸的生活。我到北京以后，有一年回老家看望姥娘，车子经过村口的东王善小学，我发现学校已经盖起了三层小楼，本想停下来进去看看，但一种无名的愁绪涌上心头，终究没有下车。

·第三章·

# 吐丝口

"吐丝口"是一个镇,她有一个形象浪漫的名字,我在这里度过了初中和高中生活。这里的山、河、瓜地、桃园,都是我与大自然亲密接触的见证。那段苦读的岁月,为一个农村少年走出贫瘠的故乡,点亮了一盏指路明灯。

# 电池厂

十岁那年,我跟随父母到老家以北十几里外的口镇生活。

口镇是莱芜中北部的一个老镇,也是莱芜历史上重要的交通枢纽、商贸中心。口镇往北是山区,往南是平原,这里成为进山出山的隘口,俗称"口子街"。此地土壤肥沃,雨量充沛,盛产蚕丝,曾是鲁中蚕业集散中心。久而久之,人们又称口镇为"吐丝口",这是一个很形象浪漫的名字。

父母工作的地方,位于口镇上水河村村南,是一家国有企业,主要生产电池材料。厂子分为东西两个区域:东区是生产车间,主要生产电池里面的锌片、锌筒和碳棒;西区是职工家属生活区,每个家庭有两间平房、一个小院。东区和西区被一条马路隔开,沿这条马路一直往南走二里路,就是我就读的口镇中心小学。平常父母在东边的车间工作,我和同龄的几个小伙伴在西边生活区玩耍,有几个地方印象深刻。

一个是澡堂。因为厂里有碳棒车间,工人们天天和黑碳粉打交道,浑身都是黑色,只有牙是白的,下班后必须洗个澡才能回家。厂里建了一个澡堂,每天开放三次,为早中晚班的工人提供免费洗浴服务。我们小孩喜欢去澡堂那个大水池里洗澡,在里面扎猛子游来游去,但必须要赶在工人下班之前去,那时水比较清澈;如果去晚了,工人们一旦跳进水池里,水就变成了"墨汁"。

另一个是篮球场和食堂。篮球场和食堂都在生活区南侧,食堂门口就是篮球场。我放学以后,经常和同伴在篮球场打球,大家大汗淋漓,湿透了衣服,之后再去食堂买馒头,有时候也打份菜。每到元旦、五一劳动节,厂里的工会就会在食堂大厅搞文艺联欢,年轻的职工们载歌载舞,非常热闹。

还有一个是破旧的厂房。这处厂房位于生活区南侧,已经废弃多年,成了危楼,平常里面空无一人。有一年冬天,听一个小伙伴说这座楼里闹鬼,半夜有人听到女人的哭声,我们几个男孩就想进去一探究竟,约好晚上打着手电筒一起去,后来觉得晚上太恐怖,又相约第二天上午去。第二天,我们到那座楼下集合,一起推门进去,发现里面积了厚厚的一层灰尘,每走一步都能踩出一个脚印。楼共分三层,许多窗户的玻璃都已破损,一些废弃的机器也生了锈,墙角有很多蜘蛛网,还有很多高高的白色冰柱,像是水管子喷水后冻住的,很壮观。我们沿楼梯走到第三层,没发现什么可疑的东西,就迅速下了楼,心里扑腾扑腾的,怕真会遇见女鬼,感觉楼里的景象,特别适合拍恐怖电影。

从电池厂去口镇中心小学的路上,要经过一个韩家林,是口镇韩氏的墓地,在路东。如果我们晚上有自习课,就需要结伴回家,因为经过此地有些害怕。韩家林对面有一个鞭炮厂。有一年,

// 电池厂远景 //

鞭炮厂发生了爆炸，炸死了好几个人，我们在学校的教室里都感觉到了晃动。

我在上下学的路上，经常遇到上水河村一个姓刘的女孩。她和我一级，穿得很朴素，每次都是一个人低着头在路上慢慢走，尤其是见到我们电池厂的几个孩子骑车经过时，她会躲得更远。听说她父亲是收破烂的，她内心好像有些自卑。在那个年代，工人因为有铁饭碗，社会地位要比农民高，许多农民都很羡慕工厂的工人。我们厂区的许多家庭都买了彩电、冰箱、洗衣机这三大件，父亲和同事们也经常一起喝酒聚餐，比周围的农民提前步入了小康生活。

上水河村有个收废品的老头，姓高，但长得不高，很瘦小。他会算命，有时候厂里的人生活中遇到了什么难题，就会找他算一算。他有时象征性地收点钱，有时不要钱，只在人家家里吃顿饭。每次他看到我们几个小孩，总是很热情地和我们打招呼。有一回，他跟我们说，南坡里发现了一个古墓，问我们要不要去看。我们男孩子都有探险精神，争先恐后地跟着他去了。那是一个平民的墓，估计至少有七八十年历史了，不知为什么被打开了。石头墓室还在，没有见到棺木，尸骨很零散，头骨没有任何损伤，是个完整的骷髅，还有几根胳膊和腿上的长骨，因为是白天，所以大家没觉得害怕。在尸骨旁边，有一个坛子，没有盖，里面有一些发了霉的五谷杂粮，除此之外，再没有其他的陪葬品了，看样子墓主是贫寒之家。

我从五年级转入口镇中心小学后，刚开始有些不适应，后来和老师、同学们熟悉了，就慢慢适应了，学习成绩也有所提升。印象中，校园广播里经常播放当年很流行的一首歌，那英唱的《雾里看花》,其中那句歌词,"借我借我一双慧眼吧,让我把这纷扰看得清清楚楚明明白白真真切切",经常在我耳畔回响。

时间过得很快,半年后,我就考入了口镇中心中学,开始了初中生活。

## 山河故事

在电池厂住的那几年,正是我们玩得最欢实的时候。我们像脱缰的野马到处奔跑,厂区周围的田野里都留下了我们的足迹。

电池厂以东有两座山:一个是东南的秃妮子山,海拔四百多米;一个是东北的金牛山,海拔三百多米。在初中的时候,我和厂里同龄的男孩女孩一起爬过秃妮子山,其中有个小姑娘,在爬山的时候,遇到陡峭的地方,我就拉她一把。那时候已经有了性别意识,手碰手的时候,我的心里有点紧张。到了山顶,我们都出了一身汗,微风吹起她的秀发,我觉得她特别美。

金牛山离得近,又不高,所以我们去爬得多一些。山上有一块大石头,上面有四个很深的牛蹄印,传说有头金牛经过这里,所以叫金牛山。其实爬山并不重要,重要的是掀蝎子。周末的时候,我们会拿着一个玻璃瓶、一双筷子,在山坡上掀蝎子。越干旱的地方越有蝎子,潮湿的地方很少见。我们掀开石头,如果发现有蝎子,就和捡到了钱一样,欣喜若狂。夹蝎子是个技术活,要快,要准，还要防止被蜇伤，要用筷子迅速夹住蝎子的腰部，放进瓶子里，盖上盖子。我们把捉到的蝎子带回家，少的时候七八只，就直接扔到酒坛子里泡酒；多的时候二三十只，就会用油炸着吃，这是一道地方特色美味。

电池厂南边有一条河，四五米宽，水量充沛，鱼虾很多，是我们小时候的乐园。在河里洗澡和抓鱼，是我们最快乐的时光。

每当夏天来临，我和小伙伴们就迫不及待地跑到河边，脱光衣服，一个猛子扎到河里。河水一米多深，我们的头如果露在外面，脚就够不到河底；脚沉到河底后，使劲往上一蹬，头才能露出水面。我们在河里主要是打水仗和捉迷藏。河里长着许多菖蒲，藏在蒲草丛里很难被人发现。在水里玩上半天，浑身的皮肤就会泡得发白。

我的一个小伙伴，家里有一个长长的粘网，我们经常拿来捉鱼。前一天傍晚，我们找一处水域宽阔的地方，将粘网两端系在河两岸的小树上，再用石头压住，使渔网略低于水面，布好后我们就回家。第二天早上，拿着水桶去收网，每回总有几十条鱼卡在粘网上，都不大，约一拃长，大多是鲫鱼和草鱼，活着的就拿回家养着玩，死了的就扔掉。

有一回我在河边玩，碰到一个电鱼的人。他穿着一身不透水的胶皮衣裤，左手拿着一根长长的电棍，右手拿着一个大网，胸前有个方形电瓶，背上有个大背篓，从河的上游往下游电鱼。他的电棍一伸到水里，水面上就漂起好多翻着肚皮的白花花的鱼。他只挑选大的，用网子捞到自己的背篓里，等捞满了，直接骑摩托车带到集市上去卖。我跟在他后面，从水里捡拾一些小鱼。我没拿水桶，就地拔了几根长长的狗尾巴草，从鱼鳃里穿过，一会

// 电池厂前面的河流 //

儿就在上面穿了四五十条。我仔细观察，他用电棍电的鱼，大多并没有死，只是昏厥了，一会儿就会苏醒过来，翻过身子，重新游进水里。

在河边高高的土坡上，还有两个好去处：一个是打靶的地方，另一个是防空洞。

当年不知道是部队驻军还是公安系统，每隔两个月就会组织一次打靶训练，地点就在高坡上。打靶时周围封闭，我们没法到跟前看，只能听到枪声此起彼伏。等打靶结束后，我们会第一时间爬到土坡上寻找弹孔，从里面挖子弹壳，比谁挖得多。我一次能挖到三四十个，有的小伙伴挖得更多，说这子弹壳是铜做的，能卖不少钱呢！

防空洞就在离打靶基地不远的土坡上，说是防空洞，其实里面什么设施都没有，只是土坡上的一个深五六米、直径一米半左右的洞穴，防空洞是我们给它取的名字。这个洞到底是谁挖的，什么时间挖的，用来做什么的，谁都说不清楚。我们每次到土坡上玩，其他小伙伴总是喜欢钻到洞里。我只钻进去过一次，后来就不愿意钻了，我总担心：万一这个洞突然塌了，被埋在里面怎么办？

在河边，还有一片很大的白杨树林。夏天两三场雨过后，耳边就响起了蝉鸣声，这个树林就是我们捉知了的主战场。晚上六七点钟，吃完饭后，父母拿着手电筒，带着孩子走向那片树林，在树上找刚爬出来的蝉的幼虫，来来回回走几趟，总能捉到二三十只，拿回家做一盘煎知了，是很好的下酒菜。

除了到河里玩，我们还会到北边的矿坑和水库里去。矿坑离口镇铸造公司很近,是以前采铁矿石挖出的大坑,后来蓄满了水,足有十几米深,非常危险。我和伙伴们去玩,我只敢在及腰深的地方,不敢再往里走,因为我当时只会"狗刨",不会仰泳、蛙泳之类的,怕游到中间回不来了。有一次,一个同伴鼓励我往中间游,我说不敢,他说那我背着你游,我水性好。我没听他的,被他笑话胆小就胆小吧,依然坚持留在浅水区。现在想想很后怕,如果当时一冲动,趴在他背上游进了矿坑中心,他游累了把我扔下来,我的生命也许在十几岁就戛然而止了。这不是危言耸听。过了不久,电池厂里有个职工的孩子,比我大两岁,到枣园水库去洗澡,一个猛子扎进了深泥里,等捞上来的时候已经没气了,听说鼻子、嘴和耳朵里全是泥。从那以后,我们就不敢到矿坑和水库里玩了。

## 瓜果忆旧

电池厂西边是一大片良田，老百姓轮换着种小麦和玉米，从我家墙上向西望去，绿油油一片，像铺了漫无边际的绿地毯，视野很开阔。再往西走，是一片西瓜地。有一年夏天，我们去偷西瓜，选在午饭时间，在瓜棚看瓜的农民回家吃饭了，他十几岁的小女儿来替他看瓜，瓜棚前还拴着一条狗。我们几个小伙伴匍匐前行，等爬到瓜地旁边，也没有时间挑选哪个西瓜大、哪个熟得好，每人抱起一个离自己最近的瓜，扯断瓜秧就跑。这时候那条狗发现了我们，很凶恶地叫起来，但它被拴在木桩上，没法追我们。那个女孩追了几步，看到我们人多，就坐在地头上嘤嘤地哭了起来。我们每人抱着一个瓜，迅速钻进周围的玉米地里，玉米的高度已经能够完全遮住我们。那天一共摘了四个瓜，我们在地上把瓜摔开，其中两个不熟，白色的瓤里微微泛红，我们就扔掉了；另外两个熟得还不错，我们直接用手掏出瓜瓤吃，不一会儿就把肚子吃得鼓起来了，然后大摇大摆地从玉米地里走出来，很满足地回家了。

厂子后面还有一片桃园，但我没有和同伴们去偷过桃。不知为什么，我的皮肤一碰到桃毛就会过敏，浑身发红、奇痒不止，所以我不敢上树摘桃，只能拿洗过的桃子。那年夏天，有一次父母下班后，我们一起去厂子后面散步，看到桃园里的桃子挂满枝头，红彤彤的熟得很好，就走到桃园里买了几斤，有圆形的水蜜桃，也有扁的蟠桃，蟠桃吃起来更甜。

除了西瓜和桃子，我们还经常摘桑葚和酸枣。

口镇蚕丝业发达，许多村民家里都养蚕，那就需要种桑树、采桑叶。在电池厂西南的下水河村，有大片大片的桑地，农民们只收桑叶，不采桑葚，所以桑葚成熟的时候，我们小孩可以尽情地摘，从来没有人管。桑葚不打农药，吃着特别放心。熟透的桑葚紫得发黑，吃起来很甜很沙，一会儿嘴唇和牙齿就变成了黑色；如果不小心染到衣服上，很难洗掉。现在大城市的超市里，桑葚成了一种补气养血的好水果，卖到十几块钱一斤。听说老家的桑地也围起来搞采摘园了，以前没人稀罕的桑葚，如今也变成了宝。

厂子南面有一条河，是嬴汶河的支流。在河边高高的土坡上，长满了野生的酸枣树。每当秋天酸枣成熟的时候，我们就会到坡上去摘。酸枣个头不大，和小指甲盖差不多。摘酸枣的时间要把握好，太早了，酸枣还是绿色的，不熟，吃起来发涩；太晚了，果肉就已经风干了，只剩下一层皮。成熟的酸枣，果皮通红，摸起来硬硬的，吃起来酸甜可口。但摘酸枣也有令人不爽的地方：一是酸枣核大肉薄，吃起来不过瘾；二是酸枣枝上刺太多，经常扎破手指或划破胳膊，要多加小心。

## 赶　会

我上初中的时候，口镇为了促进商业发展，开始"起会"。这个说法是当地的一种方言，就是指举办物资交易大会，地点主要集中在南街村那条南北干道上，一般两年举办一次，都是在秋天，每次持续十天左右。周围市县做买卖的人，会提前到这里来挑选摊位，销售各类商品。每逢起会，都是口镇人民的盛大节日，大人小孩都去赶会，平常舍不得花钱，但赶会的时候，看到心仪的东西，一般都会购买，就怕散会以后，有些东西就买不到了。

起会是物质的盛宴，吃穿用的样样俱全。吃的，除了平常能够见到的粮食、蔬菜和水果，还会有海鲜和一些其他地方的特色美食。穿的，专门有一条街卖花花绿绿的衣服，虽然质量一般，但款式新潮，丰富多样，价格也便宜，所以女人们都很兴奋，相约着从这个摊位转到那个摊位，总能买到几件称心如意的衣服。至于用的，锅碗瓢盆等日常用品一应俱全，可以货比三家。每次起会，商品交易额都不小，商家赚了钱高兴，老百姓买到了自己想要的东西也高兴，镇政府搭平台收税费更高兴。

　　起会也是精神的盛宴，每次起会，都有本地和外地的戏剧团、马戏团、歌舞团前来助阵。戏剧团是镇政府花钱雇来的，让老百姓免费看戏，主要是为了聚拢人气。莱芜梆子剧团来得多，经常演《赵连岱借闺女》《三定桩》《墙头记》等剧目，还有外地豫剧团演的《穆桂英挂帅》《五世请缨》《大登殿》，曲剧团演的《卷席筒》等戏。马戏团是外地的，他们扎起一顶大帐篷，动物不是很多，以猴子、马、狗、蛇等常见动物为主，经过训练后，它们会和人一起做些简单的游戏，很多老百姓带孩子进去看，需要买票。关于歌舞团，大多是南方人来演出，也是先扎一顶军绿色的大帐篷，里面有个大舞台，帐篷外有个小舞台，两三个女演员穿着暴露的服装，在上面跳劲舞，吸引老百姓买票到帐篷里去看演出。听说里面都是女演员在跳脱衣舞，一件一件脱，最后脱到一丝不挂，这时候里面就会传来一群老男人的阵阵掌声和尖叫。有个卖花生的老头，歌舞团搭的台子就在他的摊位对面，他看那几个妙龄女子在台上搔首弄姿，看得入了迷，面前两麻袋花生被人偷走了，自己竟浑然不知，被人传为笑柄。这种色情表演，当年有人举报过，执法队也查过，但没有杜绝。

　　忘了从哪一年开始，就没有再起会，刚开始大家还问啥时候再起会，日子久了，也就慢慢忘了这回事。现在镇上已经有了大超市，街边也都是两层楼的门面房，还有五天一次的大集，老百姓日常购物越来越方便，"赶会"已经成了一个历史名词。

## 口镇中学

小学毕业后,我到口镇中学读书,被分在九六级一班,全校有两千多名师生。

那时候,评价学生的唯一标准就是学习成绩。我的成绩在班里一直处于中游,主要是因为偏科,语文、政治、历史、地理等课程学得不错,但英语、物理、化学却一塌糊涂。可能在我的基因里,对文科有天然的亲近感,对数理化有畏惧。

我最喜欢上的课是语文、历史和美术。教我们语文的是李敬军老师,我的作文写得好,经常被当作范文来读,我在语文课上找到了自信。历史老师是许振民,他总能把冷冰冰的历史事件讲成鲜活的故事,听起来非常有趣;另外,他的板书很有条理,一节课下来,课程要点正好写满一黑板,我们只要抄下来复习,考试就能得高分。美术老师是刘明,一个非常有艺术气质的青年教师。当时我是美术科代表,每周一次的美术课,数我画得最好,1997年香港回归前夕,学校组织了一次绘画大赛,我的作品荣获二等奖,学校给我发了一个精美的笔记本,至今我还珍藏着。

我不喜欢上的课是英语、物理、化学和体育。教我们英语的是王翠玲老师,我的英语基础一直很差,一百分的试卷,总是在六七十分徘徊,我自己觉得下了不少功夫,但总是找不到学习的门道。上英语课最怕老师提问,但越怕什么越来什么,每当老师要提问,我就下意识地低下头,不敢和老师面对面,这时总能听到老师叫我的名字,只能不情愿地站起来,但大多数时候不知如何回答。当时我曾固执地认为,老师是在故意刁难我,让我当众出丑,但后来我的看法改变了。有一次放学回家,父亲说,你的英语老师来家访了,觉得你应该再加把劲,提高一下英语成绩,要不然中考很危险。我这才知道老师的良苦用心,她是觉得我还有挽救的必要,才多次不遗余力地帮助我。毕业后我再见到王老师时,主动向她表达了谢意。

关于物理和化学,我真是一窍不通。电路的串并联,以及配化学方程式,一提起来我就头疼,一百分的试卷,很少能及格,老师讲的内容我也基本听不懂。我知道自己确实不是学理工科的料,上这两门课觉得很痛苦。

按理来说,体育课应该是受男孩子欢迎的,但我最怕跑1000米。那时候中考要测试1000米,所以体育课上经常训练。不知道为什么,我总觉得自己肺活量不够,刚开始围着操场跑第一圈的时候,速度还可以;但到了第二圈,就觉得喘不动气了,速度慢了下来,自己强撑着快跑完的时候,几乎成了最后一名,每次都达不到标准成绩,所以一上体育课我就发愁。但是初中那几年,却培养了打乒乓球的爱好,学校操场东南角有十几个水泥乒乓球台，每天下午放学后，我都会和同学们打一会儿乒乓球再回家。

关于生物课，也要说一说。当时课本里有一节关于男女生理卫生和生殖器官的介绍，老师觉得讲起来尴尬，就直接跳过去了，说让我们自己翻翻就行，考试不会考这些。其实，如果借这种正常的教育机会，给孩子们普及一下生理常识，应该是很有意义的，越不讲越会激起大家的好奇心，有的学生就会采取其他不当的方式来补上这一课。生物课也有好玩的时候。当时学校实验室购买了几台简陋的显微镜，讲到细胞的时候，老师会让我们用显微镜观察洋葱膜和口腔膜，后来讲到动物的身体结构，老师给我们每人发了一条鲫鱼，用剪刀进行解剖，我们觉得非常新奇。

初三那年，我们班来了个新的地理老师，是烟台师范学院的一名在读大学生，过来实习。她个子不高，胖胖的，短头发，戴着眼镜，讲课慢声细语，有时候还和我们开玩笑，像个大姐姐一样。虽然她只讲了两三个月的课，但和我们建立了深厚的感情，在她实习结束将要离开的时候，我们都恋恋不舍。她给我们留了通信地址，说想她了就给她写信。她回去以后，我和我们班好几位同学都给她写了信，投到学校门口那个绿色邮筒里，然后每天都去传达室看有没有回信。过了一段时间，她真的给我们回信了，说很想念大家，欢迎我和同学们去烟台看大海，有时间会再回来看我们。后来就没有再联系，也不知道这封信现在放哪里了。

初中的时候，班上的座位是以学习成绩的好坏来安排的。我们班学习好的大都是女生，她们坐在教室中间，老师形容她们是一朵花的花蕊；学习中游的学生，坐在两侧和前面；学习差的坐在教室最后两排，身后放着打扫卫生用的扫帚和拖把。经常考第一名的那个女孩姓陶,父亲是乡镇干部,母亲是学校老师。她坐在教室的核心位置,初中四年,几乎每次考试都是第一名,如神话般遥不可及。后来,她考入上海交通大学,研究生毕业后在上海一家科研机构工作,至今我们还保持着联系。

我第一个同桌,是个姓赵的女孩,扎着两条大辫子,性格特别开朗,给我带来了很多欢乐,如今她在青岛做服装生意。第二个同桌,是个姓郑的男孩,脾气比较古怪。他在桌子中间用小刀画了一条线,不许我的胳膊和文具超过那条线,为此,我跟他打过几次架,你打我几拳,我踢你几脚,双方不分胜负。后来老师发现了,给我们调开了座位,"战争"才算平息下来。换了座位以后,我和一个姓贾的女孩一桌,她是班长,学习成绩也好,给了我很多帮助,现在在山东淄博中学当老师。

当时还有个男同学,学习成绩不错,但家里比较贫困,尤其是他有个疯母亲,这总让他觉得抬不起头来,有些自卑。他母亲我见过,瘦瘦的,头发有些花白,经常拿着一个破布袋,走路很慢。后来我读鲁迅的《祝福》,看到老年的祥林嫂,就想起他母亲的样子。听人说,他母亲原来是个才女,学习很好,因为考上了大学却被别人冒名顶替了,所以气疯了。还有人说,他母亲是因为恋爱受挫,精神上受了刺激,所以急疯了。虽然他母亲精神不正常,但对儿子的关爱却一点也不少。她经常从七八里地之外的村庄,步行来学校看他,书包里有时候是洗干净的衣服,有时候是一点食物,比如两个热火烧。但对于我这个同学来说,每次他母亲来,对他都是一种煎熬。他从窗户上看到母亲来了,就立即藏起来,让同学告诉他母亲,说他不在。后来有一次,他母亲仍然发现了他,

// 口镇中学 //

笑盈盈地走上前来。他一个箭步冲出教室，跑向了操场，接着他母亲也跟到操场去了。这个男孩没办法了，躲进操场的男厕所不出来，他母亲应该还有分别男女的意识，知道男厕所女人不能进，就一直在外面等着儿子，脸上有种沮丧和绝望的神情。每次我想起这件事来，都对我的心灵触动很大。那时候少不更事，觉得这样的母亲给自己丢人，可母亲对儿子的爱，对儿子的依赖，不会顾忌任何世俗的眼光，相信我这个同学，如今应该早就明白了这种苦涩的母爱。

　　当时学校里有个小卖部，卖一些常见的零食，有时候我来不及在家里吃早饭，就会到小卖部去买火烧和辣条吃。那时辣条这种豆制品刚刚兴起，吃着真香。校门口有几位推着小车卖零食和文具的妇女，主要卖糖、话梅干、榨菜、汽水、铅笔、贴画等。有时候还会有穿着斜襟褂的农村老太太来卖菱角和酸枣。菱角是煮熟了的，一毛钱一个，我们喜欢用小刀在菱角壳上钻个孔，掏完了里面的肉，把空壳当哨子吹。酸枣是老太太自己从山上摘的，用茶碗掭着卖，一毛钱一茶碗。农村老人自己没有收入，通过卖点没有成本的吃食，赚点油盐酱醋钱。学校后面有个葡萄园，开学第一课，我们通常去园里拔草。秋天葡萄成熟以后，学校会给老师每人分几斤，有的老师就把葡萄带到教室里，让学生吃了。

　　初中四年，我的学习成绩一直不温不火。2000年，我参加中考，成绩刚够分数线，按照片区划分，被莱芜二中录取。毕业前夕，我和几位要好的同学到镇上的照相馆拍照，每人照了一张。我当时选了一身警服，穿上后觉得英武帅气，拍出来效果不错，于是洗了好多张，分送给同学们留念。

初中毕业十八年以后，2018年秋天，在教师节前夕，我回了一趟母校，这是毕业后第一次回去。我给母校的图书馆捐赠了1000本书，还看望了当年教过我的诸位恩师。校长带领我参观校园，文化长廊还在，大雪松还在，教学楼也还在，主要的变化就是新盖了一栋教学楼，操场跑道换成塑胶的了，老师们变老了。学校邀请我给孩子们开了一场讲座，讲了一个小时，主要是鼓励他们树立正确的人生观和价值观，通过自己的努力改变命运，实现人生价值。看到台下的孩子们渴求知识的眼神，想起二十年前我在这里读书时，也和他们一样大，真是恍如隔世。中午和老师们一起吃饭，我给每一位老师敬上一杯薄酒，感谢他们对我的培养。

2019年国庆节，受莱芜市作家协会和三味书屋邀请，我又回到故乡做了一场公益讲座，主题是"文学照亮生活"。讲座现场来了二百多位听众，我惊喜地发现，我的语文老师李敬军先生来了，我的初中老同桌来了，那位每次都考第一名、在上海工作的老同学来了，还有其他几位老同学，都来给我捧场，我心里很感动，有他们的关心和支持，我奋斗的动力更足了。

## 文学启蒙

我对文学产生自觉的热爱,是从口镇中学开始的;但是,这种对文学艺术的天然亲近,还得从小时候说起。

五六岁的时候,我开始喜欢看连环画,自己手里的看完了,就和同村的玩伴们交换着看,如果遇到自己特别喜欢的,则想据为己有。可是,他们怎么会轻易相赠呢?这时候,我就使出童年的"外交手腕",即用他们喜欢的东西来交换,比如父亲为我买的大白兔奶糖、五颜六色的玻璃球、过年剩下的鞭炮,甚至是我从河里抓来的草鱼。虽然这些我也舍不得,但在连环画的诱惑下,也果断地拱手相赠了。

我曾得到过一本《封神榜》连环画,爱不释手,看了足有十几遍。我好奇土行孙的土遁法术,希望自己也能踏上哪吒的风火轮,盼着也像雷震子一样见风就长,看到恶人闻太师死于姜子牙手中,心里特别解气。那年深冬时节的一个早晨,天下着鹅毛大雪,我正躺在被窝里看这本《封神榜》,叔叔突然来到我的房间,看我读得津津有味，便坐在床头对我说："你给我讲讲封神榜的故事吧！"然后他一把将书夺了过去。我嘿嘿一笑，二话没说，一口气从头讲到尾。叔叔非常惊讶，对我说："你一个字也没有讲错。"不知道叔叔的话是真是假，但足以证明我对这本书的熟悉程度。这件事给予我的自豪感和自信心，使我久久难以平静。

我对文学的热爱，和我的家庭有很大关系。爷爷从新泰一中毕业后，开始教中小学语文，一教就是三十多年，老家、县城的许多学校他都执教过，家里自然攒下了一些书。父亲也曾在学校当过语文代课老师，后因其他原因转行，但一直负责单位的文字工作。姥爷也干了一辈子乡村教师，逢年过节去看他，堂屋里也有一架书。在这期间，从各种各样的连环画，到插图本的四大名著，我都读了不少，书籍给我幼小的心灵打开了一扇天窗。

我上初二那年，语文老师布置了一篇作文，题目是《秋天的故事》。我受当地报纸刊登的一则新闻启发，写了一个村委会为鳏寡老人牵线搭桥举行婚礼的故事。在当时，这篇文章因为主题新颖、语言流畅，被老师当作范文在作文课上朗读点评，这让我感到非常自豪。自那以后，我更加认真对待每一次作文写作，也开始大量阅读文学作品，父母给的零花钱，我都买了杂志和图书。我如饥似渴地阅读着，书里的世界，带给我巨大的想象空间和精神安慰；同时，我的作文被当作范文朗读的次数越来越多。

在当时，阅读课外书是被老师和家长看作不务正业的事，所以我总是偷偷地读。晚上回家，拿一本小说，开着台灯在被窝里看，母亲一会儿来催一遍，说快点睡觉吧，别看书了，明天上课没有精神。我就把灯关了，拿手电筒照着看，因此也付出了惨痛的代价：

时间久了，眼睛看东西开始变得模糊，父母带我去配眼镜，一验光，双眼已经近视各五百度了，这让我对文学真是又爱又恨。

初三那年，在校长张廷勇先生的倡议下，学校创办了校刊《启明星》，发表教师和学生的文学习作。经过老师推荐，我有两篇文章在创刊号上发表，在学校也有了点名气，大家都知道我的文笔不错。后来回忆起这段经历，我觉得每个孩子都是可塑之材：这方面不优秀，其他方面可能有特长，要善于发现孩子身上的闪光点，老师一个鼓励的眼神、一句赞扬的话语，就会对一个学生以后的人生道路产生很大的积极作用。相反，仅仅以学习成绩作为唯一评价标准，不提倡兴趣培养，对学习成绩不够优秀的孩子一味批评苛责，实在是一种摧残天性的愚蠢做法。

自从我在初中埋下读书写作的种子，后来便一路坚持下来。到了高中，我继续大量地阅读写作，并负责编辑学校的校报校刊。考上大学以后，我读的是中文系，看书写作成了分内的事，这让我觉得非常幸福，既满足了自己的兴趣，又把兴趣发展成了立足社会的职业技能。这些年来，我在业余时间陆续发表了两百多篇文艺评论和散文随笔，出版了几本书。我庆幸自己在青少年时就明白了喜欢干什么，能够干什么，找到了适合自己的真爱并坚持了下来。

文学对我来说，刚开始是一种精神上的需要，渴望通过读书，能够获知外面的世界；渴望通过写作，能够倾诉自己内心的情感。后来，我觉得这是个体生命所选择的一种与他人、与世界的对话方式，一种精神生存方式。文学可以滋养人的灵魂，让人变得敏感，变得深刻，变得博大，变得慈悲。作家的价值，在于用文字记录生命，并在这个过程中，使世界更加温暖，人性得到升华。

## 孟老师

我 1996 年上初中，孟老师 1997 年分配到口镇中学担任音乐老师，但不是教我们这一届，是教下一届学生。当她出现在校园里的时候，在我们男生中引起了很大的轰动，大家都觉得她貌若天仙，觉得学弟学妹们遇上这样的美女老师，真是有福气。

那年孟老师才十八岁，正是最美的年华。她个子高挑，披着长发，秋天的时候，穿着一件枣红色的风衣、一双高跟鞋，系着天蓝色的丝巾，行走在校园里，是一道靓丽的风景，我和同学们都忍不住要多看几眼。后来，我看到电影《西西里的美丽传说》，那个小男孩骑着自行车，痴情地跟着女主人公的场景，让我想起了当年的孟老师。

她刚分配到学校的时候，和两个青年女教师一起，住在大柳树后面的教工宿舍里。那时候学校里还没有几个老师骑"小木兰"（一种女式摩托车），但她有一辆红色的小木兰，有时候放了学她不在宿舍住，骑上车穿过校园回家，身影非常潇洒。

有一年元旦,学校搞文艺晚会,同学们都坐在下面看,孟老师作为音乐老师,是当之无愧的主角。她先唱了一首歌,声音甜美高亢,然后又弹了一首钢琴曲。我们那时候听不懂,只看着她的手指在琴键上起起落落,秀发也来回飞舞。后来有一个舞蹈节目,一位姓康的男老师主动邀请孟老师一起跳舞,孟老师将右手搭在康老师肩上,康老师用左手揽着孟老师的腰,二人翩翩起舞,好似神仙眷侣,我们男生甚至有点吃醋了,都很羡慕康老师,有同学竟脱口而出:"以后娶媳妇就娶孟老师这样的!"晚会结束后,她弹钢琴的照片在学校宣传栏里贴了很久。

后来我上了高中,很长一段时间没有再见到孟老师。高三那年,有一次放学回家的路上,经过口镇中学,我看到对面走来一个人,非常像她,怀里抱着一个女婴。当我们擦肩而过时,我确定是她,只是此时的孟老师比以前胖了一点,我知道她已为人妻、为人母了。

此后,我大学毕业,辗转青岛、济南,又到北京工作,一次偶然的机会,与初中一位老师建立了联系。我们聊起当年学校的情况,我突然想起了记忆深处的孟老师,这位老师跟我说了孟老师的手机号,然后我们加上了微信。孟老师没有教过我,自然不记得我是谁,我说当年好多同学都很喜欢她,她是我们心中的女神。聊起还印在脑海中的那些美好往事,她说自己一点也不记得了。我问起她的近况,她告诉我,大女儿已经上初中,现在又有了一个男孩,一边工作一边带孩子,也不轻松。

和孟老师联系上以后,我把之前出版的一本散文集寄给她留念。她告诉我,自己偶尔也写点教学心得,并选了两篇文章发给我看。我看后觉得写得不错,关于音乐教学的观点很新颖,于是将其中一篇推荐给了《中国教育报》。过了几天，文章发表出来，孟老师很高兴，说等我回老家时请我吃饭。我说不用，如果非要表达谢意，能否将你当年刚参加工作时的照片发给我看看？当天晚上，她从家中的旧影集里翻拍了几张照片发给我，正是十八岁的花样年华，有春天登山的照片，也有在照相馆里拍的穿着红色长裙的照片，和当年见她的时候一样美。

2018年秋天，我回了一趟口镇中学，受邀为学生做了一场讲座。回到阔别近二十年的校园，内心感慨万千。孟老师听说我回去，非常高兴，说一定要见一面。中午我和教过我的几位老师一起吃饭，孟老师也参加了。十几年没见，她变化不太大，穿着一身黑色衣服，扎着及腰的长辫子，虽然快四十岁了，但依然那么美，看上去好像三十出头。我敬了她一杯酒，并一起合影留念，我说你只比我大五岁，也没有直接教过我，我可不可以放肆一下，叫你一声"姐姐"？她笑着说，叫啥都行。她告诉我，今天上午讲座讲得不错，她的女儿就坐在下面。原来如此！时光流转，当年孟老师在舞台上，是我们学生倾心的偶像；如今我在讲台上讲课，她的女儿在台下听讲，这真是一种奇妙的命运安排。

跟朋友聊天，我发现，许多男孩小的时候，都曾经喜欢过自己的某位女老师，这种情结非常普遍。对孟老师的这种情愫，自然说不上是爱情，这是一个男孩在青春期对女性的一种美好向往，也是对那个纯真年代的一种深深怀念。祝福孟老师永远年轻美丽，永远是那年春风里长裙摇曳、宛若仙子的姐姐。

# 莱芜二中

中考后，我进入莱芜二中读书，是第 39 届学生。我是以略高于分数线的成绩被录取的，所以入学后成绩一直在班里的中下游，尤其是物理和化学太差，经常不及格。我的班主任是教化学的，所以对我冷眼视之；我也有些自暴自弃，不愿意听课，不愿意学习，整个高一都是在浑浑噩噩的日子中度过的。

不过我的内心还是抱有一丝幻想，那就是高一升高二的时候文理分科，期待能够转入文科班。每个人都不愿意自甘堕落，都有一颗上进的心，只是需要靠个人的努力和良好的机遇。我分析过自己的优势和劣势：语文、数学、英语这三门主科，我的语文很好，数学居中，英语差一些，总体来说比较平均；政治、历史、地理这三门文科课程，成绩一直不错，所以我暗自思量，只要到高二我选择了文科班，不学物理、化学、生物，学习成绩肯定会有所提高。

可当这个机遇来临时，我却没有抓住。高一升高二的期末考

// 莱芜二中 //

试，我的成绩滑到了谷底，全班70个人，我是第57名；更让我绝望的是，学校画了一条分数线，线上的人有选择文理科的自由，线下的人没有选择权，自己所在的班变成什么班，就要留在什么班。遗憾的是，我的分数没有达到自由选择文理科的分数线；另外，因为班主任是教化学的，所以我所在的班被定为理科班，我只能留在本班。我的最后一根救命稻草——选择文科班的梦想，就这样破灭了。

那段时间我的心情很差，以生病为由，跟老师请了长假，在家待了半个月闭门不出。我是彻底想弃学了，觉得自己不是那块材料，大不了去种地、去搬砖，总能吃饱饭，能养活自己，再也不想去学校听那令我觉得云山雾罩、十分痛苦的物理、化学课了。父母看在眼里急在心上，他们就这一个儿子，也有望子成龙的心愿，即使成不了人才，也不愿意看着我高中还没毕业，就中途辍学去社会上干苦力活，所以开始绞尽脑汁想办法。

天无绝人之路。就在此时，父母打听到时任校长是我爷爷教过的学生，于是和爷爷一起去拜访了校长，报告了我的学习情况，提出希望转入文科班的诉求，校长同意了，并很快安排我转入了文科班。记得那天下午，班主任走到我身边，说："你搬着桌子和课本去七班吧！"当时我心里已经有数，默默无语地搬起东西，走了五十多米，到了新的文科班门口。七班的班主任正在等我，他给我安排到教室后区坐下，当时大家正在上自习，同学们对我这个新来的插班生投来了异样的目光。我故作镇定，心里想：转入了文科班，我这条小鱼终于从岸上游到水里来了，可以自由自在地呼吸了。

现在回头想想，这次人为的补救，从九班到七班的这五十多米的距离，却改变了我的命运。从这个时间节点，我开始觉醒了，当时有两个想法很强烈：第一，这次文理分班，我经历了一次莫大的屈辱，并且让父母为我去做那么为难的事，太说不过去了，一定要争口气；第二，不能再这样混日子了，作为农村的孩子，要想出人头地，考大学是唯一的出路，已经转入文科班，可以施展拳脚了，没有理由不努力。一个人在成长的过程中，会有各种推动力，老师和家长都会逼着自己学习，但这种推动力是外在的，是被动接受的，不会有持续性的效果；而一旦自己想明白了，内心深处产生了原动力，那这股力量、这种信念，会促使自己义无反顾地去努力追求自己想要的东西。自从转入文科班，没有了物理、化学课，我的学习成绩逐渐上升，也慢慢有了自信。后来我发现，又陆续有一些同学重新调整了文理科，只要调整过的同学，成绩都上来了，所以我觉得当时学校不应强行画那条线，让每个人根据自己的特长自由选择文理科，可能学生成才的概率更大。

当时莱芜二中的学生，大都是北部山区的，家里都不富裕，同学们很能吃苦，学风也比较端正。大部分同学都住校，两周回家一趟，背上十斤煎饼，拿上两罐炒咸菜，就能吃上十天半月，平日里不舍得在学校食堂打饭菜，许多同学都面黄肌瘦。大家都在努力比拼学习成绩，很少有人关注哪个男生帅气，哪个女生漂亮，哪个学生家里有钱。我从高二开始，将一些自我激励的誓言贴在床头，每天早晨五点多起床去上早自习，晚上十点钟回家后再学两个小时，十二点才睡。由于睡眠不足，白天上课容易犯困，我尝试了好几种办法，比较温柔的是沏一杯酽茶提神，比较残酷的是吃辣椒或用圆规扎自己的胳膊。那时学校都搞题海战术，试卷堆积如山，每个月组织一次摸底考试，考完后进行班级集体排名和个人排名，学生压力大，老师压力也大。大部分老师都很负责任，学生不会的题，他们都耐心解答，并且挤时间给我们"开小灶"。经过一年的努力，进入高三的时候，我的成绩已经从五十多名提升到十几名。有一次月考成绩公布后，全年级召开了一次大会，级部主任把成绩较好的学生名单当众宣读了一遍。当我第一次听到自己的名字进入名单时，内心无比激动，觉得努力付出终于有了收获。

说完了学习，再来说说文学。曾经读过一句话，说只要生活有一点缝隙，文学就会生长出来。高中虽然学习压力大，但我依然坚持读书写作，并有不少收获。我遇到的两位语文老师也很好，高一时的王圣君老师，每周都在音像室给我们播放《雷雨》《茶馆》《骆驼祥子》等经典话剧和电影；高二、高三时的杨凤霞老师，每周都让我们去文昌图书馆自由阅读两个小时，这种语文课的氛围，有利于我的文学兴趣的发展，虽然图书馆藏书并不丰富，但也给我贫瘠的精神世界不少滋养。

有一次，我偶然读到了一本郑州出版的《小小说选刊》，那一个个篇幅短小、情节曲折的故事深深地吸引了我，于是我开始用自己的零花钱订阅。那时的我情窦初开，喜欢上了一个女孩子。她清纯可人，学习成绩也很好，看到我阅读《小小说选刊》，便借了一本去看。记得张爱玲的书中有一段话，大意是：男女之间一旦开始借书看就复杂了，因为借了总要还，一来二往，感情也就深了。为了让这段话在我身上应验，我更加坚定了订阅《小小说选刊》的决心，也每期必送给她看。后来，虽然我与那个女孩没有结出爱情的果实，但阅读这本杂志，确实对我文学素养的提升和读书写作习惯的养成有所帮助。

除了《小小说选刊》，我还订阅了《中国校园文学》，同时开始大量阅读古诗词，唐诗的豪放、宋词的婉约，都给我带来了极大的精神愉悦。我用一个笔记本专门整理了一百多个词牌，研究诗词韵律，并尝试着模仿宋人的笔法写词。我将初次写作的几首词投到校报《二中学苑》编辑部，过了几天竟然发表了，这是我的作品第一次变成铅字发表在报纸上，心里激动不已。之后便一发而不可收，我又连续在校报上发表了十几首词和五六篇散文。随着文章见报次数越来越多，校报编辑许凌云找到我，问我是否愿意加入《二中学苑》编辑部。我欣然应允，开始了一年多愉快充实的编辑生涯。《二中学苑》是一份四开四版的校报，两周编辑印刷一次，印数约三千份。编辑部设在教学楼三楼东南角一间简陋的办公室里，主编是学校办公室主任、我的语文老师王圣君，副主编是高三的学生宋涛，编辑有许凌云、温静、解传海和我，每人负责一版。编辑生活是非常快乐的，一年时间，我连续发表了十几篇文章，被评为"优秀编辑"。高二下学期，我又因写作成绩突出，被选入刚成立的"吐丝文学社"，成为校刊《吐丝》的编委、散文栏目主编，并且在前两期《吐丝》上发表了五篇文章。

学校门口有家书店，叫"三联书吧"，是当时口镇除新华书店以外唯一的书店，主要经营教材教辅和文学书，因为离学校近，书卖得又便宜，所以我经常光顾。像鲁迅、巴金、沈从文、冰心、钱锺书等现代文学大家的选集，我都是从这家书店购买的。我热

//三联书吧//

爱读书的习惯的养成,与当年这家书店的存在有很大关系。后来,我又陆续购买了王蒙、陈忠实、贾平凹、莫言、余华、迟子建和西方的托尔斯泰、福楼拜、司汤达等作家的作品。

高中阶段,我还结识了一些关系要好的同学。在课余时间,我们有时候在紫藤架下或草坪上促膝谈心,有时候在月夜下的操场上散步,互相倾诉学习的压力与苦闷,互相鼓励、加油,建立了深厚的情谊。后来我们考入了不同的大学,仍然保持着联系。如今我们都在不同的城市,但只要有机会到对方所在的城市出差,或者回老家,总要相约见上一面,喝一杯酒,一起回忆青春,互诉衷肠。这种同学情谊简单纯粹,是一辈子的友谊。

2003年6月7—8日,我参加了高考,考点在莱芜一中,考试科目包括语文、数学、英语和文科综合,考试过程一切正常。半个多月后,成绩下来了,记得考了520多分,当年的本科二批分数线是530分左右,我以微小的差距宣告高考失利。那一年我们班六十多个人,本科录取了十二三个,我的成绩在十五六名。就这样,我与梦想中的大学失之交臂。

没有考上大学,对我是致命的打击。很长一段时间,我都不愿意出门,觉得没脸见人,抬不起头来,前途渺茫,人生无望,尤其是听到考上大学的同学陆续被不同的院校录取,我更是心急如焚,于是动了填报专科院校的想法,觉得随便上一个大学,或者以后再专升本,也比待在家里备受煎熬要好得多。但母亲坚决不同意我报专科志愿。她努力劝慰我,说我离本科分数线近在咫尺,只要再复读一年,肯定能考上一个好大学,一年时间很快,忍一忍也就过去了,让我坚定信心,并且让其他亲朋好友来做我的思想工作，劝我不要因为一时糊涂，后悔终生。后来我的班主任也给我打来电话，说学校要成立文科复读班，希望我留下来复读一年。我考虑了几天，终于同意了。

复读那年，我的思想压力更大，觉得这次必须要考上，没有任何退路了，所以比高三的时候学习更加努力。班主任考虑到我对老师和同学都很熟悉，就让我担任了班长，承担起维持班级秩序的重任。那一年，我的心思全部用在了高考复习上。我给每门课都建立了错题本，总共整理了四五十本，后来每次摸底考试，我的成绩都在五六名左右，比较稳定，也树立了信心。当然，也有心情很差的时候，比如某门课考得不好，比如班里有学生捣乱。这时候，我有几种化解郁闷情绪的方式。

我喜欢一个人到校门口东侧那片花园里散步，抬头看看天，幻想一下考入大学后的自由，借以安慰自己。记得有一次我坐在草坪上，突然天上一声惊雷，暴雨如注，霎时间我就被淋成了落汤鸡。想到自己承受的压力，我竟大哭起来，哭完了，雨也停了，分不清脸上是雨水还是泪水。

听歌，也是放松心情的一种方式。那段时间，我迷恋上了刀郎的歌，他的声音独特，沙哑沧桑，听起来有一种饱经风霜的味道。他歌曲中对爱情的渴望，对边疆大漠的描写，给了我很大的精神安慰。我买了好几盘他的歌曲磁带，用录音机循环播放。像《冲动的惩罚》《情人》《2002年的第一场雪》《驼铃》等歌曲，经常不经意间就从我嘴里哼唱出来。

还有的时候，我会给已经考上大学的同学写信，询问他们大学生活是什么样子。他们会给我回信，告诉我大学生活的种种美好,说明年在大学里等我。另外,我还会和在凤城高中复读的同学通信,互相了解学习生活状况,互相加油鼓劲,相约第二年一战告捷。那时候什么都慢,一封信来回要十几天,但那种翘首期盼的心情是很美好的,一旦看到贴着邮票的信封上写着我的名字,我就会激动不已。如今,那几十封饱含着同学情谊的发黄的旧信,依然保存在我的书柜里。

2004年6月,我第二次参加了高考,感觉发挥得还可以。考完后,当天下午,我还邀请两位同学到我家里吃烤鸭和西瓜,父母看到我心情比较轻松,也就放心了。半个多月后,一天晚上九点多,我打电话查到了分数,617分,心情非常激动。当年山东省文科本科一批分数线是600分,我高出了17分,是班级第五名。下一步就是根据分数来填报高考志愿。

我有比较浓厚的乡土情结,不愿意离家太远,不愿意去外省念书,如果从山东省内选择高校,只有有限的几所。第一梯队的山东大学、中国海洋大学和中国石油大学(华东),都是211工程院校,录取分数一般能达到一本线以上三四十分,所以不敢报,只能从第二梯队的山东农业大学、山东师范大学、山东财政学院、青岛大学等几所院校中选择。当时我坚定了要报中文系的想法,所以要选择中文学科较强的院校,这样就排除了以理工科为主要特色的山东农业大学和山东财政学院,只剩下山东师范大学和青岛大学。从地理环境上来说,山东师范大学在济南,青岛大学在青岛,我更喜欢碧海蓝天、红瓦绿树的青岛,所以最后决定报青岛大学中文系。

填报志愿后,父亲带我去雪野湖附近的金泥湾玩了一趟,让我放松一下心情。那里有山有水，站在山巅，风从脸上吹过，眺望远处的美景，我突然觉得，高中所有的努力拼搏都是值得的。那个暑假，是最开心、最放松的一个暑假。过了一个月，我收到了青岛大学的录取通知书。2004年9月16日，我到青岛大学报到，离开了生活十九年的故乡莱芜。

  现在回过头来看，对于农家子弟来说，高考确实是改变命运的第一道关卡。如果考上了大学，最起码算是拿到了和城市孩子平等竞争的入场券，后面就看自己是否继续努力了。如果没有考上大学，自己的职业选择范围就会很小，许多机遇可望而不可得。另一个就是综合素质的提升，实事求是地讲，大部分人在读大学以后，整体文化素养和道德素养都会有所提高，能够接受和适应现代文明，开阔了视野和胸襟。所以说，通过高考进入大学深造，对农村孩子来说，虽不是唯一的出路，但确实是最重要、最实用的一条出路。

  高考的复习，磨炼了我的意志，但同时给我的精神世界也留下了创伤。日子太苦，压力太大，学习太累，以至于我现在还偶尔会梦到当年高考复习的场景，并且每次做梦都是没考上大学，要重新参加高考，因为太着急，自己就急醒了，醒来发现是个梦，总算踏实了，但急出了一身汗。和朋友们聊天才知道，许多人都有做梦梦见高考的经历，看样子这是共同的梦魇。

· 第四章 ·

# 亲亲土地

我庆幸自己生在农村、长在农村,看到一望无际的麦田,我就激动得热泪盈眶。粮食源于土地,人的精神也需要扎根广袤的大地,只有充分汲取大地的营养、民间的营养,才能开出不败的精神之花。

## 土　地

　　山东作家刘玉栋写过一部中篇小说,叫《我们分到了土地》,是从一个小切口写的二十世纪八十年代农村包产到户这个大事件。爷爷为了能分到一块好地,特意让双手干干净净的孙子穿上新衣裳来抓阄,结果孙子抓到五个地头子。地头子是最差的地,盼了一辈子土地的爷爷,内心美好的期待顷刻被毁,精神世界瞬间坍塌,孤寂地死于地头。这是一个农民与土地的悲伤的故事。

　　土地是农民的命根子,几千年来,中国农民在土地上劳作,春秋轮转,昼夜不息。农民的喜怒哀乐连着土地,汗水泪水流进土地,生命终结之时,也是将佝偻的身躯交付于劳作了一辈子的那片黄土。当然,土地给予农民的馈赠,也是无穷无尽的,吃的、喝的、穿的、用的,都从土地而来,土地让农民活了下去,尽管活得还不够自由、不够高贵。

　　土地的好坏,与农民的利益密切相关。每个村子的土地都是有限的,在这有限的土地里,有多打粮食、保湿保墒的好地,也

// 麦田与远处的村庄 //

有干旱贫瘠的差地和难以下脚的涝洼地。为了公平,村里分地都是抓阄,将土地丈量好,编上号码,按家庭人口数确定面积,抓到哪块地就种哪块地,过几年再重新分配,重新抓阄。

我家在村东、村南、村北各有一块地,每块耕地都很小。东边的地土壤肥沃,紧邻水沟,便于灌溉,所以庄稼长得特别好。南边的地一般,不管施多少肥,下多少力,粮食产量都是那些。北边的地最差,是涝洼地,常年湿乎乎的,还有很多蚂蟥。父母一去那块地就发愁,种吧,在这泥泞的土地上劳作一年,打不了几粒粮食;不种,又觉得可惜,真是百般纠结。直到母亲到工厂工作的那一年,收完了最后一茬麦子,父母才觉得解放了,再也不用来这块地了。

近些年,农民和土地的关系发生了变化,因为在土地上劳作收入有限,许多农民到城市打工。这样一来,农民和土地的关系就由捆绑在一起的命运相连的关系,变为若即若离甚至可有可无的关系。一般情况下,如果丈夫在外打工,妻子还会在老家种点地,到秋收时节,丈夫回来帮忙收割。如果两口子都在城市打工,土地就会承包给别人耕种,象征性地收点租金。如果村里大部分青壮年都在外打工,那耕地可能就荒芜了,一眼望去杂草丛生,老人们觉得这真是伤天害理,好好的地怎么就这样撂荒了呢?但又很无奈,自己年龄大了种不了,又不能让孩子们回来种地,因为大家都知道,靠种地只能生存,无法小康,无法发展,满足不了更高的物质和精神追求。

我小的时候,没有干过多少农活,但看着父母天天在地里劳作,就知道土地对于农民的重要性。土地是我儿时的乐园,我和她有许多亲密接触,这可能是有别于在城市里长大的孩子的最珍贵的经历。那种泥土的潮湿和芬芳,那种大地的厚重和宽广,与人类的生命最为相契。我把这些回忆写下来,用这种方式,深情地亲吻那生我养我的土地。

## 麦　子

我相信，凡是在北方农村长大的人，对麦子都有很深的感情。到城市生活以后，每年夏日，从手机上看到老家亲友拍摄的一望无际的熟透的金黄的麦子，我的心情就会非常激动，甚至热泪盈眶，仿佛又闻到了那久远的麦香。

有些人分不清韭菜和麦苗，刚开始我觉得很可笑，这是一件多么常识性的事情。可后来我发现，他们也没有见过生长着的玉米、大豆、高粱，没有见过那生机勃发的土地，没有吹过田野的清风，于是我释然了，与土地没有发生过根深蒂固的感情，即使能分清麦苗和韭菜，也是形式上的一种认知，走不到心里去。

种麦子是从秋天收了玉米之后开始的。收了玉米，刨了玉米根，这时候土壤发硬，在种麦子之前，要先用犁把地翻一遍。早些年是用生产队的牛拉犁，后来就有了拖拉机，挂上犁耕地。耕完了之后，地里还有些大块的土坷垃需要粉碎，需要把土压实，就要用犁耙来耙一遍地。犁耙下面有好多利齿，两三个有力气的大人，将绳子套在肩膀上,像纤夫一样往前拉犁耙。为了能让犁耙齿入土更深一些,犁耙上要放上一块很重的石头,或者站上较重的人。我小时候就经常和大人一起站在犁耙上,扮演压耙石的角色,被父母拉着摇摇晃晃往前走,觉得非常有趣。

犁完了地,平整一番后,就要开始种麦子了。种麦子用的是一种叫耩子的木制工具,并不是每家每户都有,需要借着用。它的原理像漏斗一样,里面装满麦种,前面有人驾辕,有人拉绳子,后面有人用力扶着,耩子深深扎进地里,也将麦种慢慢漏进地里,播进地里。拉耩子的一般都是家庭妇女,驾辕和扶耩子的都是家里的男劳力,力气一定要大,要一直保持耩子扎在一定深度的土里直线前行,才能保证播种的效果和出苗率。

麦子种完以后,不久就进入冬天了,因为天气冷,小麦在这几个月长得非常缓慢。冬天一眼望去,整个原野上大多是枯黄,只有小麦还发青,那是一种暗暗的墨绿色。冬天如果下上两场大雪,对麦子来说真是好事情。"冬天麦盖三层被,来年枕着馒头睡",说的就是冬天给麦苗补充水分的重要性,水分充足能促进小麦根系生长,利于吸收土壤中的养分。

过了年,一到春天,天气暖和起来,麦子也苏醒了,开始疯长,不几天就没了脚踝。这时候的麦田最可爱,麦苗非常柔软,绿油油的一眼望不到边,风吹麦浪一阵接一阵,漫山遍野就像铺了一层绿地毯,像一幅沁人心脾的油画,令人春风沉醉。

随着人们脱下一层层衣裳,麦子已经八成熟了,这时候我们就开始折麦穗吃,由青入黄的麦子摘下来生吃最香。挑选一些颗粒饱满的麦穗,掐掉麦芒,把麦穗放在手心里来回搓,吹掉搓下来的麦子皮，留下饱满的麦粒，一口吞进嘴里，慢慢嚼一嚼，含有一定的水分，非常清香。还有一种吃法，点燃一堆火，将麦穗烤着吃，烤时来回翻着，让它们均匀受热，看着外皮逐渐发黑，有了焦香气，就烤好了，吃起来有淡淡的麦芽糖的甜味，这都是我儿时的最爱。

农历五月，麦子熟了，大地上一片金黄。农人们到了最忙碌的时候，开始收麦。忙了大半年，就等这收获的季节。六月雨多，麦子熟透了不等人，要趁着天晴，用一两天时间一次性收割完毕，然后脱粒、晾晒、入仓。这时候最需要劳动力，无论是在外面上学的还是上班的，都要回家帮父母收麦。割麦子要用镰刀，把在墙上挂着的镰刀拿下来，撩上水，在磨石上磨，等磨得发亮了，刀头就快了，割麦效率就高了。割麦子是个体力活，要一直弯着腰，用镰刀揽过来，攥一把，从麦子根部割断，这需要很大的力气。在这个过程中，麦芒会把胳膊和手背划得通红，汗水渍进去生疼。割一片，打一捆，然后抱到地头上，等攒够了一推车，再推到场院里用脱粒机打麦子。人们推着车子，光着膀子，脖子上挂着早已被汗水湿透的毛巾，脸上青筋绽出，虽然很热很累，但只要收成好，心里就高兴。

那时候我小，不会用镰刀，父母也不让我割麦子，和其他小孩一样，被分配的任务是拾麦子，也就是等大人们割完打捆之后，我们再拾一遍遗漏在地里的麦穗，虽然遗漏的不会太多，但如果在一大片地里拾一遍，也会有不少，能多打半袋粮食。那么热的天，我才不会老老实实待在地里拾麦穗。拾上四五十根以后，我就跟母亲说要回家做作业。母亲同意后，我就偷偷拿着自己攒下的零

// 农民收割小麦 //

花钱,去镇上买冰糕吃,解暑逍遥去了。

收了小麦就要脱粒,村里大队只有两台脱粒机,在场院里不停地转,家家户户要抓阄排队使用。场院是专门打麦子的地方,是一块很大的平地,两三个人用绳子拉着碌碡(一块圆柱形的大石头),在空地上来来回回地轧,等到轧结实了、轧平了,就可以用来打麦子了。

脱粒机有三个口,一个侧口往里面塞麦子,电机一转,前口出来的是剩下的麦秸,后口出来的是麦粒,还夹杂着一些麦糠。这时候的麦粒没法直接装袋子,还有一道扬场的程序:用一张很大的木锨,把麦子朝着风口高高抛起,形成一道抛物线,落下来的是结实的麦粒,被风吹走的是麦糠。经过扬场的麦粒就比较干净了,可以装进大麻袋,等天气好的时候倒出来晒干。那些麦秸,会堆成高高的麦秸垛,像小山包一样,烧火做饭时取来当柴用。有的家庭用上了炭炉子,不用烧柴火,就把麦秸卖给造纸厂当造纸的原料。那些高高的麦秸垛,是我们小孩的乐园,有时候我们在里面掏洞捉迷藏,有时候当滑梯从上面滑下来。有一回,我堂弟刚从上面滑下来,还没来得及走,另一个小孩接着滑了下来,用牙齿啃到了我堂弟的头皮,流了不少血,到现在他头上还有一块没有头发的疤痕。

打完了麦子就要晒麦子。晒麦子最怕下雨,但六月的天像孩子的脸,阴晴不定,所以每家每户都会买几块大塑料布,以防摊开麦子晾晒时突然下起雨来。麦子一旦淋了雨,就容易霉变生芽,没法吃了。我印象中,有一次父母吵架吵得很厉害,就是因为晒麦子。那天上午太阳很好,父母把麦子摊在路上晾晒,中午父亲去一家小餐馆和几个朋友喝酒去了,只剩下我和母亲在看麦子。下午天气突变,阴云密布,母亲让我赶紧去餐馆把父亲叫回来,但父亲喝多了,迟迟不归。等到父亲醉醺醺地回来的时候,天上已经开始落雨,母亲一个人收了大半,剩下的麦子被雨淋了,为此母亲和父亲大吵了一架。

新麦子下来以后,我就催着母亲快点给我做炒面吃。先将麦子在大铁锅里炒熟,然后到碾上去碾成粉,冲上一碗白糖水,把碾好的小麦粉倒在里面,搅拌均匀,调成较稠的糊状,能用手攥出各种形状的软硬程度即可。此时入口,又香又甜,我一口气能吃两三碗。

麦子晒好以后,母亲先把最好的麦子留出来,到镇上的粮站去交公粮,也就是农业税,如今已经取消了,农民不用再交公粮。母亲还会用手推车推几袋麦子到邻村的磨坊,把麦子磨成面粉,再回家用面粉做成各种各样的主食。蒸馒头、蒸花卷、蒸包子、擀面条、烙葱花油饼、烙火烧、包水饺,母亲样样拿得来。只要是用自家新鲜麦子磨出来的面粉,做什么都好吃,有一种能彻底融入肠胃的亲切感。另外,侧屋里有两口很大的水泥缸,每年母亲都会屯两缸麦子,以备灾年的不时之需。如果还有余粮,就到粮站卖掉,补贴家用。

我之所以对乡村、对土地有割舍不断的感情,很大程度上是因为我深爱着大地上的一草一木,而这其中,麦子是最重要的情感寄托。祖祖辈辈都说"民以食为天",粮食,尤其是以小麦为代表的粮食,就是老百姓的天,老百姓可以没有楼房住,没有华丽的衣服穿,但不能没有粮食吃。只要有麦子,就能活下去,就会有温饱和发展。麦子是老百姓的命根子,是一种崇拜,一种信仰,比天还大,比爹娘还亲。只要有足够的麦子,人们就活得踏实,活得温暖,活得有盼头。

# 玉 米

在山东，农村的主要粮食，除了小麦，就是玉米。收了小麦接着种玉米，在地垄上用镢刨出小坑，等距离排开，往里面撒玉米种子。老百姓常说"有钱买种，无钱买苗"，意思是要多撒几粒种子，才能保证出苗率，因为有的种子不发芽，有的种子发了芽却被地里的虫子咬断了，所以一般每个坑要撒三四粒种子，然后浇水，盖上土，等到发芽以后再间苗。种玉米是我喜欢干的活，不累，一会儿就种一大片，很有成就感。

玉米长得很快，几天就发芽，再过一段时间就能长到人的膝盖一样高了。同时播的种、浇的水、施的肥，但玉米的长势却不完全一样，大部分玉米长得又直又绿又旺，但每年在地头上总有几株长得又黄又瘦又矮。老人们看见这种玉米，都觉得长得不争气，白下功夫，可我们小孩子却喜欢。我们把这种玉米棵子称为"甜秫秸"，虽然不怎么结玉米，但它的茎嚼起来水分大、口感甜，像甘蔗一样，所以还没等到结玉米，就被我们拔掉吃了。

两三个月后,玉米就长到和成人那么高了,一般每棵结一个玉米棒子,红红的玉米须特别喜人,我们喜欢拽下来粘在下巴上当胡子玩。玉米九分熟的时候,母亲会到地里挑选一些个大饱满的掰下来,把外面的几层皮剥去,拿回家放到大锅里煮着吃,煮熟后,也给爷爷奶奶送去几个尝尝鲜。此时的煮玉米,吃起来软、黏、甜,味道很好。

玉米熟了以后,就要下地去掰玉米。掰玉米要戴上手套、套袖,穿上长裤,防止像刀子一样的玉米叶割伤了胳膊和腿。掰下来的玉米运回家后,先在树上和墙上搭起架子来,然后把玉米皮剥开,两个玉米用皮拴在一起,一层层挂在树上和墙上晾晒。秋高气爽的时节,如果到农村去,会看到农家院里的树上和墙上到处都是悬挂着的金黄色玉米,那是一道独特的风景。

玉米晒干后,从架上取下来,全家老小坐在院子里,一边聊天,一边用手掰玉米粒,一会儿就能掰一盆。将用水泡好的玉米粒端到石磨旁边,我和母亲开始推磨。母亲边推边用勺子往磨眼里掭玉米,黄色的玉米糊糊就顺着磨石中间的缝隙流出来了。将玉米糊糊磨上一盆,就要开始摊煎饼了。

山东煎饼向来很出名,一个三脚鏊子、一盆玉米糊、一碟油、一个油擦子、一根竹篾子、一个矮板凳、一堆柴火,这就是农家妇女摊煎饼的所有用具。先在鏊子下面点火,然后用油擦子擦一遍鏊子,等热了以后,掭一勺玉米糊浇在上面,用竹篾子来回摊两遍,使其均匀平整,就形成了圆圆的薄饼,沾满了整个鏊子,不一会儿一张煎饼就熟了,像纸一样薄。刚烙出来的煎饼吃起来又香又脆,是极具地方特色的美食。外地人都知道山东人爱吃煎

// 院子里的玉米 //

饼卷大葱，但我觉得卷大葱并没有什么滋味，卷辣椒炒鸡蛋才好吃。到自家菜园里摘几个鲜辣椒，再从鸡窝里拾几个鸡刚下的蛋，切点儿葱花，倒上花生油和盐，炒一盘新鲜的辣椒炒鸡蛋，卷到刚摊出来的煎饼里，简直没有比这更香的饭菜了。

现在人们开始注重养生，提倡吃粗粮，玉米煎饼也开始走俏了，但很多人吃不习惯，因为煎饼放的时间长了发干发硬，嚼起来费劲。我上大学那年，第一天去报到，带了十斤煎饼，在宿舍里吃的时候，有个安徽六安的舍友问我吃的什么，我说是煎饼，顺手给了他一个，他吃了两口，然后边吃边走出了宿舍门，我也没有在意。等到四年后大学毕业吃散伙饭，回忆起刚认识时候的情景，他才对我说，开学第一天我给他的那个煎饼真硬啊，吃了两口，嚼不动，就拿出去扔了，怕我不高兴，一直没敢说。我听后哈哈大笑。

玉米浑身都是宝。玉米粒除了做煎饼，还可以磨成粉冲糊糊喝，也可以喂鸡、喂猪，是很好的动物饲料。玉米脱粒后剩下的中间那根棒子——玉米芯，莱芜方言叫"棒槌骨头"，还有剥下来的玉米皮，晒干之后都是很好的柴火，冬天用来引炉火非常方便。另外，成捆的玉米秸，既可以用铡刀铡碎了喂牛，也可以当柴火。红红的玉米须，据说煮水喝可以降血压，都能派上用场。

现在的老家，农妇们自己摊煎饼的越来越少了，嫌麻烦。镇上开了几家煎饼铺子，用机器摊煎饼，效率高，摊出来的煎饼好看，虽然不如手工的吃起来香，也没有烟火气，但大家都已经普遍接受。在城里工作的孩子回老家看望父母时，父母会让孩子带上几斤玉米煎饼回城里吃，虽说如今生活条件好了，谁家也不稀罕煎饼了，但煎饼里蕴含的那方水土的味道，寄托的是浓浓的乡愁。

## 菜 园

　　农民除了种粮食,还种蔬菜,有了饭和菜,生活就算自给自足了。我家种过两片菜地,早几年,在东边地里种了一片菜,约三四十平方米,主要有大葱、茄子、辣椒、菠菜、白菜、黄瓜、丝瓜、土豆、豆角等。后来村里土地调整,在那块地上建了房子,母亲又到外面工作,有几年就没再种菜。2004年她退休后,回到老家居住,正好此时奶奶家屋后有一片闲置的土地,有一百多平方米,母亲就把它开发成了菜园。

　　这个菜园足够大,可以好好进行规划,种各种各样的菜。母亲先从姥娘家挪了十几棵香椿,种在地南头,然后在四周墙脚下种了丝瓜和南瓜,这样就把整块地围住了。土地经过平整后,从东向西种上了黄瓜、西红柿、茄子、辣椒、韭菜、葱、长豆角、灰菜、苦菜等各种蔬菜。绿油油的黄瓜、紫莹莹的茄子和红通通的辣椒垂在枝头,让人心生欢喜。

　　相比种粮食而言,种菜是个细活,每种蔬菜都有不同的习性,

// 农村的菜园 //

需要精心打理。比如，西红柿不见太阳容易生虫腐烂；黄瓜和豆角需要用竹竿搭架；韭菜怕地蛆咬根；夏天的丝瓜长得特别快，每天都要摘；种山药要挖深坑，并用麦糠和沙土填埋，很费劲。

虽然种蔬菜要精心呵护，但吃起来的时候却很幸福。夏日清晨，提着篮子到菜园里去，叶子上的露水还在，挑一些成熟的菜，一会儿就摘满一篮子，全家一天的菜就有着落了，吃不了还可以送给左邻右舍。这些菜不打农药、不施化肥，是纯绿色无公害食品，吃起来又新鲜又放心，口感也好。

小时候，我特别喜欢挖在地表以下生长的蔬菜，比如土豆、姜、蒜等。拿着大人用的镢，使劲往地里刨，能够满足自己的好奇心和成就感。所谓好奇心，就是想看看土豆到底结了几个，长得大还是小；所谓成就感，就是一旦挖到比较大的根茎类果实，拿在手里沉甸甸的，就非常兴奋，觉得收获很大。另外，我还喜欢摘黄瓜和西红柿，摘下来直接吃，黄瓜脆甜，西红柿一咬一包汁，都是美味。

关于菜园，有两件事令我印象深刻，都和早年间种的那片小菜园有关。

有一年，母亲种了两畦大葱，长得特别好，又粗又高，葱白很长。她不舍得自家吃，想一次性卖掉。那天下午，母亲到河里挑水，把这两畦大葱浇了一遍，计划第二天早上去镇上的早市卖掉，因为提前一天浇透水，葱会长得更水灵。可谁知第二天早上母亲到地里准备挖葱时，却发现光秃秃的，一夜之间所有的葱都被人偷走了。母亲急得号啕大哭，她哭的不仅是几个月的辛苦白费了，还因为她已经把卖葱的这笔钱算入了家庭生活账，影响了下个月的家庭开支，怎不令她伤心？母亲心知肚明，肯定是同村了解情况的人干的，早就瞅准了这片长势喜人的大葱，等待合适的时机就来一次性偷走，但我们又没有抓住证据，也就自认倒霉不了了之了。

还有一件事。我小时候最喜欢吃的菜是肉炒茄子，最喜欢喝的汤是菠菜鸡蛋汤，家里种的茄子和菠菜，几乎都被我包圆了。我对肉炒茄子百吃不厌，母亲炒其他的菜，总是提不起我的兴趣。有一天放学后，我没有回家，而是去了菜园，想看看有没有成熟的茄子。围着菜地转了两圈，只找到了三个还未成熟的小茄子，我仍然把它们摘下来拿回家了。母亲看到后把我批评了一顿，说这茄子太小了，这么早摘了就是糟蹋东西，说我愿意吃她可以去菜市场买几个回来。母亲虽然生气，但当天晚上还是给我炒了吃了。菠菜也遭过同样的厄运，在很嫩的时候就被我挖回家吃了。直到现在，这两道菜我依然很喜欢。

在菜园的边边角角，母亲经常栽上几棵南瓜。我们老家的南瓜，不是超市中常见的椭圆形的红色南瓜，而是长形的深绿色南瓜。南瓜秧爬得很快，不几天就能上墙爬屋了。看到一层层的绿叶中开出了许多黄花，一般就要结小南瓜了。吃南瓜要在比较嫩的时候摘，不能等它长足了身子，那时候就发硬，吃起来不香了。摘下嫩嫩的青南瓜，剁成馅，放上五花肉丁，加上葱末、姜末和花椒粉，包成大包子，蒸熟之后趁热吃，特别香，我一口气能吃四五个。

到北京以后，我曾经在网上购买蔬菜种子，在阳台上种过韭菜和菠菜，虽然也能生长，但是叶片很细，发育不良，吃起来口感也一般，所以就没再种。每到周末，我都喜欢到菜市场买菜，也能分辨出什么样的菜新鲜、好吃，这可能是唯一能够接触泥土气息的机会了。

# 野　菜

小时候吃的菜，除了母亲在菜园子里种的，还会挖许多野菜来吃，味道也非常好。这些野菜都生长在初春时节，采摘时、入口时，觉得充满了春天的味道、阳光的味道。

## 荠　菜

在农村长大的孩子，小时候应该都吃过荠菜。每当春回大地、万物复苏的时节，地垄上的荠菜就冒出了嫩芽。随着日子转暖，荠菜也长到了可以采食的时候，我便和母亲一起到田间去挖荠菜。

宋代辛弃疾有词云："山远近，路横斜，青旗沽酒有人家。城中桃李愁风雨，春在溪头荠菜花。"乡野意境很美，但若等到荠菜开出了白花，就老了，不好吃了，所以要趁着荠菜嫩的时候去挖。

我和母亲每人拿一把小铁铲、一个布兜，到村东的地里去。

种了庄稼的地里，荠菜长得少；闲置的空地，荠菜长得多，尤其是春雨过后，一层层荠菜长出来，不一会儿就能挖很多，拿回家能吃好几顿，颇有收获的成就感。我小的时候，经常把和荠菜长得很像的一种野菜一起挖到布兜里，但这种菜不能吃，有毒性，母亲说了多次我也分不清楚，所以每次回家择菜洗菜的时候，还需要母亲再仔细筛选一遍。

在我们老家，荠菜一般有三种吃法。第一种是洗净切碎做汤，打上鸡蛋，叫荠菜蛋花汤，青白两色，清香扑鼻，最能保持荠菜本身的味道。第二种是包水饺，荠菜猪肉馅，也是每年春天我家必做的一道美食。第三种是将荠菜用盐稍微腌渍一下，然后裹上面糊，放进油锅里炸，炸到金黄色出锅，吃起来外焦里嫩，香脆可口。

今年春天，父母在老家地里挖了一些荠菜，考虑到我在北京很难吃上野荠菜，就通过顺丰快递给我寄来，我心里很感动。我收到后，很快就包成了荠菜猪肉水饺，吃起来真是唇齿留香。我拍了一张照片，发到朋友圈，有位在京工作的老乡大哥看到了，给我打电话，问我还有没有荠菜。我说荠菜没有了，给他闪送了包好的速冻水饺。他很激动，跟我说，最想念的还是家乡的荠菜味。

现在城里的超市，春天偶尔也会有卖荠菜的，看起来长得很粗壮，叶子也很肥大，但全是青绿一色，几乎没有一片黄叶，一看就不是野生的，是蔬菜大棚里的。野荠菜较小，根系发达，香味浓烈，叶子有绿有黄，很不均衡，尤其是靠近根部的几片叶子，一般都是蜷缩枯黄的。大棚里的荠菜，味道淡了许多，几乎吃不出是荠菜了。

## 香椿芽

香椿是一种树,在山东的乡下很常见。这种树在五一节前开始发芽,叫香椿芽,是一道风味独特的美食。

小时候,姥娘家院子里有几棵很大的香椿树,每当发芽时,整个院子里都弥漫着一种特殊的香气。等香椿芽长到十几公分的时候,舅舅就要开始掰香椿芽了,这时候最嫩,最适合吃。再短了,还没长开,掰不着;再长了,茎变硬了,就老了。

掰香椿芽时,先找一根特别长的竹竿,竿头绑上一根铁钩,牢牢绑紧,然后往树上伸去,钩住香椿杆儿,用力一转,杆儿就掰断了。有些很高的枝头,就要爬到树上去掰。掰下来的树枝,要将香椿芽单独摘下,剩下的树枝晒干后当柴烧。

香椿芽一般只吃头茬,等树干再一次发芽,吃起来就不香了。集中掰香椿芽的时间也就五六天,过了这个时间段,香椿芽长成了大叶子,就发苦了,不能吃了。

香椿芽一般有四种吃法。最能保存其香气的,是用温水清洗后,切碎了拌豆腐。将豆腐切成小方块,放上切碎的香椿芽,撒上盐,滴上几滴香油,一清二白,非常爽口,是春天待客的佳肴。第二种是做成香椿芽炒鸡蛋,香椿芽切碎和鸡蛋搅拌在一起,然后在油锅里摊成饼状,也是一道美味。第三种和荠菜一样,裹上面糊油炸。第四种是腌制,将刚掰下来的香椿芽直接用细盐搓一下,有条件的人家放在冰箱里冷冻,可以吃一年。农村之前没有冰箱,就放在咸菜缸里用盐水浸泡,也可以存放很长时间,吃的时候拿

//荠菜//

//香椿芽//

//榆钱//

//薄荷//

出来用水洗一下，卷在煎饼里，味道也不错。农民天天下地干活，吃饭也不讲究，又省吃俭用，经常把香椿腌制的咸菜当成主菜，就着咸菜啃个馒头，一顿一顿地应付过去。

## 薄　荷

　　薄荷是一味中药，也是我们喜欢吃的一种野菜，喜在阴凉潮湿的地方生长。春天在村子的小溪边玩耍，会看到一丛丛的薄荷，紫红色的茎，对称生长的绿油油的叶子，用手从最上面掐掉最嫩的几片叶子，就如采茶一般，掐上一兜，就可以回家做一道薄荷炒鸡蛋的美味了。

　　薄荷味重，麻飕飕的，有的人吃不上它的味道，我却很喜欢。母亲告诉我薄荷是系根的，什么意思呢？就是把薄荷的根挖来栽到地里，第二年它就会自己发芽，并会发出一大片来。知道薄荷的这种生长特征后，我就和母亲商量，能否在自家的菜园子里专门留出一小块地来种薄荷，母亲同意了。于是我很积极地到河边连根拔起了许多薄荷，栽到了菜园的东北角，果然如母亲所说，到了第二年，从地里长出来许多薄荷，可把我高兴坏了，终于可以不用到河边去采薄荷，能吃上自家的薄荷了，想吃多少有多少。那一年，薄荷成了我家餐桌上常见的蔬菜，都有些吃腻了。

　　来到北京以后，有一天傍晚，我在小区的角落里发现了几株植物，长得特别像薄荷。我心情非常激动，将它们连根挖回家里，栽到阳台上一个闲置的盆里。父亲看到之后说，这植物长得虽然像薄荷，但是叶子上有毛茸茸的一层，和老家的品种不太一样。

接着父亲摘了两片叶子，用手指揉碎，放在鼻尖闻了闻，觉得味太冲，确实和老家的薄荷味道不同。我不甘心，仍然坚持栽种，精心浇水，放营养液。过了一个多月，长出了一层嫩嫩的绿芽，我心中欢喜，觉得在城市里也可以吃上自己种的薄荷了。又过了一个月，长到了一拃左右，可以采摘了。我急不可耐地掐了一大把嫩芽炒鸡蛋，做好之后，吃起来口感确实不一样，入口发涩，味道特别冲，完全不是老家的薄荷的味道，于是后悔不听父亲的话，白费了一番心力，只能将这野薄荷移出屋外了。

## 其他野菜

除了上面说的三种野菜，我还吃过树上的榆钱、槐花和花椒芽。春天河里的冰融化以后，岸上的榆树也长出了榆钱，等长到和手指甲盖大小的时候，我们喜欢用手顺着榆钱枝条把它捋下来，一捋一大把，直接往嘴里塞，味微甘，有清香气。大人们会捋下来拿回家，和玉米面掺在一起蒸榆钱饭。母亲说她小的时候，榆钱饭就是很好的主食，如果去摘得晚，榆树就只剩下光秃秃的枝条了。槐花也是一样，五月槐花香，一串串白色的槐花像风铃一样挂在枝头，香透了整个村子，蜜蜂也飞来飞去忙着采蜜。我们喜欢生吃槐花，它比榆钱更香甜，大人们会做槐花饼，或者用晒干的槐花掺上猪肉蒸包子。另外就是花椒芽，花椒树刚发嫩芽的时候，掐下来裹上面糊，用油炸着吃很香，或者腌成爽口的咸菜，但这道菜产量不大：一是因为掐得过多会影响花椒树的生长，种花椒树的人家是为了卖花椒，不是为了吃花椒芽，所以春天吃一两顿尝尝鲜而已；另一个原因是花椒树上的刺特别多，掐花椒芽容易扎破手，所以没几个人愿意干这活。

说完了树上摘的，再来说说地上长的，主要有蚂蚱菜、面条菜、白蒿和蒲公英。蚂蚱菜学名叫马齿苋，路边和田野里到处都有，是一种常见的野菜，挖回家后用热水一焯，加上蒜泥、芝麻酱和盐凉拌，是夏天解暑的一道美味。面条菜主要生长在麦田里，嫩的时候挖出来，稍微腌制一下，沾上面粉，放在火上蒸熟，再调上点蒜泥、盐和芝麻油，口感很好。现在大城市的酒店里，也经常能见到这道菜。面条菜长大之后会开花，花开五瓣，呈粉红色，我们称之为灯笼花。另外还有一种白蒿，多在山坡上贴着地面生长，有点像菊花叶，我们小时候也经常挖来炒鸡蛋吃，晒干后可以泡水喝，具有保护肝脏和消肿止痛的作用。还有蒲公英，老家人称之为婆婆丁，小孩们喜欢摘下蒲公英的球状花，迎风一吹，便四散各地；大人们却把它和豆面一起做成豆渣饭，或者晒干当茶喝，具有疏通乳腺、清热解毒之效。

老家的土地上，长着许多可以食用的野菜，这都是上天的馈赠，我知道的和吃过的，尚不及十分之一。如今在城市生活，想吃上绿色天然的野菜成了一种奢求，想念家乡的野菜，是因为自己的味蕾最认故乡的山水，这里面寄托的是无尽的乡愁。

# 农 活

我在农村长大,大部分农活都见父母干过,但因为自己当时年龄小,粗活累活干不动,父母也不舍得让我干,成年之后又一直在外求学,家里也没有地了,所以更没有干农活的机会了。虽说如此,但给父母打打下手的农事还是干过一些,如压犁耙、拾麦子、晒麦子、掰玉米,还刨过土豆、大蒜、地瓜,摘过各种青菜,这都是一些小杂活。下面说说推磨、推碾、刨麦茬、拾柴火和放羊。

## 推磨与推碾

石磨和石碾,原先在农村常见。二者功能不同:磨主要用来将玉米等粮食磨成糊状摊煎饼,碾主要将晒干的小麦、玉米、大豆等碾成粉末状。二者构造也不同:磨是在圆形磨盘之上,上下两块圆石摞在一起,上面的可以转动,中间有个磨眼,两侧各有一根木棍用来推磨,人们一边往磨眼里倒进用水浸泡过的粮食,

//石磨//

// 石碾 //

一边推着转，磨的糊糊就从两块石头缝隙中流淌出来；碾是在碾盘之上，中间有根轴，附着一个大石圆滚，将粮食铺在碾盘上，一圈一圈转下来，粮食越碾越细，最后就碾成了粉。因为磨和碾对于农民吃饭都很重要，所以把它们神化了，老家称石碾为"青龙"，称石磨为"白虎"，过年的时候要贴上红纸，上书"青龙大吉""白虎大吉"。

在村子里，磨和碾的数量是不同的。由于以前煎饼是主食，几乎每家都要磨玉米糊来摊煎饼，所以大部分家庭都有一盘磨，奶奶家和姥娘家院子里就各有一盘。但碾就少一些，印象中整个村子就三四盘碾，分布在不同的区域，大都是村里公用的，不属于哪家哪户。谁家需要轧面粉、豆粉、小米粉、红薯粉或者花椒粉、辣椒粉、韭花酱，就到碾上去。如果赶上别人家正在推碾，那就排队，等上一家用完了自己再用，所以村里这几盘碾，几乎每天从早到晚都有不同的人家在用。

我小时候既推过碾，也推过磨；既和母亲推过，也和奶奶推过，一般都是选择早晨或傍晚天气凉爽的时候。在磨上主要是磨玉米糊，用来摊煎饼；在碾上一般是碾小米，碾成米粉，用开水冲糊糊喝。推磨要比推碾有意思，一边转一边就能看见米黄色的糊糊从磨盘上流下来，一会儿就能接一大盆，很有成就感。推碾转来转去，虽然米粉碾轧得越来越细，但毕竟从视觉上来说变化太小，引不起兴趣来。为了能让我多干一会儿活，奶奶和母亲总是一边推一边给我讲故事。我刚开始听得津津有味，推起磨和碾来也肯下力气；但一圈又一圈重复着走来走去，周而复始的感觉，确实无聊，于是我推一会儿就不推了，这时候真想家里有一头毛驴，蒙上它的眼,让它帮我拉磨。

听奶奶讲,早些年,每当大年初一早晨,煮了过年的饺子,都要往磨眼里放几个,然后敞开大门,为的是让讨饭的乞丐可以掏出磨眼里的饺子来吃。这种约定俗成的善举,也是从内心希望善有善报,希望白虎神保佑全家幸福平安。

去年我回老家,在村子里走了走,发现碾还在,但碾盘上覆盖了一层尘土,可见很久没人用了。许多人家院子里的磨盘也拆了,有些堆在墙角,有些被绿化公司低价收走,铺在了一些园林的道路上,作为艺术装饰。据老家人讲,现在没有人自己摊煎饼了,吃煎饼都是从超市买,所以不需要推磨磨玉米糊糊了。另外,面粉、米粉超市也有卖的。如果不从超市买,还可以将自家的小麦送到镇上的面粉厂,用电磨磨成粉,也不需要用石碾来碾轧了。任何东西一旦失去了实用价值,人们就觉得它的存在意义不大了。

现在回头想想,推磨和推碾,与人生的道路何其相似,虽然是一圈又一圈做着重复的劳动,但就在这转圈中,香香的玉米糊磨出来了,细细的米粉碾出来了,这就是一种水滴石穿的力量。人生何尝不是如此,虽然看上去我们日复一日地在做着重复性劳动,但实质上是在积累和进步,每一步都不会白费。

## 刨麦茬

麦茬,就是割完麦子后剩在地里的短短的麦秸和麦根,约有十几厘米长。等麦子晒干入仓后,就要开始刨麦茬了。

为什么要用镢将地里的麦茬刨干净呢?一个是为了清出土地,

翻松土壤来种玉米；另一个是将麦茬收拢起来当柴烧。刨麦茬在大暑天，早晨要早起，趁着太阳还没出来，干一早晨，然后回家吃饭休息，睡个午觉，下午太阳快下山时再来，一直刨到天黑。用镢刨出麦茬后，再用镢后面的榔头把附着在上面的土敲掉，自然晾晒后，用耙子搂到一起，用小车推回家中当柴烧。

初中时，我家已搬到镇上，不种地了。有一年暑假，父母把我送到农村的大姑家里，让我和大姑、姑父、表弟一起干农活，主要就是刨麦茬。我们早上起个大早，先喝一碗面条，吃两个煮鸡蛋，然后穿着背心，戴上草帽，肩头搭一条毛巾，每人扛一张镢，就奔向村西的地头了。到了之后，一人负责一沟地，从前往后刨，一会儿就满头大汗，然后拿毛巾擦一下继续干。干这个活要穿合适的鞋，最好是军用胶鞋。有一天我嫌热，穿着拖鞋去了，结果一不小心，被麦茬扎破了脚，流了不少血。有的人家刨麦茬时已经种上了玉米，并且已经发芽，所以就要注意不能刨了玉米苗。

一般干到九点左右，太阳就已经很毒了，我们就回家休息。大姑到肉铺割上一斤肉，再到屋后的菜园里摘上两把芸豆、几根黄瓜，开始准备午饭。不一会儿就做好了，一大盆芸豆、土豆炖五花肉，一盘蒜泥拌黄瓜，农村夏天经常吃这些菜。可能是干活太消耗体力，我每顿饭都吃得特别香，能吃两个大馒头。吃完之后就开始午休，下午四五点钟，天不那么热了，再到地里继续刨麦茬。

这可能是我干过的比较累的农活了，一般三四天就可以全部刨完。虽然时间不长，但仍然会把皮肤晒得黑黑的，身体也感觉结实了很多，从另一方面说，也起到了锻炼的作用。

// 刨麦茬 //

后来，随着农民生活水平的提高，以及煤炭和天然气的普及，大家就不把麦茬运回家当柴烧了，刨出来让它们在地里烂掉，当作肥料。

## 拾柴火

要说拾柴火，得先从烧火做饭的灶说起。

在农村，每家每户都有个单独的厨房，老家方言叫"饭屋"，不是吃饭的，是做饭的，一般是将院子东侧或西侧的耳屋用作饭屋。在这间房子里，一半的空间放炉子和灶台，一半的空间堆放柴火。我小的时候，一进饭屋门，是一堆柴，各种柴都有，树枝、玉米芯、麦秸等分类堆放。屋里面有两口灶，一个是铁灶，父亲托人铸的；另一个是泥灶，父亲自己塑的，都用来烧火做饭，铁灶冬天时会搬到堂屋里取暖。在灶房的墙上，有过小年时贴上去的灶王爷画像，已经被烟熏黑了。那年月，农民手里没有钱，每年只买一点炭，冬天用来烧火取暖，春夏秋三季，烧火做饭全是用柴。

农民常用的柴火，分为软柴和硬柴。软柴主要取材于小麦和玉米，有麦秸、麦茬、玉米秸、玉米茬、玉米皮，还有枯树叶。硬柴主要是玉米芯、枯树枝、树干。每年秋天落叶纷飞的时候，许多农妇就用竹耙子去搂大街上的枯树叶，抱回家当柴烧。我当年拾柴，是到村东的一片小树林去捡枯树枝，装在麻袋里拿回家。有时候捡地下落的，有时候折树上枯了的，大家经常去捡，所以每次都捡不了太多，天黑前就得赶回家，因为树林中有不少坟墓，阴森恐怖。最经烧的柴是木头，也就是砍伐的树干。先将树干一截截用铁锯锯开,然后用斧头劈成小块,劈柴时要注意安全,讲究技巧,否则很容易蹦起来伤到人。

生火时,一般先用枯树叶或麦秸引着火,然后放上细的枯树枝和玉米芯,等到点着以后,再放上劈的木头,这样炉火越烧越旺,就可以炒菜做饭了。

后来,有的人家开始购买蜂窝煤炉子,用炭粉自己打蜂窝煤,烧火做饭方便了许多。再后来,普遍用上了煤气灶,一个大煤气罐,灌满煤气能用几个月,打开火,可以调节大小,很方便。现在有些村子盖了楼房,通了天然气管道,居民用上了天然气,屋里也通了暖气,不用烧炭取暖,已经和城市没有区别了。

## 放 羊

老家有两种羊:一种是身体肥硕、体毛很长的绵羊,另一种是身体清瘦、体毛较短的山羊。二者用途不同:绵羊主要用来卖羊毛,山羊主要食用,也就是煮羊肉吃。另外,放羊的人也有两种:一种是家里养着三四十只或更多的绵羊,成规模放养,卖羊毛和羊崽是家里的主要收入;还有一种是家里养两三只山羊,闲暇时间来管理,到年底卖掉,补贴家用。我家的羊就属于后者。

记得上小学的时候,母亲买了一只黑色的小山羊,是雌性的,为的是以后能生小羊。那只山羊虽然也有两个小犄角,但性格温顺,我很喜欢和它玩,下午放学回家,牵着它去放成了一种习惯。

在农村,"放羊"是约定俗成的话,准确的理解是牵着羊到水草丰茂的地方去喂它。虽然放羊也是农活的一种,但从孩子的角度来看，完全没有完成任务的感觉，而是作为玩耍来看待。放学后，把书包往桌上一扔，我就去羊圈解开绳子，牵着小羊出门了。

到了离家不远、两岸草木茂盛的河边，我把羊拴在一棵小树上，它就开始美美地吃起草来，我也就不再管它，自己到小河里捞鱼摸虾。约半小时工夫，小羊的肚子已经吃得圆圆的，我也玩够了，就解开绳子牵着它回家，此时，母亲也已经做好了晚饭等着我。

那只小山羊长得很快，几个月身子就高大了很多。到了该交配的季节，母亲牵着它到邻村找到一户人家，那家有只品种好的公羊，不一会儿就配上了，然后交给人家十块钱。牵回家以后，它的肚子越来越大，半年之后顺利产下了一对小羊，一黑一白，浑身的毛湿漉漉的，非常可爱。后来，小羊慢慢长大，我也从放一只羊改为放三只羊了，成了名副其实的小羊倌。

到了春节前，羊肉市场行情看涨，母亲就把这三只羊一起卖了。我放学回家后，发现没有了羊，还大哭了一场。从此，我的放羊生涯就结束了。

· 第五章 ·

# 童年乐事

我相信，一个人的性情，一个人生命的底色，和童年生活是否快乐有莫大的关系。看大戏、捉迷藏、放野火、抓河鱼、捉知了、逮蚂蚱，这就是一个农村"80后"的童年生活，穷并快乐着，但只要快乐，便是最大的富足。

## 看电影

二十世纪的农村，农民普遍缺乏精神生活，所以每到电影放映员来村里放电影，就是村里的一件大事。当天，村委会的喇叭会提醒大家好几遍，说晚上几点在村委会大院播放什么片子。其实，只要通知一遍，村民们就能记住，因为大家都盼望着能有机会看电影，距离上一次村里放电影，又过去好几个月了。

看电影一般多在夏秋季节，因为是露天的，所以天气太冷的时候不合适。地点就在村委会大院里，院子比较开阔，能坐几百人。放映员来了以后，先支好一块白色的大幕布——因为用得次数多了，已经发黄——然后打开放映机和胶片开始对焦，镜头和幕布对准以后，看着来的人差不多了，天也逐渐黑下来，就开始放电影了。

每次放电影，大半个村子的人都会扶老携幼，带着马扎来村委会看。邻村的人听说了也有来的，一方面是精神生活贫乏，吃了晚饭后在家没事干；另一方面也是凑热闹，坐在一起，既可以

// 旧时农村看电影 //

看电影，也可以聊天。那时候放的电影大多是战争片和武侠片，大人们看得比较专心投入，青年人则借机谈情说爱，我们小孩看一会儿就四散到院子里各个角落去捉迷藏了，看电影只是由头，况且有些电影小孩也看不懂，玩耍才是最开心的事。

有一次看电影，我们小孩子在一起嬉笑打闹，不知谁说了一句："快看！天上有流星！"我们都抬头仰望，果然看到了天上飞过的流星，像一道光划过天际，不多时，就飞过了五六颗，有点像流星雨。我们都非常激动，有一颗流星非常低，感觉就像落到了不远处的草丛里，于是我们开始默默许愿，具体许的什么愿望早就忘记了，但这次看流星的经历，却记忆特别深刻。

说起看露天电影，母亲跟我讲过她小时候看电影的事。那是二十世纪七十年代初，放映队在十几里外的村子放电影，周围村庄的老百姓都去看。母亲和她的姐妹跑了很久才赶到，但现场人山人海，挤不动，电影看得不舒服，散场的时候还发生了踩踏事故。有些老人和孩子被挤伤了，母亲被人踩掉了一只鞋，后悔得不行；但巧合的是，鞋却被同村的另一个人捡到了。

那个年代确实文化贫瘠，村里刚兴起买电视的时候，有电视的人家，也是晚饭后将电视搬到院子里，村里老老少少几十人围着电视看，主家还得提供茶水喝。现在村里大部分家庭都有了高清液晶电视，想看电影就到城里的电影院看4D电影。村里已经多年没有放电影了，看露天电影，成了我和父辈独有的回忆。

## 看　戏

　　齐鲁大地的乡村有看戏的传统，尤其是年龄大的农民，不但喜欢看戏，有些戏曲名段，自己还会哼唱几句。小时候家里的广播匣子经常播放戏曲，所以我从小就对戏曲不陌生。

　　戏班子来乡下演戏，都有一些由头。有时候是镇上开物资交流大会，请戏班来唱戏聚拢人气；有时候是一些有社会责任感的企业家，为了造福乡民，请戏班来唱戏；还有的时候，某个村子设立大集，也会连续三年请戏班来唱戏。

　　来演戏的戏班子，很少有市县国有剧团，大多数是些一二十人的民营小剧团。一辆大车，连人带道具、服装都能装下，自己化妆自己演，走到哪里演到哪里，吃住也在车上，日子过得很清苦。来演出的戏班，大部分是豫剧团，演出的剧目也都是耳熟能详的老戏，比如《清风亭》《穆桂英挂帅》《九品芝麻官》《五世请缨》《铡美案》等。偶尔也有别的剧种的剧团来演出，比如曲剧《卷席筒》，吕剧《墙头记》《借年》，莱芜梆子《赵连岱借闺女》等。有些戏，

// 看戏 //

老百姓百看不厌,这些戏曲中的一些经典唱段,比如《穆桂英挂帅》中的"辕门外三声炮",《卷席筒》中的"小仓娃我离了登封小县",《借年》中的"马大保喝醉了酒",我听着听着都学会了。

每次演戏,都会提前一天挂出戏牌,预告第二天演什么。如果戏很精彩,大家就口口相传,充满期待,第二天天不亮就带着马扎、水壶和干粮出门了,提前到戏台前排队占个好位置,为的是能看得见、听得清。只要有戏班来唱戏,爷爷奶奶总要带着我去看;同时,他们也会约上村里的其他老人一起去。

大人们看戏,看的是故事情节是否精彩、唱腔是否好听,虽然这些戏班子里没什么名角,但老百姓依然能听出来谁唱得好,谁唱得差。对于我们孩子来说,并不关心演的是哪出戏,也不知道戏里谁爱上了谁、谁杀了谁,我们关心的是演员的行头和道具。我们小孩围在戏台周围,小脑袋刚刚超过戏台的高度,抬头仰望着,觉得武生穿的厚底皂靴走起路来特别神气,想看看他头上的那两支花翎是不是真的孔雀翎,腰里的刀能不能抽出来用,想象着皇帝、大臣的那些蟒袍玉带,自己穿上是不是也很好看。有一回,我真的偷偷跑到了后台,拿起一个侍卫的佩刀,抽开来看,发现是用硬纸板做的假刀。我还看到几位正在换戏服的年轻女演员,穿着薄纱的翠绿色长裙,化妆以后都漂亮,就跟仙女一样。可正在这时,我却被戏班里管道具的师傅发现了。他大吼一声:"哪里来的小孩?快点出去!"这影响了我的心情,我恋恋不舍地离开了后台。

去看戏还有一个吸引我们的地方,那就是戏台周围卖美食和玩具的摊位。爷爷奶奶为了不让我闹腾,他们能专心看戏,每次总会给我买些好吃的,有时是棉花糖,有时是糖葫芦,有时是爆米花,另外还会买一些塑料刀枪之类的玩具。只要有好吃好玩的,我就会很听话,乖乖地和爷爷奶奶看戏。

戏台上的悲欢离合,既给了老年人一种精神慰藉,也给许多如我一样的少年埋下了传统文化的种子。那些戏曲里扮演的美丑忠奸,表达的惩恶扬善,潜移默化中影响了一代又一代农民的思想和行为方式,成为最艺术又最接地气的人生教科书。

## 捉迷藏

小时候,农村的孩子玩具很少,村里更没有什么娱乐设施,所以只能和大自然里的花鸟鱼虫玩,或者孩子们自己玩,捉迷藏就是自娱自乐的一种好方式。

我们经常在一起玩耍的小孩有五六个,捉迷藏的时候分成两组,两三个人一组,这组藏了那组找,那组藏了这组找,轮着来。在一个相对固定的时间内,如果找到了藏匿者,则藏的一方输;如果一直没有找到,则找的一方输。

捉迷藏的地点,有一个相对固定的场所,那就是村子中间一处废弃的大院落,房子只打了地基,一直没有盖起来,因为无人照管,所以院子的部分墙壁已经坍塌了,里面杂草丛生,还长着一些榆树、槐树和梧桐树。在这个荒无人迹的大院子里,我们能够藏身的地方,无非就是荒草丛中和柴垛里;但有的小孩身体灵活,能上墙爬树,不一会儿就能爬到树腰上,夏天树叶浓密的时候,藏在树上确实不好找。玩累了,我们就一起坐在墙脚晒太阳。在这个院子里,我和小伙伴们开始偷偷地吸烟,但我们吸的不是真烟,是已经风干了的南瓜秧或梅豆秧。折下一截放进嘴里,用火柴点上,吸一口,吐出烟来,虽然又呛又辛辣,却觉得很酷,有点像"山大王"的感觉。

除了这个固定场所,我们还会去玩伴的家里。如果谁的父母外出或下地干活了,家里没有大人,我们就去他家捉迷藏。可以藏的地方有很多,比如盛粮食的大缸里,放衣裳的木箱里,床底下,床上的被子里,衣柜里,室外比如猪圈、鸡栏,灶房的柴堆里,都可以藏。

有一天傍晚,天渐渐黑下来,院子里没有灯,为了能看清楚,我找了几个废弃的塑料袋,绑在一根短木棍的端头,用火柴点燃后,举起来当火把照明,看小伙伴藏到哪里去了。刚点着不久,塑料烧焦后的油滴下来,正好滴到我举火把的手上,落到我手指上时,油脂还在熊熊燃烧着。我疼得不行,大喊一声,扔掉火把后,将手迅速伸进了水缸里。等拿出来时,火是熄灭了,但我手指上的一层皮却被火烧焦了,疼了很长时间,现在还能看到疤痕。

## 挖河蚌

在我家东北方向四五里地,有一个青杨行水库,是二十世纪五六十年代修建而成,蓄水量大,周围青山环抱、风景秀丽,我儿时常跟着父亲、叔叔和姑父去玩。

水库之前淹死过人,不止一个。我曾经听到一个故事。有个五十多岁的男人,早晨在水库边散步,看到水边有一条大黑鱼,离岸很近,唾手可得,于是他就试图抓住这条鱼,好美餐一顿。但当他去抓鱼时,这条鱼就往深水里游了一些,他再追过去,鱼又游了一步。岸边有人看到了,觉得很危险,喊他回来他却不听,直到水漫过他的脖子,鱼不见了踪影,这个人也再没有上来。有信鬼神的人说,那条黑鱼就是之前在水里淹死的鬼魂所变,再来寻一个替死鬼,之前的鬼魂才能重新投胎为人。

到水库去玩,主要是在夏天,虽然水库淹死过人,但来游泳的人还是很多。我水性不好,不敢到水深的地方去,只在岸边游泳。有些水性好的同伴,敢从水库这头游到对岸去,但他们也不是很自信，可能怕游到中途没劲了，或者腿抽筋了，也可能是水鬼的传说让他们畏惧，所以即使水性好，身上也要绑一个浮力大的泡沫盒或塑料桶，有的用充气的汽车内胎，游累了可以休息一下。

除了在水库里洗澡和游泳，还有一件好玩的事，那就是挖河蚌和田螺。青杨行水库的环境，适合这些水生生物生长。田螺大都生长在水库边缘的石壁上，伸手就能够着，数量也很多，半天就能捉一大盆，拿回家让它们在水里吐净秽物，然后放上油、盐、辣椒、姜丝爆炒，出锅后用牙签将肉挑出来吃，味道很美。大人们一般不干这种技术含量低的活，他们会到水里去踩大蛤蜊，也就是河蚌。水库里的河蚌都不小，和碗口那么大，水库周围的一些农民，会用河蚌壳来做肥皂盒。河蚌长在水下的泥里，赶上天旱的年月，水库里水位浅，大人们用脚在泥里踩，踩到了硬硬圆圆的东西，伸手就能抠出一个大河蚌。我们从小就听说，河蚌如果把沙子吸到肚子里，就会用分泌的汁液将沙子层层包裹，让它变成光艳的珍珠。我曾经挑选了几个大河蚌，掰开后并没有发现期待的珍珠，颇有些失望。

有一年，叔叔和姑父挖了两大盆河蚌，给爷爷奶奶送来，爷爷奶奶不知道怎么做好吃，于是二人商量了一下，想到镇上的早市去卖掉。镇上住了一些上海人，是鲁中矿业集团的职工，他们见多识广，喜欢研究怎么做美食。第二天一大早，爷爷自己端一盆河蚌，我和弟弟抬着另一盆，走了四五里路，到镇上的早市占了一个摊位，等着顾客来买。爷爷以前做教师，从来没有在集市上卖过东西，也不知道怎么吆喝，周围又没有其他卖河蚌的人可以给我们参考价格，所以爷爷也不知道卖多少钱一斤合适，两眼

// 青杨行水库 //

一抹黑。过了一会儿,有个中年妇女走过来用普通话问:"这河蚌怎么卖?"爷爷说:"恁看着给吧!"那妇女说:"这一盆五块钱吧。"爷爷犹豫了一下,说:"行!"那妇女一看,竟然卖得这么便宜,就抓紧说"这两盆我都要了",然后掏出十块钱给爷爷,并且提出了一个要求,说自己拿不动,能不能帮她运回家。老实厚道的爷爷犹豫了一下,又答应了。于是,爷爷带着我和弟弟,又端着两盆河蚌跑了二里地,给她送到了楼下。她把河蚌放回家里,把两个盆还给了我们。随后,爷爷带着我和弟弟,在镇上的早餐铺吃了蒸包和油条,喝了豆腐脑,正好把那十块钱花了,然后我们一起走回家。

  现在回忆起来,爷爷当时真是迂得可爱。那两盆河蚌至少有五十个,一个不到两毛钱,卖得实在太便宜,真对不住叔叔和姑父摸河蚌浪费的力气,对不住我们从家里抬到镇上浪费的力气,还免费给人家送到了家,估计那个女人心里乐开了花:从没遇见过这么傻的买卖人。

## 放野火

大人们常说水火无情,可我们小时候最喜欢的就是水和火。关于水的记忆,除了洗澡和游泳,就是到河里抓鱼和螃蟹,到水库里抓田螺和河蚌;关于火的记忆,主要是秋天在河岸和地头放野火,以及在田野里用火烤食物。

深秋时节,河岸边的草已经枯黄了,我们结伴拿着火柴,看哪里的草茂密,就在哪里点火。秋天常有风,草又干燥,只要一遇火星,火势就腾地起来了。我们一边看着火逐渐蔓延到整个河岸,一边在旁边欢呼雀跃,好像在庆祝盛大的节日。

我们不担心野火会引发火灾,因为河岸边的草都不高,和村民的房子离得也很远,关键是河岸边的草和岸上的树木、农田并不完全相连,有时候隔一条路,有时候隔一片荒地,这些都是天然隔离带,所以野火任它烧,等会儿就会自己熄灭。有时候我们玩够了,看到火还在蔓延,于是几个小伙伴就会跳到火焰正在燃烧的地方,用鞋把火苗踩灭,也不怕烧坏了鞋。看着河两岸乌黑的一大片,都是过火之后的痕迹,我们就很有成就感。父母也不管我们,大家都知道,野火烧不尽,春风吹又生,等到明年春天,河两岸又是绿意盎然。

在河岸边放野火的时候,我们经常就地取材,像原始人一样,做点所谓的野餐。先到田间地头挖一些红薯来,然后拔一些野草,捡一些枯树枝,聚拢在一起,点上火,把红薯放在火里烤,等火熄灭后,扒出红薯来,皮已烧得乌黑,撕开皮,里面很嫩,入口很软,很烫嘴,又香又甜。

有一次,一个同伴从家里带了一口小锅,我们在草丛里找到了两个鸭蛋,本来想从河里舀水煮鸭蛋吃,但两个鸭蛋不够分,不知是谁提议:"咱们捞点小河虾,做河虾鸭蛋汤吧!"于是大家积极响应,各自分工,拾柴的拾柴,搭灶的搭灶,捞虾的捞虾。不一会儿,柴火捡够了,用四块砖搭起来的简易灶台也弄好了,小虾也捞了很多,于是把锅里舀上河水,倒上小虾,点上火开始煮。等小虾煮熟了,再把鸭蛋打开浇上去,一会儿就开锅了。我们直接端着锅轮流喝,虽然里面既没有油也没有盐,但可能因为是大家亲手做的,所以喝得津津有味。

有时候我们也会烤鱼吃。如果抓到了较大的鱼,就简单清理一下内脏,用小刀把树枝削尖,从鱼嘴穿过,架在火上来回翻烤。还有一回,我们看到两只鸭子在水里嬉戏,于是产生了一个大胆的想法:镇上卖的烤鸭又香又脆,特别好吃,我们也可以自己点火做烤鸭啊!于是我和小伙伴们围追堵截,终于抓住了一只鸭子。但后续的问题来了,怎么把鸭子杀死?听大人们讲,杀鸭子要直接用刀把鸭脖子割开,我们小孩没有那么大的刀,也不敢下狠手。

如果直接掰断鸭脖子或者用石头把它砸死，也很残忍。另外，想到还得烧开水给鸭子褪毛，太麻烦，于是我们就放弃了做烤鸭的想法。

## 捉知了

知了是蝉的幼虫。蝉将卵产在树枝上，再落入地下，蝉的幼虫在土里吸食树根的汁液，三五年之后才能长成。时机一到，知了便用前爪划破地面钻出来，再在一夜之间爬到树上蜕掉蝉蜕，变成成虫飞上天，这就是我们经常见到的蝉了。

小时候，夏日雨后，孩子们都从家里跑出来，聚在一起，然后到村子东头的河边树林里抠知了，我们称之为"抠肉蛋儿"。为什么要在雨后去呢？因为雨水会把知了的洞穴淋开，这样就便于发现它们了。孩子们左手拿着空瓶子，右手握着小铲刀，弓着腰，眼睛注视着地面慢慢行走。每当看见一个不规则的小洞，有豆粒那么大，且周围的地皮已经很薄，用手一抠便豁然开朗，那就是发现了一个还未出洞的知了，然后赶紧用铲刀把它挖出来，生怕被同伴们抢了去。这是小时候最快乐的日子,每当傍晚回家的时候，孩子们的瓶子里都装了不少知了，脸上也洋溢着大功告成的幸福感。

另一个捉知了的时间就是在晚饭后了。夏天天长，很晚才黑天，但村民们总是早早地吃了晚饭，一家老小留一个看门的，其他的都去村东头那片坟地和树林捉知了，那种场面相当壮观。天已经微黑，大人们手里攥着手电筒，从每棵树的树根处往上照，因那个点正是知了从土里钻出来往树上爬的高峰时刻，总能捉到许多，第二天大人们便有了一顿下酒菜。但日子长了，人越来越多，知了却越来越少了，有人戏称："捉知了的人比知了都多！"

到了第二年夏天，父亲改变了策略，不等知了出土，便提前下手。他到墙边扛上一只镢，让我拿着一个空瓶子跟着他出门了。先是到了以前那片树林和坟地，然后又去了一些老宅子的房前屋后，因为那里有树，有树的地方就有知了窝。父亲先找到一片空窝聚集的地方，然后开始刨地，约刨五六公分深，两三平方米大小。这时候，总会有一些还没破洞的知了被父亲刨出来，两个多小时的时间竟抓了二百多个，这是我记事以来最大的收获，以后再也没有出现这种盛况。

后来，随着树木的砍伐和人们的捕捉，知了的数量越来越少，这时候知了的成虫——蝉也就成了稀罕物。对于捉蝉，父亲也有一套办法。他先端上一盆水，在里面洗面粉，等洗出一些被称作面筋的黏稠物质来，就带上它和一根长长的竹竿，沿着河岸粘蝉去了。每当听到树上有蝉叫，父亲就把面筋涂到竹竿梢上一些，慢慢地移动到蝉的身边，在它还没有发现、没来得及飞走时，面筋就已经粘住了它的翅膀，我们手到擒来，这时候的收获也是颇丰的。

把知了和蝉捉回来以后，母亲就将它们放到清水中洗一洗，

// 知了 //

然后放到碗里，撒上一些盐和花椒粉腌制，第二天放在油锅里一煎，香气扑鼻。知了肉多肉嫩，蝉的肉老，肚子也是空的，所以父亲总是把知了留给我吃，他只就着蝉喝二两老白干。母亲吃得很少，她怕吃多了上火，也有些怕它们张牙舞爪的样子。

到后来，知了越来越少，自己的年龄也大了，就很少再去捉知了了。有几年听说蝉蜕是治病的中药材，于是很多人就开始捡蝉蜕，卖到中药铺，或者将猪肉裹在里面炸着吃，再过一把吃知了的瘾，但毕竟不是那个味道。

## 逮蚂蚱

深秋收割玉米之后,是蚂蚱活跃的季节,在田间地头和草丛里,到处都有蚂蚱飞来飞去的影子。这时候,我们就开始逮蚂蚱。蚂蚱能跳也能飞,不是很好捉,有的孩子会让父母制作一个带长柄的纱网,更多的时候我们是直接用两手扑。看到蚂蚱停在草丛里,一跃而上,用两只手捂住,有时候蚂蚱会用后腿上的刺将我们的手蹬破。

常见的蚂蚱有三种。第一种是灰黄色的土蚂蚱,身体短小,可以食用。第二种是个头很大的油蚂蚱,吃起来有些发硬,我们更多的是抓了来玩,放在笼子里养着。第三种是浑身绿色的草蚂蚱,身体狭长,头尖,不好吃。我们抓得最多的还是土蚂蚱。

逮到蚂蚱以后,我们会从地头折一棵高高的狗尾巴草,将草茎从蚂蚱背后穿过,因蚂蚱背部有个位置,位于头和翅膀中间,可以将草茎从中穿过。一棵较长的狗尾巴草,可以穿二三十只蚂蚱,等穿完两棵狗尾巴草,就可以带回家美餐一顿了。

// 蚂蚱 //

杀死蚂蚱的方法是比较残忍的，一般直接用热水烫死。等晾干以后，摘掉翅膀，撒上盐腌制一会儿，再放进油锅里煎。火不能太大，大了容易煳，要在锅里来回翻动，使每一只蚂蚱均匀受热。时间也要掌握好，煎的时间不够，吃起来腻腻的不酥；煎过了头，太酥脆，就吃不出蚂蚱的味道了。煎蚂蚱嚼起来有点像炸虾的口感，非常香，我和父亲都爱吃。

以前农民穷，买不起下酒菜，煎一盘蚂蚱，就是一道很好的硬菜。老人们形容一个人能喝酒，经常用一句话，说"就着一根蚂蚱腿，就能喝一斤白酒"，这虽然有点夸张，但足以说明那人嗜酒到什么程度，也足以说明蚂蚱作为下酒菜多么合适。我小时候，看到书上说，中原大地历史上经常闹蝗灾，成千上万只蚂蚱飞过，地上就寸草不生了。当时我曾天真地想，这些蚂蚱如果飞到我的老家来，怎么可能让它们如此猖狂，早就被老乡们吃光了。

今年国庆节回家，母亲竟然给我做了一盘煎蚂蚱。我很惊讶，知道这肯定不是母亲自己去捉的，便问这蚂蚱从何而来。母亲说是父亲去买来的，现在有专门养殖蚂蚱的，二十元一斤。我听后觉得不可思议，蚂蚱都可以人工养殖了，看来人们为了满足口腹之欲，什么都可以养啊！

## 做游戏

打宝。这是男孩子的专属游戏。所谓"宝",是一种用纸折叠成的正方形的东西,可以用报纸叠,也可以用牛皮纸或装烟酒的硬纸壳来叠。所谓"打",就是用自己的宝打别人的宝。如果能把别人的宝打翻过来,就可以赢走,谁赢得最多,谁就是最大的赢家。宝的材质,和游戏胜负有很大关系。硬纸壳的宝,比报纸的厉害,牛皮纸的又比硬纸壳的厉害,越是密度大、重量大,越能轻易把对方的宝打翻。除了宝的材质,要想打赢对方,还有一些窍门,比如要用巧劲,不是力气越大越好,有时候打某个角比打整个宝管用,还可以借助风力打翻别人的宝。夏秋的傍晚,我们男孩会用塑料袋装着十几个自己叠的宝出门,在村里找一块开阔的地方,开始互相打宝。这宝,就像自己带的武器,就像自己家的斗鸡,威风凛凛上阵,肯定是希望能打赢别人。但一番角逐之后,自然是几家欢乐几家愁,赢了的人可以带回家更多的宝,输了的人就很沮丧地回到家,开始寻找新的纸来叠宝,并发誓一

//用纸叠的"宝"//

// 打溜溜蛋 //

定要把输了的宝再赢回来,把输了的面子再挽回来。

弹玻璃球。彩色玻璃球,我们小时候叫它"溜溜蛋",材质有点像琉璃。玻璃球有大有小,色彩各异。具体的玩法是:在地上挖一个小洞,想方设法用球弹球的方式,最终把球弹到洞里去,谁先弹进去谁就赢了。那时候我有一个装白酒的纸盒子,里面存的全是彩色玻璃球,有父亲给我买的,也有赢的别的小孩子的,每当打开这个纸盒子,就像看到了一堆大珍珠,觉得自己成了百万富翁。

打沙包。沙包是用裁衣服剩下的布头子缝制的一个六面正方体,虽叫沙包,但里面装的不是沙,是玉米或豆子。打沙包一般是三个人一起玩,两个人隔开几米各站一端,另外一个人站在中间,两头的人用沙包打中间的人,中间的人要跳着躲开;一旦打中了,就算输了,中间的人就要替换一个两头的人躲避沙包。这个游戏锻炼的是灵活性,要眼疾手快,躲开沙包的袭击。

跳房子。用树枝或石板在地上画一个图案,共有九个格子,从第一个格子开始,先往里面扔一个小石头,扔进去之后,再单腿跳进去,把石头取回来,另一只脚不能落地。之后再扔进第二个格子,再跳进去取回来,一直跳到第九个格子里,就算完成了整个游戏,就像电子游戏里一关一关去攻克。这个游戏练习的是投掷的准确性和单腿跳的平衡性。

跳绳。这个游戏主要是女孩子玩,但男孩偶尔也参与其中。去商店里买一段足够长的松紧带,两端系在一起,就成了跳绳用的道具。两个人站在两端,将绳子套在脚踝上撑成两条平行线,跳绳的人在中间跳。一般情况下,跳绳的时候都有歌诀,不同的歌诀配不同的跳法。技术高的女孩子,可以用脚勾着绳子跳。跳绳的升级方式就是将绳子的位置调高，先从脚踝开始，如果顺利跳完了，再升高到膝盖处，再跳完了，又升高到大腿处，最后能挂到腰上。

抗拐。这是男孩之间的游戏，比较野蛮，是身高和力量的抗衡。先要单腿站立，另一条腿盘起来，用手搬着脚踝，和对方去碰撞膝盖，谁先跌倒了，或者谁先支撑不住，另一条腿落了地，就算输了。除了单打独斗以外，升级版的抗拐是两人对两人，一人趴在另一人背上，向另外一组发起攻击，到跟前以后，背上的两个人互相用脚踹对方，谁先把对方踹倒，谁就赢了，有点像蒙古大汉摔跤的感觉。

见缝插针。雨天过后，地上比较湿润，用锥子在地上画一个很大的像眼睛一样的图案，两个人各占据一端，作为自己的"心脏"，然后各自用锥子扎在地上往前行进，扎一个眼，连上一道直线。在扎眼连线的时候要注意两个原则：一是不能出了边界线；二是连线时要尽量给对方设置障碍，不让对方轻易侵入自己的"心脏"。最终，谁先进入对方的"心脏"，谁就赢了。

抛石子。从河边或建筑工地挑选五个大小差不多的圆形石头，然后将它们随机扔在地上，再捡起一个石头抛起，在它掉落的过程中，抓紧捡起第二个石头，然后接住第一个石头，再抛起一个石头，在它掉落的过程中，再捡起第三个石头，直到把五个石头捡完，这是第一轮。第二轮就增加了难度，在石头掉落的过程中，要捡起两个、三个、四个石头，直到完成所有的流程才算胜利。

下棋。小时候下过象棋和军旗。象棋是爷爷教我的，他有一套木质象棋，分红绿两色，晚饭后，我和爷爷就在灯下摆开棋阵厮杀。我刚学会的那段时间，经常因为贪吃爷爷的棋子，出现吃卒丢车的臭棋，这时候我就央求爷爷悔一步棋，重新来过。爷爷偶尔也会悔棋，但这种情况很少。随着棋艺的提高，我就和爷爷互有胜负了，这时候我们就改变了规则，提高了要求：一是不能悔棋，二是每步棋思考的时间不能太久。那几年，通过和爷爷下象棋，我的思维能力确实有了提高。除了下象棋，我还和小伙伴们下军棋，那些写着"军长""师长""旅长"的方形棋子一摆开，觉得自己真成了运筹帷幄的大元帅。军棋有明棋和暗棋两种下法。暗棋就是将棋子竖起来，互相不知道对方的排兵布阵，更具刺激性。总的来说，我觉得象棋比军棋更有智慧，军棋是大棋吃小棋，而象棋没有谁大谁小的说法，只要下得巧妙，每个棋子都可以出奇制胜，四两拨千斤。

收集卡片。收集动物或人物的卡片，是很多人都有的童年记忆。我小时候，主要是从方便面里收集卡片，有十二生肖卡片，还有一些动画片里的卡通人物卡片。我让父母给我买方便面，虽然也有满足口腹之欲的原因，但更多的是集齐某一类卡片的精神需求。为此，方便面厂家也用尽了心思，尽量不让卡片配齐，这样就会吸引小孩一直买下去。另外，厂家还会开发各种系列的卡片，给孩子们带来新鲜感，赚足他们的钱。我会和伙伴们互通有无，你有重复的就给我一张，我有重复的就给你一张，为的是凑齐整套卡片，获得心理上的满足感。除了收集卡片，还会买一些贴画，多是电视剧中的人物，比如《新白娘子传奇》里的白娘子、《包青天》里的展昭等。贴画像今天我们使用的双面胶，把有人物的那一面揭下来，可以贴在铅笔盒上、书上、本子上，还可以按自己的兴趣来装饰，觉得非常时髦。另外，我还收集糖纸、烟盒等，里面的趣味都是相似的。

· 第六章 ·

# 山野奇闻

在中国农村,尤其是偏远地区,神仙鬼怪的传说千年不绝,是乡村文化生态不可或缺的一部分,更是一种从土地上生发出来的浪漫怀想。

# 聊 斋

从我们村往东北方向走七十公里,就是清代小说家蒲松龄的故居,我曾专门去寻访过他的故居和墓园。蒲松龄《聊斋志异》中的那些鬼狐神怪的故事,在我们老家口口相传,既是街头巷尾谈天的材料,也转化成了老百姓内心的一种朴素的信仰,相信善恶有报,遇到困难的时候,就要求神拜仙解决问题,碰到好事的时候,也要祭祀上苍感谢保佑。我们可以批评他们搞封建迷信,但是,在那种物质和精神都非常贫乏的岁月里,如果信仰鬼狐神怪能让人们积德行善,能让人们在苦难生活中找到心灵安慰和精神支撑,那也是可以理解的。毕竟,在中国农村,尤其是偏远地区,神仙鬼怪的传说千年不绝,是乡村文化生态不可或缺的一部分,更是一种从土地上生发出来的浪漫怀想,这才是真实的山野乡村生活。

这里记述的这些奇闻逸事、神话传说,个别是我的亲身经历,更多的是听爷爷奶奶、婶子大娘在豆棚瓜架下拉呱得来,玄之又玄,野趣横生。为了保持童年记忆的完整性,我把它们作为民间文艺的一种形态记录下来,并非宣扬封建迷信,就像《聊斋志异》一样,我们并没有把它当作"毒草",而是看作中国古代文学之林中一朵标新立异的"奇花",散发着特殊的幽香,让我们无法忽视它的存在。

## 神　牛

在我们村，流传着一个关于吕氏先人的传说。

在搬迁到西王善村之后，有一代先祖，日子过得非常富裕，家中有九十九亩地，九十九头牛，九十九个碌碡。每当杏成熟的时候，别人家是用竹竿打杏，吕家的孩子却用金元宝和银元宝来打；在除夕夜放鞭炮的时候，别人家的孩子只是放廉价的鞭炮，吕家的孩子却还在每个鞭炮上面盖一只瓷碗，为的是炸碎以后听响，可见奢侈到了什么程度。由于家财万贯、房屋众多，吕家的女主人曾在外面放言道："驴驮钥匙马驮锁，哪一年能穷了我？"

可是事情总有乐极生悲的时候。有一次，吕家人在山脚下的饮牛湾里放牛，本来是九十九头牛，却数出来一百头。后来每次都是这样，在家中牛圈时九十九头牛，一到饮牛湾来，就会增加一头。主人知道以后，就想一探究竟，于是下令将自家的九十九头牛尾巴上缠上红绫，赶到饮牛湾，果然出现了一头尾巴上没有红绫的牛。于是，主人拿着火铳枪打去，那头牛瞬间化作一团火光消失在西北方向，也就是今天口镇金牛山的位置。有人说这是一头神牛，打伤了它就会导致家庭的衰败，可是，先人们并没有因此而收敛。

离村子七八里地有一个集市，人们都到那里采购生活用品，吕家主人为了显示自己的阔绰，准备修一条水渠通到集市，供自家的货船行走；但即将挖通的时候，却挖断了一条非常粗大的树根，是普通树根的几十倍，也不知道是哪棵树的根，有经验的挖渠人说，这是挖断了龙脉。

从此以后，吕家就逐渐衰败下来，主人也得了一种怪病，头上长了疮，且不断溃烂，最后不治身亡。在出殡的时候，还发生了一场闹剧。有神婆说，出殡不能见天、不能见地，于是，从家中到墓地雪花桥，十几里路全搭起了白帐篷，铺上了白地毯；神婆又说需要童男童女，于是，又花钱购买了穷人家的一对儿女陪葬。出殡那天人山人海，在送葬的队伍里，主人的女儿哭得最凶，口里念叨："金头银头，不如爹爹的肉头！"巧的是，这句话被盗墓者听到了，当夜坟墓就被盗。原来，主人因为头上生疮而死，去世后换上了金子做的头颅。繁盛一时的吕氏大族，就在那个年代衰败下来。

关于这个传说，我听好几位老人讲过，有些说法不一致，我进行了综合处理。其实仔细想想，整个故事充满了很多夸张和演义的成分，也有不合理之处。我觉得，吕氏祖上可能确实曾有一代大家旺族，因为过度挥霍衰败下来，后人为了教育子女要勤俭持家，不能张扬露富，就把这个故事讲给孩子们听，但在一代代人的讲述中，逐渐背离了原貌，加入了很多神话色彩，使其更加夸张离奇，也就成了现在的样子。

## 大　蛇

　　村北有座小桥，桥下有一条河，水不大，有时候会干涸；但桥下有一处水坑，常年有水，深不可测，即使再旱的年月，这里也水草丰茂。老辈人都说，这个水坑直通东海。

　　传说坑中住着一条大蛇，有水桶那么粗，十几米长，经常昼伏夜出，活动范围就在村北一带；离河不远处有一个野水洼，据说也是大蛇活动的地方，所以从小老人们就不让我们去那一带玩耍，怕我们被大蛇吃掉。

　　有许多人说亲眼见过这条蛇，传得神乎其神。

　　某年大旱，野水洼的水越来越少，一对年轻夫妻到里面去挖泥鳅喂鸭子，刚挖了不久，就看到那条大蛇张着血盆大口游来。据那个女的讲，那蛇张开嘴真的有脸盆那么大。他们夫妻吓得拔腿就跑，挖泥鳅的锹和那半桶泥鳅直接扔在了那里，到第二天才去取回。

　　还有一次，是小麦即将抽穗的时候，有个村民到自家地里看小麦的长势。他家的地就在村北那个野水洼边上,到了地头,他看到有一大片麦苗倒下了,心里想:近日没有刮风下雨,为何麦子倒下了呢?他走近一看,吓得两腿发麻,原来是一条大蛇在麦地里一圈圈盘起来,压倒了一大片麦子。

  有一年夏天,夜里电闪雷鸣,人们感觉有好几个炸雷落在了村北那片地方,第二天去查看,果然有树被劈倒了。有一个在瓜地里看瓜的老农说,昨夜他就睡在瓜棚里,远远地看到那条大蛇在地上快速爬行,雷声响起,天上掉下好几个火球。他说,可能老天爷怕这条大蛇成精,伤害到老百姓,所以要打雷劈死它。

  关于这条蛇的传说,还有很多。我没有见过这条蛇,我猜想:可能是人们受《白蛇传》影响太深,虚化出了这样一条蛇;也可能真有一条长得比较粗壮的蛇生活在那个区域,但只是一条普通的大蛇,被人们赋予了一些神秘色彩。无论如何,这条蛇好像成了村里的一员,虽然见过的人很少,但它却活在了每个人的记忆里。

## 老　槐

　　村东头有一棵老槐树，两个大人才能刚刚合抱过来，村里最老的老人也不记得这棵树是何年何月有的，都说从记事起就长在这里，就这么老。老槐树已经中空，洞中可藏人，树冠现存两大枝，一枝朝向东南，一枝朝向东北，枝叶茂密，树上有人们系的红绸带，是用来许愿祈福的。听奶奶讲，老槐树后面原来有座关帝庙，"文革"期间被毁了。

　　关于老槐树的传说，是和神仙连在一起的。有一个说法是：有人看到树下坐着一个矮矮的白胡子老头，没人认识他，走近一看却消失了，大家认为这是土地爷现身了。还有一个说法是：雨夜中有人从大槐树旁经过，听到树里面有女子的哭声，清晨看到树下有身材修长的白衣女子，也是一会儿就不见了，有人说这是槐女。

　　任何事物，一旦变得历史久远了，人们自然会赋予它神秘性，其实这也有好处，会让人产生敬畏之心，不会轻易去破坏它。邻

// 村中的老槐树 //

村还有一棵像这样的老槐树，因为有人要占地盖房子，就把树砍掉了，结果这家人接二连三地出事，非死即病，人们都说这是惹怒了槐树仙，遭到了报应。

后来有一天，我在翻阅《莱芜市志》的时候，发现古树名录中提到了我们村这棵槐树，据推断，树龄应在500年到600年之间。去年国庆节回家探亲，我带着三岁的女儿去看了一下这棵槐树，并拍照留念，希望村里能继续保护好这棵古槐。这棵槐树是西王善人的根，只有根在，才能枝繁叶茂。

# 黄　仙

有一年，爷爷带着我和弟弟到镇上的体育场去玩，看到有人在打乒乓球，觉得好玩，想到奶奶家还有两块很大的正方形水泥板放在墙角，于是回家以后，我和弟弟就动员爷爷，能不能在院子里自己支起一个乒乓球台，这样就可以随时打球了。爷爷奶奶宠爱我们，我和弟弟提出的要求，他们一般都能满足。这次也一样，爷爷奶奶同意了。那天父亲、叔叔和姑父都在奶奶家，他们力气大，开始帮我们搭建乒乓球台，地点就选在院子里那棵大枣树下。枣树下有一堆木头，堆放了十几年了，常年栉风沐雨，有的已经腐朽了，这就需要先把那堆烂木头清理掉。他们把木头移到南墙角，将下面的枯枝烂叶打扫干净，然后开始砌砖，再把水泥板搭在上面，一个简易的乒乓球台就建成了。

到了第二天，我到奶奶家打乒乓球，忽然发现奶奶的脸肿得很大。她很痛苦，自己也不知道什么原因，晚上也没有受凉，也没有吃不合适的东西，突然脸就肿了。恰好那天村东头有个老太太来奶奶家玩,看到奶奶的脸肿得这么大,就说,这里头肯定有事,然后她就在院子里边走边看。我听说过这老太太有些"通神",果然,过了一会儿,她开口问,这几日院子里动了什么吗?奶奶说,昨天孩子们清理了一些烂木头,在这里搭了个乒乓球台。老太太说,那就对了,这些陈年烂木头里,住着一群黄仙(黄鼠狼),你们在这里搭了球台,黄仙无家可归,所以报复人,让你肿了脸。然后,老太太指出了解决问题的办法:一是将乒乓球台拆掉,将那堆烂木头恢复原位;二是烧点纸钱,给黄仙道歉。那时候在乡下,神婆说的话,比医生说的话还有权威。看着奶奶的脸肿得那么大,很痛苦,我们只能照做,于是把刚建好的乒乓球台拆除了,那堆烂木头也放回了原处,还烧了些纸钱。神奇的是,过了一天,奶奶的脸果然消肿了。

对于此事,后来我也有些疑惑。一是关于黄鼠狼,这种动物农村常见,经常偷鸡吃,单只的我见过,但成窝的并没有见过,尤其是在奶奶家没有见过,怎么会突然出现一窝呢?它们的窝既然被毁,再把木头重新堆起来还有意义吗?二是如果真的因为黄鼠狼的窝被毁,它要报复人类,那为什么肿脸的是奶奶,而不是亲自动手的父亲、叔叔、姑父?或者是提出倡议的我和弟弟?三是假如那天那个神婆没来,我们没有拆掉乒乓球台,奶奶的脸会不会也能自然消肿?或者去医院拿点药也管用?当然,这些疑惑不可能有答案了,只是自己心中无法完全相信这种解释而已。

在乡下,人们经常会赋予一些动物神性,除了黄鼠狼,比较有代表性的还有蛇和刺猬。我们方言中把蛇叫"长虫",所以人们称蛇为"长仙";刺猬喜欢生活在柴垛里,所以人们称刺猬为"柴仙"。逢年过节，人们给先人烧纸的同时，也会祭祀一下长仙和柴仙。有家人，他们院子里住了一窝蛇，有十几条，因为怕蛇伤人，捣毁蛇窝又属不敬，于是请神婆来烧纸念叨，希望蛇能搬家，后来果然不见了蛇的踪影。还有一家人，院子柴垛里住了一只很大的刺猬，四邻八舍都说这是土财神，要好生供养，这家人就经常给这只刺猬一些吃食，也不赶它走，果然那几年他们家财源滚滚、顺风顺水，人们都说这是柴仙护佑。

# 转　碑

吕氏到我这一辈，全村有二十多个兄弟，有的已经结婚生子，有的还在读书，但令长辈们焦虑的是，只要生了孩子的，生的全是女孩。当然，如今重男轻女的观念已经比较淡薄了，但生了十几个全是女孩，一个男孩也没有，也有点说不过去，这涉及延续香火的大事，家族的老人们忧心忡忡。

此时有人提议，能不能请个算命先生来测测，看到底有什么说法，为啥生的全是女娃？经过多方打听，请来了一个在方圆几十里名气很大的阴阳先生。他既懂算命又懂风水，到了村里，提议到吕氏墓园去看看。看了以后，他得出一个结论，说生女孩的原因，是因为墓碑的方向不对，目前墓碑都是南向，应该调整一下，朝东南向，才能解决不生男孩的问题。

要将墓地里所有的碑都转成东南向，这可不是个小工程。但为了吕氏家族枝繁叶茂，家族里的老人们经过一番商议，还是选了一个良辰吉日，敬了祖先以后，开始统一将碑转向东南。

到了第二年,我的一个堂弟果然生了男孩,后来又有几个男孩接二连三地出生。另外,不但香火旺了,还出了一些人才。我的一个堂哥,年纪轻轻就评上了教授,另一个堂弟,考上了北京大学的博士,大家就更相信那阴阳先生的预测,相信转碑的合理性了。

## 招　鬼

老家有个说法，每个人的生辰八字不一样，代表骨相的重量也不一样，八字轻的人，镇不住邪，容易招鬼上身。我有一位亲戚，就遇到过两次这样的事。

有一回，他晚上在外面吃完饭，回家的路上，经过一段乡村小道，周围有些野坟。他骑着自行车，本来是有月光的，但突然眼前乌黑，像拉上了一道黑幕，怎么也骑不过去了，骑着骑着就到了路边的庄稼地里，老人们说这叫"鬼打墙"。大约过了十几分钟，人才清醒过来，路上也没有了障碍，可以顺利骑车回家了。

还有一回，他和工友一起到几十里外的一个村子，给一户人家翻盖新房，中午在院子里的树荫下乘凉，不一会儿就睡着了。在梦中，他梦见一个女人笑语盈盈地向他走来，他从来没见过这样一个女人，突然自己就吓醒了，出了一身冷汗。此时，其他工友还在呼呼大睡，他觉得很蹊跷，就走出院门，到街上找老乡聊天，打听这家盖新房的主人的情况。经过了解才知道，几年前这家的女主人在院子里跳井自杀了,而据老乡的描述,那个女人的相貌和他梦见的女人几乎一样。他极为恐惧,跟工头说自己身体不舒服,提前请假回家了。

## 叫 魂

在故乡，不管是大人还是小孩，如果突然精神萎靡不振，做什么都没了兴致，大家首先想到的不是病了，而是"掉魂"了。老人们相信，每个人都有魂，灵魂和肉体是可以分开的，在人受到惊吓的时候，或者睡觉的时候，魂容易丢失。掉了魂怎么办呢？就要把魂找回来。

老家叫魂的办法有很多。我小的时候，奶奶最常用的是太阳爷爷叫魂。挑选一个晴天的上午，奶奶端两个青花瓷碗放在院子里，一碗放上清水，一碗空着，上面盖上火纸，然后奶奶揽我入怀，用一副筷子将碗里的清水蘸到另一个碗的火纸上，口中喊着我的乳名，念念有词："太阳爷爷送魂来，回来了吗？"我就说："回来了。"直到火纸被湿透，水里能隐约看见人影，就算把魂叫回来了。

还有一种常见的叫魂方式，就是夜晚等孩子入睡后，母亲拿着孩子的衣服，从屋门口走到床边，同时喊着孩子的乳名，问："回来了吗？"有人代答："回来了！"来回三次以后，把衣服盖在孩子身上,第二天早上就算把魂叫回来了。或者是母亲拿一双自己的袜子,围着孩子睡觉的床沿顺时针转圈,边走边说:"孩子吓着,娘的袜子拉着,回来了吗?"有人代答:"回来了!"三圈以后,将袜子压在孩子的枕下,让孩子睡一夜,也算把魂叫回来了。

人们相信,活着的人有灵魂,死了的人也有鬼魂。

有一年夏夜,爷爷和我在院子里聊起鬼狐神怪之事,我问爷爷,您活了七十岁了,见过鬼没有?爷爷说,鬼没见过,但确实经历过一件说不清楚的事。那是爷爷年轻的时候,有一天晚上,月亮很亮,他和他嫂子(我大奶奶)在院子里说话,他嫂子当时在纳鞋垫,突然说话变了腔,面部表情也像变了一个人。爷爷听那声音,像是自己死去的姑姑(我祖姑奶奶)在说话。她说刚才去了二嫂家(我二曾祖母),看二嫂正忙着洗衣服,就来这里了,最近没有钱花,希望家人给送点钱。过了一会儿,爷爷的嫂子意识逐渐恢复正常了,但她对刚才自己说了什么一点也不知道,就像睡了一觉。爷爷将这个情况告诉了我曾祖母,我曾祖母觉得可能是小姑子的鬼魂回来了,附在了儿媳妇身上说话,于是第二天去给小姑子上了坟,烧了纸钱。更奇怪的是,我曾祖母去问我二曾祖母,昨天晚上那个时辰在干什么,她说在院子里洗衣服,真是巧合。

## 巧 梦

家乡人相信梦能预测吉凶，老辈人家里总有一本《周公解梦》之类的书，做了奇怪的梦，就翻开书查查。有的梦，是和事实相符的；也有的梦，和事实相反，查解梦之书是为了提前趋吉避凶。

我周围的亲人，曾做过两个非常巧合的梦。

我高考那年，在成绩出来前三天，父亲做了个梦，梦见自己骑着自行车经过一条路，邻村的一对尹姓父子正在修路，父亲叫尹成功，儿子叫尹延明。我父亲认识这对父子，他们跟父亲打招呼："你骑车干吗去啊？"父亲说："今年孩子考大学，我去给他查查分数。"他们说："不用去查了，考了617分。"父亲很惊讶："这是真的吗？"他们说："是真的，你回家吧。"此时父亲便从梦中醒来了。第二天一早，父亲跟我和母亲说起这个梦，我们都没当回事。又过了两天，可以通过电话查询高考成绩了。当我从电话那头听到分数时，真是惊呆了，果然是617分。如果说是巧合，那这种丝毫不差的巧合真是太不可思议了。

今年二月，大姑做了一个梦，梦见她姨（我姨奶奶）家表弟在张罗婚事，家里来来往往、人声鼎沸。大姑醒来后觉得不正常，因为她姨家表弟已经四五十岁，孩子都很大了，怎么会才结婚呢？于是就给奶奶打了个电话，说了这件事情。奶奶也觉得这个梦不是好兆头，就给我姨奶奶打了个电话，问了问家里最近的情况，姐妹俩在电话里聊了好久。到了第二天，我姨奶奶却得急症病故了，享年七十三岁，家里出现了人来人往的场景，却都是来帮忙处理后事的。

## 秃妮子

村北有座山名为秃妮子山,我小时候经常去爬,周围的村庄流传着关于秃妮子的传说。

林马庄一户人家有兄妹俩,妹妹是秃头,人称"秃妮子"。父母去世后,秃妮子跟着成了家的哥哥生活。她白天去山上放牛,每次看到家里炊烟升起,就估摸着时间往家走,回到家时嫂子正好做好饭。嫂子对秃妮子很不友好,不解地问,为何你每次回家都赶在饭点?秃妮子很实在,回答说,看到烟囱冒烟就知道嫂嫂起灶做饭了。嫂子从第二天起便开始做手脚,烧柴冒烟但不做饭,每次秃妮子回来,不是没做饭,就是已经吃完了。秃妮子很伤心,有一次出去放牛,很长时间没回家。

她的哥哥嫂子以为秃妮子已经饿死了,可过了一段时间,她又赶着牛回来了。嫂子问她,这么多天没回来在外面吃什么。秃妮子回答,咱家这头牛是神牛,我饿了,拍拍牛屁股,它就能拉出白面馍来,我渴了,它还能尿出茶水来。嫂子一听还有这等奇事,自己在家里还吃不上白面馍呢！为了验证一下，第二天嫂子争着要上山放牛，让秃妮子在家做饭。

到了山上，晚饭时刻，嫂子迫不及待地去拍牛屁股，神牛果然拉了白面馍，可还没等馍出来，嫂子就急着伸手往外拽，这一拽惊了神牛，它屁股一缩，把嫂子的手夹住了，然后顺着山头疯狂地跑，最后嫂子被拖破了肚子，肠子四散各地而死。

后来，秃妮子头上长出了黑头发，并在山中修炼成仙，此后人们便将此山称为秃妮子山。

这个传说的核心，体现的是善有善报、恶有恶报的价值观。近几年，当地政府可能觉得"秃妮子山"的名字不雅，遂将此山更名为"明姑山"。

## 李傻子

李傻子是民国年间莱芜的一个杂技艺人,他的故事被人们传得神神秘秘,说他有很多特异功能。爷爷曾给我讲过几个李傻子的故事,我印象很深刻。

他在集市上经常表演大变活鱼。找一片空地,就地做一个十八滚的动作,然后一个跟头站起来,从腰里掏出一个大碗,碗里的水满满的,还有两条小鲤鱼在跳,众人惊得目瞪口呆,拍手叫绝,他托着鱼碗围着场子转一圈,说声:"走!"众目睽睽之下,那鱼碗又不见了踪影。

还有意念移物。有一家人,儿媳妇不孝顺,颇有恶名,老人过世后,有一天儿媳妇包了水饺,出门买醋的时候碰到了李傻子,李傻子问她干吗去,她说包了水饺,买点醋回去吃。可当她回家后,发现包好的水饺不见了。有人看见,在她家老人坟地旁边的蒺藜上,每根刺上都扎着一个水饺。

最神奇的是关于吃梨的故事。有人在集市上推着木车卖梨,李傻子想考验一下此人是否有善心,就说自己没有钱,口渴了想吃个梨,但那人不给他。他指着路旁说,你看到那棵大梨树了吗?树上全是梨,那是我家的树,你只要能把那棵树锯倒,上面的梨全是你的。他当场掏出一把锯来给了卖梨的,卖梨的相信了,于是使劲锯,等锯倒了梨树才清醒过来,原来是把自己木推车的车把给锯断了。

　　后来我阅读老家的史料,发现李傻子是一位有记载的杂技家。他原名李建业,艺名李傻子,1895年生于莱芜县(今济南市莱芜区)方下镇田封邱村,小时候在齐河县拜师学艺,因天资聪慧,师傅就把绝活都传授给了他。他勤加练习,造诣颇深,技艺精湛,挥洒自如,最有代表性的节目是《仙人摘豆》和《扇碟子》。

　　《仙人摘豆》是将五个橡子大小的玻璃球在指缝、口中、头顶乃至全身到处运行,时隐时现,出神入化,巧妙异常,就连同行中的老艺人也难以看出破绽。

　　《扇碟子》是用一把普通的纸扇,将四个碟子扇得徐徐离地,飘入空中,上下翻飞,忽渺忽实,既像海中掠浪的海燕,又像春天戏花的蝴蝶。他不但能扇碟子,还能在表演现场随机把观众的鞋帽扇起来,使其在空中翩翩飞舞,令人叫绝。

　　1959年,六十四岁的李傻子被山东省杂技团录用,1960年开始授徒,1975年病逝。

·第七章·

# 盼年节

小时候过节，有许多传统仪式，有浓得化不开的亲情，过完一个节，就盼着下一个节。现如今，物质生活富裕了，过节却越来越乏味了，心里的盼头也少了。

## 过　年

　　乡里人过年，是从腊月二十三开始的，这一天的风俗是"吃糖瓜、送灶神"。传说灶王爷是玉帝派到民间的司灶之神，掌管人间烟火，每年一次向玉帝汇报人世的善恶美丑。俗话说得好，"县官不如现管"，虽然级别低，但是作用大，各家各户的灶王爷便成了一家之主。这一天，家家户户都会买来糯米、白糖和芝麻做成的糖瓜供奉灶神，然后烧些金银箔纸，为的是让他"上天言好事，下界保平安"。烧纸的时候，会将灶台旁边已经熏黑的灶王爷画像一并烧掉，再贴上一张新的。这一天称之为"小年"，过了二十三，就要开始大规模地准备年货了。

　　先是杀两只养了一年的大公鸡，做成祭祀用的盘鸡（将两只翅膀从割开的鸡脖子处塞进去，从嘴巴里掏出来，两只鸡掌交叉在一起），然后到集市上割一大块猪后腿肉，买两条鲤鱼，再请上一些火纸、元宝、香烛。忙完了这些大件，就要在家里蒸馒头，馒头要蒸好几锅，至少一二百个，并且一定要蒸一锅层层高的枣花馒头，年三十晚上祭祀用。蒸完了馒头还要炸菜，炸藕盒、炸茄盒、炸梅豆盒、炸肉、炸香椿、炸黄花菜，种类很多。炸菜有两个好处：一是存放时间长；二是招待客人方便，拾上一盘就是一道菜。忙完了厨房里这些活，还要打扫卫生，把家里上上下下、里里外外清扫一遍。然后再到铺子里买上几张红纸，请村里能识文断字的先生给写上几副春联。最后到城里每人买身新衣服，干干净净、平平安安、团团圆圆地过年。

从腊月二十四到年三十，这几天可以说是中国老百姓最忙碌、最舍得花钱的时候。为了备齐所需的年货，为了春节过得体面一些，总是忙个不停，吃、喝、穿、用样样不能少。随便到一个市场看看，都是人声鼎沸，热闹喜庆，你来我往，买卖得利，好一番过大年的盛世美景。

我们小孩子最关心的是买鞭炮，我们老家叫"爆仗"，家长给买得越多，就越高兴。最早的时候是一种红色或绿色的小鞭炮，一百头一挂，我们叫"小土结子"。这种鞭炮个儿小，声音清脆，我们经常用燃着的香来点鞭炮的引信。后来出现了用泥做的"摔爆仗"，两头是泥，中间夹着火药，用力往墙上或地上一摔就响。这种鞭炮的好处是安全，只有离开自己的手并且遇到障碍物才会爆炸，不像"小土结子"那样，如果引信太短，点着之后燃烧太快，容易炸伤自己。再后来又出现了更高级的"划爆仗"，像火柴一样一划就着，扔掉之后就爆炸。还有些大胆的孩子，缠着父母给买"钻天猴"和"礼花弹"，那是更高级的烟火产品。过年放鞭炮是最快乐的事，如果自己买的鞭炮放完了，还会去别人家放过的鞭炮碎屑里寻找没有响的鞭炮。当然，放鞭炮也伴随着很大的危险性，一不小心炸到手或脸是常有的事。

年三十这天最热闹，人们早早起来洒扫庭院，吃了早饭便要贴春联了，喜庆的春联一贴上，年味就浓了起来。春联上有写风调雨顺的，有写恭喜发财的，有写保佑平安的，有写福禄寿禧的。除了在门框上贴春联，还要在猪圈门上贴"六畜兴旺"，在大门外的树上贴"出门见喜"，在大门内的照壁上贴"迎门见喜"，在床头上贴"身体健康"，在麦缸上贴"人寿年丰"，有车的人家还要在车头上贴"出入平安"，这些红纸黑字，寄托着农民朴实的美好心愿。

中午十点多钟，就要开始"请家堂"了。这是过年期间最重大的祭祀活动，以家族为单位，由最有威望的老辈人带着全族的男性，朝着埋葬先人的墓地方向燃香祷告，祈请家族中逝去的先辈们回家"赴宴"，此时家中的堂屋内早已摆好坐北朝南的高脚八仙桌，用毛笔在火纸上写上五代以内各位先人的名讳，做成牌位供在上面，桌上的供品有双鸡双鱼和蔬菜果品，还有一方生肉和枣花馒头。自此刻起，桌旁必有一人时时端茶沏水，续燃香火，直到初一下午"送家堂"，将牌位请走，每个牌位都放上许多纸钱，再拎上一桶放有麦麸的水，传说是给先人们饮马用，最后放许多鞭炮和开天雷，隆重体面地把先人们高高兴兴地送走。

年三十晚上，是家人团聚的日子，天南地北的游子们都赶在晚饭前回到魂牵梦萦的故乡，吃着团圆的年夜饭，叙着醇香似酒的温暖亲情。孩子向老人汇报工作，老人跟孩子问长问短，兄弟们谈着知心话，妯娌们聊着家常事，觥筹交错之间，尽享天伦之乐。

吃完了年夜饭，各家各户的男人们又要开始另一项狂欢了，

// 春节时的家堂桌 //

那便是"照庭",也就是堆起很高的玉米秸,用火点燃。这是一个古老的习俗,可能是为了用火光赶走"年"这种怪物,也可能寓意光耀门庭。照庭的地点就在村西头那片空地上,老少爷们都从家里抱来几捆晒干的玉米秸和几挂鞭炮。等到大家聚齐了,将玉米秸堆成高山模样,由村里的长者用火柴点燃,顿时熊熊大火照亮了整个村子,映红了半边天。这时候,孩子们都迫不及待地往火堆里扔鞭炮,兴奋地喊着"照庭啦,照庭啦……";大人们则站在一旁烤火,烤得满脸通红,嘴里不停念叨着"烤烤手,一年不犯愁;烤烤腚,一年不生病"。这一把火,烧出了村里人在新一年里红红火火的气象。

到了夜里十二点,就要开始"发纸码、敬天神"了。有天就有地,既然把地下的先人们请到家里来赴宴了,天上的神仙就更要用心供奉了。在自家的庭院里,一张方桌五个菜,三个果碟十碗饺子,茶酒都要备好,金银箔纸也要烧很多,分给各路神仙,以保祥和平安。烧纸的过程中,最重要的是一边念着神仙的名字,一边给他们分纸钱,从最高级别的玉皇大帝、王母娘娘,到泰山的碧霞元君,再到掌管风雨的东海龙王,掌管学业的文昌老爷,掌管生育的送子观音,掌管交通的车王老爷,掌管财富的财神老爷,掌管健康的寿星老爷,掌管升迁的贵神老爷,当然也忘不了职位最低的土地爷。这一圈敬下来,能说到七八十位神仙的名号,就像一个简约的道教神仙谱。老百姓有自己的智慧,怕念不全,怕有的神仙打点不到位,还专门设了一名"分均老爷",最后总会留给分均老爷很厚的一沓纸钱,请他帮忙平均分配,打点到位。烧完纸以后,再放上一挂一千头的大地红鞭炮,在爆竹声中辞旧迎新。

　　过罢了三十过初一,大年初一要拜年。拜年也是有讲究的,八点多就开始了,各家族的男性一伙、妇女一队,先到自己族人家里去拜年,在家堂桌前磕头祈祷,然后看望长者,祝福他们身体健康,再到村里其他年龄较大的人家去,互相问候,尤其是常年在外工作的游子,这一天都能和乡亲们见面,体味着久违的乡情。孩子们此时最高兴,穿着新衣裳,装着压岁钱,吃着瓜子和糖果,那是一种最简单、最纯粹的幸福。

　　从初二开始,就要走亲戚了。亲戚越走越亲,这话有些道理。如果家离得近,平常还可见上几面;如果家离得远,就要借过年的时间好好聚聚了。如今生活都好了,走亲戚不图带什么礼物,珍贵的是那份情谊,一家人不说两家话,在那声声祝福中,尽可体会那化不开的浓浓亲情。

　　年,是中国老百姓最重要的节日,但从我自身的感受来说,这几年年味越来越淡了,没有了小时候盼年的感觉。这种变化,原因有很多。小时候盼着过年,是盼着能吃好东西,穿新衣服,盼着一大家子聚在一起特别热闹,盼着看那些古老隆重的仪式。而今天的人们,吃穿都不愁,天天像过年;另外,家庭人口越来越少,一般聚在一起也就是五口之家,没那么热闹了,很多地方的传统习俗也消失了,心里的盼头少了,年味也就淡了。

## 元宵节

春节之后半个月,就到元宵节了,这又掀起了第二个喜庆的高峰。

元宵节天气还很冷,按理来说小孩子喜欢在被窝里赖床的,但我总会早早地起来,吃两个荷包蛋,八点多就到村头去等着。等什么呢?等着棉纺厂的演出队经过。

每到元宵节,市政府大楼前的广场就会举行群众文艺展演,四面八方的演出队都汇集到广场上,按顺序亮相,既有村镇的演出队,也有企业的文艺队。表演的内容有滑旱船、踩高跷、扭秧歌、舞龙舞狮等,观众里三层外三层,非常热闹。小孩个子矮,看不见,只能骑在父亲脖子上;有调皮大胆的小孩,从大人的腿与腿之间穿过,一直钻到最里面,才能看清热闹喜庆的文艺表演。

棉纺厂在我们村西,厂里有一支文艺演出队,每年都要从我们村头经过到市里表演,所以大人和孩子都在路边翘首以待。听着一阵锣鼓响起来,就知道演出队快要过来了。他们都化着妆,

// 元宵节舞龙灯 //

// 元宵节舞狮子 //

穿着五颜六色的衣服,先走过来的是一群喜庆的大头娃娃,后面是划旱船和骑毛驴的老头老太太,还有福禄寿三位神仙,再往后,就是我们小孩子最期盼看到的电视剧中的人物,有《西游记》里的唐僧师徒四人,有包青天和侍从张龙赵虎王朝马汉,还有人抬着龙头铡、虎头铡和狗头铡,非常威风。他们在表演的过程中,还经常和路边的老百姓互动,有时候会突然跑到小孩身边做个鬼脸。我们很兴奋,有些比我们小的孩子或是女孩,就会吓得哇哇大哭。等这拨表演过去之后,就是秧歌队、扇子队和高跷队了。踩高跷的人脚底下绑着又高又细的木桩,还能稳步行走,眼看着就要跌倒的样子,让人很揪心,可那只是一个假动作,一下子就又站稳了,这需要功夫。

　　棉纺厂的文艺队走过村子之后,许多村民过过眼瘾就回家干活去了,可我们这帮孩子却没玩够。我们一起去挤公交车进城,到十几里路之外的市政府广场,因为那里还有更好看的舞龙舞狮。

　　龙灯身长二十多米,直径约有六七十公分,内用铁丝做成圆形,外用黄色的绸布包裹而成。舞龙灯是个体力活,约有十几个小伙子来表演。他们头扎彩布,身着彩服,脚穿武生快靴,一人在前面用宝珠引逗,其他人用木棍举龙。在锣鼓声中,神龙上下飞舞,表演二龙戏珠、神龙出水、火龙腾飞、蟠龙闹海等,一会儿龙头直冲云霄,一会儿俯身入海破浪,令观众很震撼。

　　舞狮子也是能让大家一饱眼福的有难度的表演。舞狮队一般由五人组成,两人扮成一头狮子,前面的人站立,后面的人弓腰,腿上穿着带有狮毛的裤子,身上披着布满鳞片的衣服。两人需要有很强的默契,前者要操作好狮子的头,该瞪眼时瞪眼,该张嘴时张嘴，有时还要叼住对联；后者更不容易，从头至尾都要弓着腰，特别累。二人如果配合不好，就会露出破绽。两头狮子中间，自然要有一个耍宝珠的引逗者。他的表演也很重要，狮子的动作是否精彩，很多时候需要他的引导。狮子一会儿双脚凌空，一会儿上下翻滚，活灵活现，博得观众阵阵掌声。

看完了文艺表演，天快黑的时候，又迎来了第二个欢乐的高潮，那就是观灯和看焰火。在棉纺厂厂区里，几千盏形态各异的灯笼把天空都映红了，火树银花不夜天，十里八乡的乡亲们都来观灯，欢声笑语，摩肩接踵，一派热闹的过年气氛。七点左右，开始放烟花和鞭炮。厂里每年都买上千挂鞭炮和上百箱礼花，鞭炮悬挂在小树林里，礼花都搬到五楼楼顶，有两个小组分别负责点燃。先燃放大地红鞭炮，噼里啪啦，响声不绝，火光如电，不一会儿空中就弥漫起火药的味道。鞭炮即将燃尽的时候，楼顶的人开始点燃礼花，五颜六色的礼花在人们头顶炸开，所有看灯的人都停下脚步，抬头观望。这流光溢彩的天空，让人们心情舒畅，预示着新的一年红红火火。

八点钟左右，孩子们都回到家里准备上灯。上灯是什么呢？就是点蜡烛。摆下一张桌子，供上几碟炒菜和水果，烧上香，在桌上点燃十二根红蜡烛，象征着每个月都幸福安康。每个房间都要点燃一根红蜡烛，房门外两侧也要各点一根，寓意是"祛除百虫，门庭光明"。另外，老人们还要拿着燃烧的蜡烛，在孩童耳旁绕几圈，口中念念有词，"十五的灯，过年的油，蚰蜒蝎子不上头"。据说这样可以避免虫子钻进小孩的耳朵里，一年无灾无难。之后，老人们就会到庭院中去烧纸敬神，求神仙保佑全家幸福平安。此时，

//元宵节晚上点的胡萝卜灯//

父亲还要端着灯到林地，把蜡烛燃在祖先的坟前，给逝去的先人带去温暖和光明。当天晚上，各家各户都要去林地上灯，所以整个墓园到处都是红通通的光，人头攒动，不但没有深夜的恐怖气氛，反而觉得十分热闹，人气很足。

  元宵节晚上上灯用的红蜡烛，大部分人家是从集市上买的，但姥娘家一直是用古法做萝卜灯。姥娘从舅舅家种的胡萝卜里挑选粗细合适的，切成两寸左右的萝卜段，用旧时的铜钱旋转着挖成灯碗，插上缠有棉絮的火柴棒做灯芯，注入豆油或花生油，就做成了萝卜灯，点燃灯芯，红红的灯火映着红红的灯身，质朴又温馨。上完灯之后，姥娘舍不得将胡萝卜扔掉，第二天清洗干净，就炒着吃了。

  上完了灯，才开始煮元宵。元宵是南方的食品，北方过节主要是吃水饺，只有正月十五吃元宵，也不是自家做，大都是买的。镇上有家厂子，夏天生产雪糕，冬天生产元宵，质量很好，个大馅多，黑芝麻白糖馅最受欢迎。全家老少坐在一起，煮上一锅元宵，吃饱了，喝足了，这才算过完了年。一觉醒来，正月十六，放上一挂鞭炮，该上学的上学，该上班的上班，该下田的下田，新的一年又在人们的忙忙碌碌中开始了。

# 二月二

二月二，龙抬头。龙是中华民族的象征、和风化雨的主宰，大家都很崇拜它。农历二月，春回大地，万物复苏，人们开始下田劳作，神龙也要舒展筋骨，保佑人寿年丰。二月二这天，老家风俗有三件事：打灰囤、剃头、炒豆子。

打灰囤，就是早晨起来，用过年燃烧的炉灶里的草木灰，在院子里画个圈，里面撒上些五谷杂粮，寓意五谷丰登，有"二月二，龙抬头，打灰囤，大囤满，小囤流"的谚语。

剃头，也就是理发，在我们老家有个说法，"正月不剃头，剃头死舅舅"，所以人们都赶在年前，也就是腊月底剃一次头，来年要等到二月二这天再剃头，寓意"龙抬头"。村子西北，有位农妇开了个剃头铺，她人长得喜气，脾气也好，顾客想剃成什么样告诉她，她都会让他们满意，关键还便宜，剃一次一块钱，没有钱先记账，所以到了二月二这天，大家都去她的剃头铺，排着好长的队，是村里的一景。无论大人小孩，剃完头以后，洗干净，吹吹风,整个人就有了精气神。

  炒豆子的习俗,我不知道别的地方有没有,但在我老家却很盛行。选取自家种的上好黄豆,经干锅爆炒后,吃起来又香又脆,越嚼越有味道。我们很多同学都把自家炒的黄豆带到学校,互相分享,看看谁家的好吃。后来,我在翻阅老家的文史资料时,找到了吃炒豆子的来历。传说当初龙王违背天条,私自为人间降雨,被玉帝压在山下予以惩罚,并下旨:要想重登凌霄阁,除非金豆开花时。人们为了拯救龙王,报答他的恩情,便于二月二这天爆炒黄豆以示"金豆开花",果然救出了龙王,自此以后便相沿成习,有了"二月二、炒金豆,金豆开花把龙救"的说法。

# 清明节

清明时节，麦苗返青，长势正旺，一大早，母亲便到自家地里薅一把麦苗回家，放进锅里和鸡蛋同煮，煮熟的鸡蛋表皮发绿，有一股青草气息，我总会多吃几个。吃完了鸡蛋，还要用煮鸡蛋的绿水清洗眼睛，据说这样可以心明眼亮。

清明节的主题是祭祀先人，也就是到先祖的墓地上坟。因为我是长房长孙，所以自记事起，只要没上学，都要陪着爷爷和父亲去上坟，一是帮他们拿东西，二是他们想让我从小就培养起家族情怀和孝悌观念。

上坟首先要准备纸钱，村里有家铺子卖火纸，母亲会提前几天请回一墩来。我们老家，买火纸不说"买"，说"请"，表示尊重。所谓一墩，大约是二十刀摞在一起；所谓一刀，大约是两厘米厚的一沓火纸。将火纸请回家后，就要一刀一刀打成纸钱。每家每户都有打纸钱用的模子，由两块木头组成，一块木头是圆柱形，底面刻成铜钱形状，另一块木头做成拍打用的平板。将圆柱形木头放在火

// 父亲上坟 //

纸上,刻有铜钱的一面朝下,用平板木头用力拍打,就在火纸上印成一个铜钱,然后换位置继续拍打下去,一页火纸要印满大约三十个铜钱。一次打一刀纸,这二十刀纸,需要打半个小时。打完之后,还要分纸,将火纸揉成分布均匀的花状,再将这些火纸根据祭祀先人的位数分成几份,这就算打完了纸。火纸的多少,象征着给去世的先人送去钱财的多少,所以一般都会多烧一些。按照风俗,打纸和分纸都应该由家里的男人来干,表示对先人的敬重。

打完了纸,就要准备祭祀用的酒水佳肴。在我们老家,一般上坟需要准备五道菜,老人们说,世间的活人吃菜要上双数,阴间却讲究单数。经常做的菜,首先是鸡、鱼、丸子。鸡是家养的柴公鸡,经过干炒以后,挑选出最好的肉块,装成一碗用来上坟,代表"吉利";鱼是咸鱼,在锅中用油煎八分熟,装碗备用,代表"富余";丸子是用新鲜的猪肉剁成馅,母亲自己手弹而成,代表"圆满"。有了这三道硬菜,才表明是精心准备的,是对先人的重视。其次,再搭配两道素菜。一般是香煎豆腐和清炒芹菜,寓意"有福"和"勤劳"。准备好了菜,还需准备茶和酒。用大茶壶泡一壶老干烘,带一瓶泰山特曲酒,备上五个茶碗、五个酒盅、五双筷子,再拿上香烟和火柴。另外,还有五个馒头,苹果、香蕉等水果若干。最后,再用红线缠上十根香,祭祀用的物品就备齐了。

这几年,我经常和父亲一起去上坟。父亲挑着扁担,前头挂着一个三层食盒,里面放着饭菜;后面挂着一个柳条筐,里面是烟酒茶和餐具。我跟在父亲身后,用一个大袋子提着火纸和香,先往东走三百米,穿过小桥,再往北走三百米,就到了吕氏墓园。

找到曾祖父的墓碑,将供品摆在供桌上,斟满酒和茶,点上烟,父亲拿几张火纸,将香点燃,举过头顶,口中念念有词,主要是说请逝去的先人来赴宴、来领钱,以及保佑后人平安健康。说完之后,将香插进香炉里,就开始分纸钱,先给祖先,再给父亲的曾祖父、曾祖母、祖父、祖母、伯母、三弟等去世的亲人,分别将纸钱放到他们的坟前,依次点燃,然后从墓地周围的荒林里折一根枯树枝作为火棍,挑动燃烧中的纸钱,让它们烧透。纸钱烧完之后,将酒和茶浇在纸灰堆周围,再用筷子夹些肉和菜放在纸灰中,然后我和父亲一起跪下给先人磕头,上坟的仪式就算结束了。

每次上坟我都有个习惯,烧完纸后,会仔细看看先祖们的碑文,尤其是碑文很长、有墓主传记的那种,我更有兴趣去看,后来还抄了两篇清末的碑文仔细研究过。另外,那个年代的碑文字写得也好,是艺术品。比如我天祖的碑文,是由清末优廪生王希曾书丹,他是当地有名的书法家、教育家,他参与创办的口镇民众学校,曾于1933年邀请梁漱溟去讲学,他还在宣统年间与礼部主事张梅亭一起编纂了《莱芜县志》。听老一辈人讲,他写一个字能换一斗小麦,可见当年他的字多么受欢迎。

之前我随父亲去上坟,更多的是一种仪式感,因为深埋在地下的祖先我大都没见过,没有感性认识。自从2012年祖父去世后,我每次去上坟,更容易动情,觉得祖父虽已长眠地下,但依然关心着他的子孙,所以我每次都会在祖父坟前自言自语好久,把我的近况讲给他听,希望他的在天之灵能听得见,有时说着说着就流下泪来,抑制不住地思念他。来北京工作后,每年清明节很难有时间回老家上坟,但对我而言,祭祀先人不一定非要局限在清明节,如今我只要回老家,都会去上坟,表达一个远方游子对逝去亲人的哀思。

## 端午节

　　五月初五端午节,如若问田间地头的老农屈原是谁,他可能不知道,但他知道这一天不能忘了插艾蒿、包粽子、看闺女。

　　艾蒿是一味中草药,鲁中地区比较常见,它的茎和叶有点像菊花,具有浓烈的香气,有祛湿、止血、消炎的功效,还可以杀虫、消毒。老家话说,"端午不插艾,就怕有虫害"。端午这天清晨,家家户户都会将包着红纸的艾蒿插在门楣上,驱虫辟邪,保佑平安。住在乡下的人,在房前屋后、山坡上、河岸边,总能采到新鲜的艾蒿。有些勤快的人,天不亮就起来,到山上用镰刀割上两大捆,再用自行车驮到镇上去卖。在镇上生活的人,不方便采艾蒿,就会买几棵悬于门前。乡下人挣了钱,城里人满足了需求,皆大欢喜。

　　过端午,最重要的当然是吃粽子。北方的粽子,一般是糯米红枣馅,或者是小米红枣的,糯米的吃起来更软黏一些,小米的有点硬、有点散,一个粽子一般放两颗枣,放的枣越多,吃起来越香甜。南方的粽子种类较多,有鲜肉的、鸡蛋的、豆沙的,北

// 端午节门前插艾 //

方人吃起来不太习惯。农村妇女包粽子,喜欢煮熟了相互分享,你给我几个,我给你几个,尝尝别人家的手艺,能取长补短,还能拉近邻里关系。

　　端午节还有一项重要习俗,就是看闺女,所以有的地方也把端午节称作"女儿节"。明代沈榜在《宛署杂记》中记载:"五月女儿节,系端午索,戴艾叶、五毒灵符。宛俗自五月初一至初五日,饰小闺女,尽态极妍。出嫁女亦各归宁,因呼为女儿节。"这是他任宛平知县时记录的宛平过端午的情形。我们老家与之不同,不是出嫁女回娘家看望父母,而是由娘家的兄弟代表父母到自家来探望,所以叫"看闺女"。看闺女,两头都很重视,娘家会准备好酒、肉、点心等各种礼物,闺女家会好酒好菜热情招待,有的还会找家族的陪客来陪娘家人喝酒,让娘家人喝醉了才算是感情表达到位了。我小时候,每到端午前夕,就会跟着父亲去朴务头村看望姑奶奶,去北王善村看望姑姑,一大家子坐在一起其乐融融,留下了美好的回忆。

## 中秋节

在我的记忆里,中秋节是一个仅次于春节的温馨节日。这一天,全家都会聚在一起,围着圆圆的桌子,赏着圆圆的月亮,吃着圆圆的月饼,体味那暖暖的亲情。

我在老家生活的那些年,每年中秋节都是在爷爷奶奶家过的,我们一家三口,叔叔一家三口,再加上爷爷奶奶,一共八口人,在一起吃饭很热闹。当时父亲在口镇电池厂工作,叔叔在泰山钢铁公司工作,离老家都有十几里路,但他们不论工作多忙,八月十五这一天,都会早点下班,买几个可口的菜,比如烧鸡、酱鸭、熏鱼、猪头肉,带回爷爷奶奶家,母亲和婶子再炒几个青菜,就满满一桌子美味佳肴了,全家坐在一起吃饭聊天,非常幸福。这时候,爷爷和父亲、叔叔总会喝上几杯酒,我和弟弟一会儿就吃完饭了,因为还要留着肚子吃月饼呢!奶奶会把早已准备好的月饼拿出来,给我们每人一个,我和弟弟就拿着月饼高兴地跑到院子里去玩了。

夜晚农村的小院，洒满柔和的月光，屋里人声嘈杂，院子里却很安静，偶尔邻家有几声犬吠。我和弟弟坐在门外的青石阶上，一边吃着月饼，一边看着月亮，想着月亮上有嫦娥，有玉兔，有吴刚，有桂花树，陷入了一种美丽又惆怅的沉思中，直到手里的月饼吃完了，才想起来再去找奶奶拿一个。

关于吃月饼，父亲跟我讲过一件旧事。他小的时候，家里很穷，爷爷在别的乡镇教书，有一年中秋节，爷爷学校附近的解放军战士送给爷爷一包月饼，爷爷带回家后，奶奶便将月饼放在橱子里。父亲看到以后，偷偷拿了一个，正要吃的时候，被奶奶发现了。父亲拔腿就跑，奶奶穷追不舍，围着村子跑了一圈，终于追上了父亲，把那个月饼夺了回来。那是因为家里人多，月饼少，奶奶计划到晚上把月饼切开吃，每人只能分一半。后来有一次聊天，父亲跟奶奶聊起这件事，奶奶哭了，说那时候是真穷，月饼稀罕，也很后悔当时又把月饼从父亲手里抢回来。

中秋节于我而言，近些年有两个变化感受明显。

一个是月饼越来越不稀罕了。我小的时候，老家只有一种月饼，叫大白皮月饼，是五仁馅的，里面有青红丝、冰糖、花生仁等，吃起来又香又甜。那时候只有中秋节才能吃到月饼，母亲顶多买两斤，去晚了还买不到，所以觉得稀罕。后来，家里条件慢慢好起来，买月饼不用有数量的限制，我的口味就变得刁钻了，吃五仁月饼要把皮剥掉，只吃里面的馅，母亲批评我浪费。再后来，超市里各种各样的月饼都出现了。有大的，有小的；有包装的，有散称的；有五仁馅的，还有黑芝麻、水果、蛋黄、枣泥、猪肉等各种馅的，并且一年四季都有，人们可以随意挑选。这时

// 大白皮月饼 //

候我发现，大家对月饼也越来越不在乎了。可以买，也可以不买；可以吃，也可以不吃。物质生活的富裕，给人们带来了诸多选择，但同时，月饼所承载的那种独特的文化内涵，那种食物所代表的仪式感，却越来越弱了。如今过中秋节，我还是喜欢吃小时候那种五仁月饼，觉得那才是正宗的月饼味道，但一般只吃一个也就够了，意思到了即可，已经没有了多吃的欲望。

另一个是亲情越来越稀罕了。像我这个家庭，小时候全家聚在一起有八口人，比较热闹，可后来，我们家搬到了镇上，随着爷爷和叔叔的去世，以及我到外地工作，大家庭就聚不起来了，只能以小家庭为单位过一个团圆节。可能很多家庭都这样，四世同堂的场面越来越少见了。仔细想想，一年也就两个团圆的节日，一个是岁首的春节，一个是岁中的中秋节，只要有时间，还是应该赶回老家陪陪父母，和他们说说话，吃一顿团圆饭。随着父母渐老，他们可以陪伴子女的时间已经不多了。父母如今六十多岁，假如上天眷顾，还能给他们三十年时间，我每年回去一次，也只能见三十次了。每念及此，内心就生出彻骨的悲凉，"子欲养而亲不待"是人间至痛，一定要抓住机会，在时光还允许的时候，尽到人子的孝心，享受暖暖的亲情。

· 第八章 ·

# 所谓伊人

那时候，日子很慢，感情很专，可以用十年爱一个人，等一个人。那时候，爱情很朦胧，也很唯美，一次牵手，一个拥抱，就已经用情很深很深。

她是在我生命中留下深深烙印的一个女孩，那是一个含蓄却热烈的爱情故事。十几年后再来写她，像是品一壶陈年老酒，听一首舒缓的情歌。

　　我俩初见时，还都是孩子。我上五年级，转学到父亲单位附近的小学读书，她父亲和我父亲是同事，我们成了一届的同学。那时候小，还没有爱情的概念，也没有男女的分别，因为住在同一个大院里，就在一起玩耍。她家的院子在我家南边，秋天的时候，满院挂着紫莹莹的葡萄。我们家属院离学校约有一公里，孩子们大都骑自行车上学，当时我还没学会骑车，有几次放学后是她带我回家的。我坐在后座上，拽着她的衣角，像她的弟弟。

　　上初中以后，有一年春天，我们家属院几个孩子相约一起去爬山，她也去了。遇到陡峭的地方，我就拉她一把，手和手握在一起，会觉得心跳加速，那是情窦初开的感觉。到了山顶，风儿吹起她的秀发，露出额头上一层浅浅的汗珠，那一瞬间，我觉得她像山间含苞待放的百合,真美。

我们逐渐长开了身体,迎接青春岁月的到来,我的心里产生了一种朦胧的情愫,愿意主动和她接近。进入高中后,心里那团升腾的火越来越旺,我真的爱上她了。现在城市的孩子,难以理解二十年前农村中学的状况,那时候风气非常保守,大家都在努力学习,喜欢一个女孩,也不敢明说,怕家长和老师知道,心里总是惴惴不安,觉得这是丢人的事,只能想办法暗暗对她好。

高中学习任务重,有早自习和晚自习,早上天不亮就出门,晚上披星戴月而归。那时我们已经住进家属楼,我家和她家在一个单元,她住四楼,我住二楼,早晨我们一起去上学,晚自习结束后,我也在校门口等她一起回家。我们在路上说着笑着,聊着学校里的事,天上的星星好像在眨着眼睛听,路边的蟋蟀偶尔也要插几句话。我觉得陪她走夜路,在她身边保护着她,就是最幸福的事情,真愿意这样的路能一直走下去,永无尽头。

高中时我爱上了文学创作,有一次我买了一本《小小说选刊》,读得很过瘾,就推荐给她读。她也喜欢,于是我一直订阅了三年,每来一期新的,都送给她看。我在校报上发表了很多文章,其中有好几篇散文是专门写给她的,在文中含蓄又深情地表达了对她的爱意。

周末的时候,我们会去打乒乓球、摘桑葚,迎着和煦的春风,在田野里散步,看着麦苗疯长。她留着燕尾发,有时候穿一身牛仔服,有时候穿着运动服,清纯可人,穿什么都好看。

她过生日,我给她精心准备了礼物:一个放在案头的带音乐盒的镜子。另外,我们俩都喜欢书法。我买了一对青石章料,请人刻了两方印,一方是她的名字,一方是我的名字。我把她那一方送给她,她很喜欢。两个多月后,我过生日,她回赠我一个蓝色的风铃,我挂在卧室的窗台上,每当风来,就发出清脆的响声,像她那爽朗的笑。她还给我写了一幅书法,是"拼搏"二字,旁边写了一行小字,是一首歌里的歌词,"三分天注定,七分靠打拼,爱拼才会赢",还盖上了我送她的那方印章。她写的字苍劲有力,让人很难相信出自一个高中女孩之手。

爱上一个人,就会感同身受地为她欢欣,为她悲伤。高二那年,她在学校开水房打水,不小心被别人踢倒的热水壶烫伤了脚,没法走路,我知道她很痛苦,她的脚疼,我的心在疼。她怕耽误课程,没有请假,本来我想每天背她上下学,但她父亲坚持每天骑摩托车接送她。等她的脚好了以后,我悬着的心才放下来。还有一回,晚上放学回家的路上,突然下起倾盆大雨,正好我带着伞,就把伞撑在她头上。我还怕她冷,脱下外套裹在她身上,紧紧拥着她的肩膀一起走,到家的时候,我全身已经淋透了,心里却觉得很幸福。

2003年夏天,我们一起参加了高考,我以几分之差没有达到本科录取线,内心十分沮丧。令我没有想到的是,学习成绩一向很好的她,那年也落榜了。我们同病相怜,都不愿意出门,不敢面对现实。母亲不同意我上专科,努力想办法做我的思想工作,也让亲戚朋友劝说我去复读。这时候,我特别关心她最后的决定是什么。我想,如果她决定上专科,我也上;如果她决定留下来复读,我也留。后来她告诉我,要回母校复读,于是我也痛快地答应了母亲的要求,同意复读。母亲以为是她的劝说打动了我,其实她不知道,我同不同意复读取决于那个女孩的决定。那年暑假很长,我憋在屋里,看着窗外盛开的芙蓉花,给她写了一封信。这封信的内容不是表达爱情,而是相互勉励,希望经过一年的努力,能在明年芙蓉花开时一起考上满意的大学。

复读的那一年压力很大,我有不明白的问题,尤其是数学和英语方面的,就会向她请教,她会耐心地帮助我。我的成绩进步也很快,跃居到班里前几名。2004年第二次参加高考,我们俩发挥得都不错,都考了六百多分。她考了班级第一名,实现了梦想,那个暑假,她的脸上一直挂着灿烂的笑容。

后来开始填报高考志愿,我们都想在山东省内的高校读书。她是理科,根据分数,填报了中国石油大学(华东)。我是文科,想报中文系,在填报志愿的时候内心非常挣扎。如果选择和她一起填报中国石油大学(华东),一方面有可能分数不够,录取不了;另一方面,即使运气好能够录取,但这所大学理工科有优势,中文系一般。斟酌再三,我选择了青岛大学。我知道,做出这个决定,预示着我可能会永远错过她。

在去大学报到之前,她送给我一个亲手编织的紫色手链,还带着香气。她说是她刚学会的,编得不好,我说我一定好好珍藏。我买了一个精美的笔记本,请她在扉页给我写了几句话。那年秋天,我们各自坐上了开往不同城市的列车。

度过了一段新奇的大学时光之后,我开始倍加思念她。我买了一部手机,将号码告诉了她。有一天晚上,在宿舍里,我收到了一条陌生人的信息,让我猜是谁,凭直觉我觉得是她,就给她回过去,她很高兴,说我还没忘了她。她告诉我,她还没买手机,这是她舍友的手机号,有事可以联系她舍友找她。

在大学里,每天都觉得生机勃发,这种自由畅快的氛围,促使我要做点什么,我决定郑重地告诉她我爱她。虽然我们高中时联系很密切,但依然属于同学情谊,我没有点破这层薄薄的窗纸,她也没有什么表示。在一个周六的清晨,我一个人漫步到石老人海滩,和她通了个电话,让她听听海浪拍打礁石的声音。挂断电话之后,我开始认真回顾和她的关系,在海滩上来来回回,走累了坐下,坐累了再走,直到夕阳西下,我才慢慢地踱回学校。第二天,我将对她的爱毫无保留地宣泄在纸上,一口气写了十几页,写完后就挂号寄出了。我想,不管她是什么态度,我自己已经把藏在心里多年的话说了出来。

她收到信后,没有明确表态,但我们比以前联系更加密切了,几乎每天晚上都用座机打长途电话,一聊就是半个小时甚至一个小时。那时候一张电话卡五十元,六折销售,打没钱了我也不舍得扔掉,而是留作纪念,仅仅大一下学期就用掉了三四十张电话卡。后来她有了手机,我们更多的是互相发信息,有些温暖的信息,我怕不小心删掉,都记在了日记本上。我对她时刻牵肠挂肚,她和舍友出去吃饭了,就担心她喝酒,记挂她何时回来;她感冒发烧了,就盼着她快点好,毕竟不在身边,照顾不上,心有余而力不足。

2004年寒假,我们都回到老家,已经半年没有见面了。她来我家里玩,说在学校学会了跳交谊舞,迫不及待地想教我。我按照她教的动作,右手放在她腰上,左手握住她的一只手,她把另一只手搭在我肩上,然后跟着音乐节奏跳起来。我们面对面,感受得到对方呼出的气息。我看着她的脸,心跳得厉害,脚已不听使唤,踩不到舞曲的乐点上。她开心地笑起来,说我真笨,有老师教还学不会。

春节后回到校园,很快就到五一假期了,我决定去东营看她,因为实在很想她,也想看看她学习和生活的地方。我坐长途汽车到了中国石油大学(华东),骑着她的自行车,和她一起去吃饭。她坐在后座上,双手扶着我的腰,我们一起穿过郁郁葱葱的林荫道。我骑得越快,她搂得越紧,那是校园恋情的感觉,清纯、甜蜜、潇洒,为了这一天我等了好多年。吃完饭,我们一起去荟萃湖边散步,聊了很多。晚上我们到操场上溜达,我躺在草坪上仰望天空,天上有很多星星,辽阔光明,那一刻,我觉得身边的空气都是甜腻的。第二天,她带我去新修建的市政广场和清风湖公园游玩,我们一起拍了很多照片。在湖边一个高台上,我把她抱下来,端详着她那清秀的脸庞,依然是那可人的模样。第三天,我赶回青岛前,写了一首情诗送给她。对我这样一个中文系的穷学生而言,这也许就是最深情的表达方式了。她送我到东营长途汽车站,依依惜别,我拥她入怀,将我一直戴在手上的金丝楠木手串取下来,戴在她手上,保佑她平安。

回青岛后不久,就是她的生日了,那时候我还没有电脑,就借用同学的台式电脑,用绘图软件制作了一张生日贺卡,上面有两只青梅竹马的小猪手牵着手。我又起了一个大早,到退潮的海边捡了十几个五颜六色、形态各异的贝壳,连同在打印店里打出的彩色生日贺卡,还有我在海滩骑马的一张照片,准备一起寄给她。学校邮局说贝壳是易碎品,不能寄,我千言万语恳求之后他们才同意。她收到生日礼物后很高兴,说我懂她。那年冬天,天气严寒,一入冬,我就给她买了围巾、手套和几双棉袜,发快递寄了过去。她穿戴在身上,我也觉得温暖。

第二年五一假期,她从东营来青岛看我了。那个季节,正是青岛最美的时候,红瓦绿树,碧海蓝天,满城的樱花开得正艳,美得让人心醉。我带她游览了八大关、栈桥、花石楼、中山公园、海水浴场等景点,一起去湛山寺上香,拍了很多照片。中午在一家餐馆就餐时,我们喝了一点酒,偶然抬头,看到墙上挂着一幅书法,写的是"相见亦无事,不见常思君",我们相视而笑。第二天清晨,阳光从窗户里照进来,映在她的脸上,岁月如此静美,我轻轻俯下身子,抚着她的刘海,吻了她的额头。

她回到东营后,我们还是那样联系着。我们各自的大学生活逐渐铺展开来,她在电话里跟我说,她参加了一些社团,也认识了一些新朋友,我为她高兴,但心里也有种隐隐的不安。过了一段时间,她告诉我,有同学非常喜欢她,我感到事情正在起变化。在我们的关系中,我是较为主动的一方,但是远水解不了近渴,打一百个问候电话,也不如寒夜里一顿温馨的晚餐,一个热烈的拥抱。终于,在一个夏日的晚上,我在学校机房里看到她的QQ头像闪烁,打开一看,几行字映入眼帘。她说,在慎重思考之后,觉得我们之间不合适,还是要各自寻找自己的幸福。这么多年我对她情深意长,最后依然没有走到一起,我的心窝像是被捅了一刀,欲哭无泪。从机房踉踉跄跄回宿舍的路上,下起了大雨,我顶着风雨回到宿舍,第二天没有吃饭也没有上课,觉得精神世界坍塌了。

用了好长一段时间,我才慢慢走出了感情的泥潭,恢复了正常的生活。后来她告诉我,她和一位新疆籍的同学恋爱了;再后来,因为男朋友是单亲家庭,毕业后要回新疆照顾老人,这段感情就无疾而终了。大四那年,她又和一位湖南籍的同学恋爱了。此时,我也有了女朋友,各自有了独立的生活,相互之间联系就越来越少了。

大学毕业前夕,也就是2008年春天,我们学校举办了一场大型招聘会,她也来参加了。两年不见,她留起了长发,扎起了马尾辫,看上去比以前成熟干练了许多。我们再次见面,觉得有些尴尬,匆匆聊了几句,就各自散了。毕业后,她和男友去了武汉,在一家中外合资企业工作,后来结婚生子,把父母也接了过去,过上了舒适的城市生活。

我和她的故事,讲到这里本就应该结束了,我觉得我们可能永远不会再联系、再见面了。2013年,我到北京工作,那时开始流行使用微信。有一天,我看到微信通讯录可添加好友里有她的名字,就尝试着加了一下,竟然通过了,之后我们又建立了联系,彼此问候对方的生活,但同时保持着理性的距离。那年她的生日,我发信息祝她生日快乐,同时寄去了一束百合花,还有我出版的一本新书,让她和我一起分享收获的喜悦。

2017年秋天,我到武汉出差,心里百般纠结:要不要去看看她呢?她是我曾经深爱的女孩,近十年未见了,人生能有几个十年?一定要去看看她。但是,我又不敢去见她,怕打扰了她平静的生活,怕岁月催人老,一见面互相影响了留在心中的形象。思来想去,我觉得下次再来武汉还不知道什么时候,所以还是决定去看她。

我们相约在一家安静的小饭馆吃饭。见面之前,我心里还有些忐忑不安;但见面后,心情却变得异常平静了,可能是岁月让我们都成熟起来了。那天晚上我们喝了一瓶红酒,吃着武汉的特色美食,说了很多贴心的话。吃完饭后,我们一起到长江边散步,人很少,江上吹来湿润的风,我们聊着往事,觉得没有成为爱人,依然做着朋友,也是很幸福的,是另一种极少有人体验过的幸福。她说,岁月再久,我们也不会相互忘记,因为心里互相都储存着最深刻的青春记忆。是啊!那时候,日子很慢,感情很专,可以用十年爱一个人,等一个人;那时候,爱情很朦胧,也很唯美,一次牵手,一个拥抱,就已经用情很深很深。

如今,我们各自过着不同的生活,时光像溪水一样慢慢流淌着。有时候,我还会想起她。我固执地认为,人在青少年时经历的爱情是深入肺腑的。从世俗的标准来看,我们的爱情没有结果;但从人生体验上来讲,曾经深深地爱过一个女人,又何尝不是一种不可或缺的生命经历呢!

当年她送我的紫色手链和风铃,她送我的书法和笔记本上的赠言,她抚摸阅读过的四十多本小说,我们在青岛和东营游玩的合影,我们通话的五十多张电话卡,我都还保留着,十几年了,一直放在书柜最里面,压在心灵最深处。

唯愿我们都能幸福地生活着,各美其美,不负岁月。

·第九章·

# 亲人们

岁月无情，亲人们逐渐老去，他们是这个世界上最疼爱我的人，我却不知用何种方式来回报他们。天涯听夜雨，思亲泪双流。

## 曾祖母

曾祖母是我见过的最老的人,她生于清光绪三十年(1904),我记事的时候,她已经八十多岁了。

在我的印象里,曾祖母是个慈祥的老太太。她个子很高,比较清瘦,经常戴一顶黑色绒线小帽,脑后用黑纱网缩髻,身穿斜襟盘扣褂子,裤子很肥大,腰里系着布条,小腿上扎着绑腿,因为裹了小脚,也就是人们说的"三寸金莲",所以穿的鞋是那种前面很尖的小鞋。她经常拄着一根用竹子做的拐杖,慢慢地踱着步,走在村里的街道上。

那时候,爷爷和三爷爷轮流照顾曾祖母,她每家住一个月。爷爷排行老二,我还有个大爷爷,因为在邯郸,离得较远,曾祖母很少去。不管是住到爷爷家还是三爷爷家,曾祖母都喜欢拄着拐杖到我家来玩,和我母亲聊天,她觉得和这个孙媳妇很聊得来,非常信任我母亲。

按照农村的风俗,她多年前就做好了自己的寿衣和寿鞋,用

// 曾祖母（中坐者）和大爷爷一家 //

蓝花包袱包起来，让我母亲帮她保管着，放在我家衣柜里。每逢天气晴朗的时候，母亲就拿出来帮老人家晾晒，说是多在阳光下晒一晒，老人能健康长寿。曾祖母在我家玩上半天，吃完饭后，母亲怕她在回去的路上摔倒，总嘱咐我扶着她，把她送回爷爷家或三爷爷家，所以在我的脑海里，深深印下了一个儿童陪着一位老人，步履蹒跚地走在乡村小道上的景象。

那年月，物质和精神上都不富裕，但曾祖母是从旧社会过来的人，经历了多年兵荒马乱的生活，所以只要是和平年代，她就很知足。她从来不吃肉，只喜欢吃鸡蛋、白糖、豆腐等食物，也不吃猪油，一辈子只吃豆油炒的菜，母亲经常给她买，她每次都很高兴。她经常说，现在每顿饭都能吃到大白馍馍，还能炒个菜，真是有福啊！以前想都不敢想。二十世纪九十年代初，村里开始流行买电视机，奶奶家买了一台熊猫牌的14吋黑白电视机。曾祖母觉得特别神奇，一个小盒子，里面竟然还有人，还能说话，觉得不可思议，所以奶奶每次打开电视，曾祖母都会津津有味地在电视机前观看，虽然有的节目看不懂，但仍然久久不愿离开。

在我的童年里，有两件事，曾祖母留给我的印象很美好。

一个是每当奶奶家门口的麦子八分熟的时候，她就会折些麦穗回来，用双手给我搓麦粒吃。她的手背满是皱纹，紫筋绽出，但她搓起麦子来却不嫌麦芒扎手，很有经验，一会儿就搓出许多饱满的半青半黄的麦粒，塞到我的小嘴里，特别新鲜、香甜。

还有一件事，就是教我唱儿歌。那时候，觉得从老人嘴里唱出来的儿歌很有意思，近三十年过去了，有的儿歌至今我还记得。有一首儿歌内容是：

"长尾巴郎（喜鹊），尾巴长，娶了媳妇忘了娘，把娘背到山沟里，把媳妇背到炕头上。煎腊肉，熬辣汤，媳妇媳妇你先尝。我到山沟里找咱娘，咱娘变成屎壳郎。推小车，贩小粮，吱呦吱呦碰西墙，只要媳妇不要娘，一下子碰到石头上。"

这是一首弘扬孝道的儿歌，歌曲的主人公是个反面典型，婚后只管媳妇不管娘，后来恶有恶报，推车撞到了石头上。

还有一首写新婚夫妇的儿歌，我记不全了，大意是：小丈夫娶了个漂亮的大媳妇，媳妇有三寸金莲，迷得丈夫不愿意在学堂读书了，总想回家看媳妇。部分内容是：

"一表人才精点脚（发音 jue），俊得来到没法说，自从去年娶了我，光在家里不上学，一天放学七八遍，不说梳头没啥说。"

歌里的"不上学"，应该是"不想上学"的意思，要不然讲不通，"不上学"就不存在"放学"的说法。后来我细细咂摸这首简单的儿歌，品出一点味道来。里面说女人裹小脚，男人要梳辫，这应该是清朝末年大人们鼓励幼女缠足的一首劝慰歌，是说只要按照风俗将脚缠成三寸金莲，就能迷得男人神魂颠倒，获得夫君的青睐，从而使女孩们自愿服从封建礼教和父母意志，宁可忍受剧痛，也甘心缠足，希望通过这种方式获得未来夫君的认可。其实对于花季少女来说，这是一种很残忍的做法。我曾见过曾祖母的小脚，四个脚趾骨都被硬生生地往下折断，压在了脚掌之下，唯独保留大拇指。这种身体的摧残，同样也是心灵的摧残，使旧社会的妇女没有能力出去闯天下，只能依附于男人过日子。

还有一段戏词，比较长，诙谐有趣，我学了好长时间才学会，好像是豫剧《辕门斩子》里的一段：

"木瓜开言道，姑娘你是听，回到高山上，急忙发大兵，先杀宋天子，后杀杨延景，姑爷坐天下，姑娘是正宫，木瓜为元帅，喽啰为先行，坐在宝帐里耍大刀，你看我威风不威风。"

曾祖母当时虽然已八十多岁，但还是会帮助爷爷奶奶干点力所能及的农活，比如扒玉米皮、掰玉米粒。她一边和我聊天，一边掰玉米粒，一下午就能掰一盆。

有一年，传说莱芜要地震，家家户户都搭建防震棚。先用木桩建好骨架，再用绳子将成捆的玉米秸围在上面，大家晚上都住在防震棚里，身边还放一个倒立的啤酒瓶用来预警，如果听到酒瓶倒地，就是地震了。曾祖母也住在防震棚里，住了将近一个月。后来，院子里的蚊虫越来越多，大家觉得这么久了也没有地震，就放松了警惕，开始搬回屋里居住。有邻居跟曾祖母说，你都这把年纪了，即使赶上地震，也活够本了，别在外面喂蚊子了。可是曾祖母却说，她不怕蚊虫叮咬，自己依然坚持住在防震棚里，不肯回房间。我觉得她非常珍惜自己的生命，晚年赶上了吃穿不愁的好光景，想多享几年福。

从五年级开始，我跟着父母到另一个乡镇生活，回老家看望曾祖母的时间就少了。九十三岁那年，她不小心摔倒后就一病不起，躺了两个多月后病逝了。那是我第一次知道亲人还会去世，但是因为年纪小，并不懂得生死的含义，所以没有多少悲伤，只是看着全家人忙忙碌碌，村里人也来家里帮忙，乱糟糟的。那时节刚入冬，天降小雪，在院子里忙着招呼亲朋的爷爷，身上落了一层雪。出殡那天，可谓人山人海。九十多岁去世算是"喜丧"，所以村里人都来观看；曾祖母又是四世同堂，子孙众多，陪灵的队伍浩浩荡荡，挽联挂满了长街。

她去世四五年后，因为城镇规划，家族的墓地要搬迁。曾祖父和曾祖母的墓，本来只想迁一个牌位，但打开墓穴后，发现曾祖母的骨灰盒完好无损，就一并迁移到了新的墓地安葬。

关于曾祖母的回忆，零零碎碎就记得这些了。如今在我家的影集里，还保留着两帧曾祖母的黑白照片，我会告诉女儿，这就是她高祖母的模样。

# 爷 爷

爷爷生于1938年，新中国成立后，因为曾祖父在新泰工作，他便跟着父亲，在新泰一中读书，高考时曾报考中国人民大学，但未被录取。那时候在农村，高中生非常少，爷爷毕业后，以优异的成绩考上了莱芜县的教师，教过小学和初中，一干就是一辈子，1995年左右退休。

爷爷喜欢写毛笔字，临近春节的时候，四邻八舍的乡亲们就会拿着红纸来找爷爷写对联。这时候，我就跟着爷爷一起忙，先用剪刀把红纸裁好，再给他倒墨汁，用手给他当镇纸，写完后，拿到院子里晾晒。我觉得既好玩又很自豪，人家的爷爷都不会，就我爷爷有文化。后来，爷爷想让我也学书法，他用激励的方式，给我买了纸和笔，让我每天坚持写一张给他看，让他点评，他会奖励我五毛钱。刚开始我很兴奋，坚持了一两个月，后来因为玩心太盛，还是没能坚持下来，如今深感遗憾。

爷爷在学校教了一辈子语文，可能有点遗传因素，我父亲也喜欢看书写东西，耳濡目染，我到了初中，也开始迷恋文学。有一年我过生日，爷爷问我想要什么生日礼物，我说，给我买本书吧。我们一起去了口镇新华书店，我选了一本天蓝色封面的《余秋雨散文精品集》，回家后津津有味地读起来，虽然有的地方看不明白，但觉得作者营造的文化氛围深沉厚重，充满了历史感。还有一回参加学校的征文比赛获了奖，奖品是一个精美的绿皮笔记本，我很珍爱。正好那时我在读《水浒传》，读得很入迷，学校门口小卖部卖一种"梁山一百单八将"的贴画，我买了一套贴在笔记本上，一页纸上贴一个人物，统一贴在右上角。我知道爷爷的字好，就恳求爷爷在贴画旁边用钢笔写上每位好汉的绰号和姓名，爷爷写得很认真，至今这个有爷爷手泽的本子还珍藏在我的写字台抽屉里，本子里饱含着爷爷对孙子默默的爱。

　　爷爷退休后，精神生活还算丰富。他和奶奶开始养花，在院子里养了很多五颜六色的花，每逢乡村大集，他就会挑上几盆好看的，用小推车推到集市上去卖。其实，爷爷每个月有三千多元退休金，在农村足够他和奶奶的花销，之所以去卖花，不是为了赚钱，而是为了消遣。和他一起退休的几个老教师也养花卖花，每逢集市，他们聚在一起，卖花是次要的，老友相聚聊天才是第一位的，所以有时候有人买花询问价格，他们几位老友因为聊得尽兴，经常听不到顾客的询问，即将做成的生意就这样跑了。除了养花，爷爷还练剑，刚开始奶奶用桃木给他做了一把剑，后来到镇上买了一把健身用的铁剑，每天早上在院子里舞剑。有时候爷爷早晨也出去散步，一直走到许家沟山脚下或者青杨行水库边上。

爷爷因为有文化，在村子里就很难找到知音，人家老头老太太可以揣着手在墙根晒太阳，可爷爷对那些人聊的家长里短不感兴趣。另外，还有些村民认为爷爷有退休金，生活安逸，心里就愤愤不平，所以爷爷很少去凑热闹，有些孤独。幸好村里有位离休的老军医，比爷爷大十岁，因为参加过淮海战役、莱芜战役、抗美援朝等，经历丰富，见多识广，所以爷爷经常去找他聊天，回忆过往，互相分享人生经历。两人一聊就是半天，很投缘，可谓至交。

有一年春天，村里一位企业家自掏腰包，邀请六十岁以上的老人去莱芜北部的房干村旅游，并招待他们吃饭，爷爷和另一位退休教师也参加了，他们玩得很开心。回来以后，他们商量着用什么方式报答这位企业家。有人提议，能不能写封感谢信，投给《莱芜日报》，把这个善举宣传宣传？大家都赞同，于是由爷爷执笔起草，写了五六页信纸，把组织老年人旅游聚餐的事情原原本本地讲了一遍，把企业家的社会责任感大赞一番。写完后，爷爷和那位教师又一起推敲了一遍，然后寄给了莱芜日报社。过了一周，稿子登出来了，只是在中缝里发了一百多字的"小豆腐块"，但爷爷已经很高兴、很知足了。他们在昏黄的十五瓦灯泡下一起探讨稿子、打磨字句的情景，深深地印在了我的脑海里。现在想起来，觉得这些乡村知识分子，既迂腐得可爱，却又让我敬佩，因为他们懂得感恩，他们只能用自己手中的笔，来回报这种尊老爱老的恩情。

爷爷虽然退休金不少，但在生活上却很节俭。他喜欢抽烟，却从来都是买最便宜的，刚开始抽三毛钱一包的丰收烟；后来市场上不卖了,就买两块钱一包的大鸡烟;再后来,大鸡烟也不卖了,就买五块钱一包的哈德门,直到爷爷去世,他都没抽过十块钱以上的烟。平常的生活中,爷爷虽然喜欢吃牛羊肉,但也不舍得买,吃饭连菜汤都要就着馒头喝掉,怕浪费了东西。奶奶给他买的新衣服,常年压在衣橱里不舍得穿。我在青岛读书的时候,每年回家都给爷爷买些海米,他就很高兴,那么容易满足。半年后我回家,打开冰箱看看,还剩下许多,就生气地说:"以后你再不及时吃,我就不买了,放坏了多不划算。"他总是笑着和我说:"想留着伺候个客人用。"有一年,我买了两包崂山绿茶送给他,在我的催促下,他才舍得打开一包,喝了以后觉得不错,于是另一包又留起来了,说家里来客人的时候再喝。爷爷虽然自己很节俭,但在我和弟弟身上却舍得花钱。我读大学后,每次回家,他都给我一些零花钱,说我出门在外求学不容易。每次给我打长途电话,都不惜电话费,一聊就是十几二十分钟,问这问那,那么畅快淋漓。

  大学毕业后,我曾想带爷爷奶奶到青岛看一看大海。我把想法告诉他们后,他们也很积极,但是考虑到一些现实因素,比如爷爷前列腺不好,容易尿频,可从莱芜去青岛没有火车,只有长途汽车,路上四五个小时,中间只休息一次,爷爷无法上厕所,肯定受不了;另外,奶奶腿不好,走几步路就腿疼得厉害,出门旅行需要用轮椅,所以最终没有成行,这是永远的遗憾。

  爷爷曾跟我说,他这一辈子,就是个教书匠,没什么本事,没给我父亲和叔叔找到什么好工作,觉得很无能;但在我心里,却一直以爷爷为骄傲。在农村,孩子们都希望通过读书上学改变自己的命运,爷爷就是他们圆梦的推手、指路的明灯。爷爷兢兢

// 年轻时候的爷爷 //

业业地教学,认认真真地备课,教出了很多好学生。记得有一年,送五年级毕业班上初中以后,那一届二十多个学生一起来家里看爷爷,屋里屋外都坐满了。学生对老师的感恩就是老师最大的安慰。

爷爷晚年和我交流比较多,对我的发展充满期待。当得知我要到青岛日报社工作的时候,他非常高兴;后来又听说我考上了山东大学的研究生,他更高兴,希望我能做出一番事业来。每次回老家,他都愿意和我聊天,谈一谈国家大事,问一问我在外面的见闻,这都能给爷爷带来精神上的享受。每当我发表了文章,都会拿给爷爷看,他看得很认真,不时问我一些不懂的地方。在我们交流的过程中,我有意识地用手机给爷爷录了一些视频,保存在了我的电脑里。

2012年正月,爷爷那位老友,就是比他大十岁的那位老军医,在家中突发心脏病去世,享年八十五岁。这对爷爷打击很大,他在老友灵前伏地痛哭,觉得以后没有可以说话的知己了。我给爷爷打电话时,听得出他内心的伤感,我劝他好好吃饭,和奶奶互相照顾,多保重身体。可是,到了三月份,爷爷就因为肠胃不适住院了。我从济南赶回莱芜,去医院看他,爷爷见面就抓住我的手,说以为这次见不到孙子了。我说,你又没什么大病,不要说这种话。那天下午我陪他去做胃镜,我知道做胃镜很痛苦,呕吐感很强,所以紧紧抓住爷爷的手,给他加油鼓劲。检查结果出来后,是浅表糜烂性胃炎,只要打消炎针就好,这下全家也就放心了,爷爷脸上也露出了轻松的表情。可是,过了一周多,即将出院的时候,爷爷又觉得鼻腔里不舒服,做了颅脑核磁共振以后,发现爷爷得了恶性脑瘤。

这对家人来说简直是个晴天霹雳，因为我们一直觉得爷爷身体很好，除了有个前列腺炎的老毛病，其他方面都很正常，所以我曾经和父母说，爷爷可能是四位老人（爷爷、奶奶、姥爷、姥娘）中最长寿的，随曾祖母，曾祖母活到九十三岁呢！可是，就是这种乐观，使我们忽视了他的病情。其实，一年前爷爷走路觉得腿上没劲，可能就是一种预兆，但当时以为只是老年人的通病，都没当回事，爷爷也从来没说过头部有什么不适，等到查出来的时候，脑瘤已经四五公分大小了。

我先瞒着奶奶，带着爷爷的片子，到山东省立医院神经外科挂了专家号。专家诊断后认为，这种情况存活时间可能不会很长，估计以月来计算，这个年龄也不适合做开颅手术，手术有风险，或术后有可能还会复发。听到这个消息，我彻底绝望了。那一晚我到济南的姑姑家，和她抱头痛哭，我们都在念着爷爷的好，念着他还没享多少福，却得了这样的病。记得除夕夜时，爷爷还和我、弟弟一起喝着酒，畅想着未来，这才几个月的时间，爷爷就被判了"死刑"，让我心里如何接受？后来，又辗转打听到淄博万杰医院可以用诺力刀放疗，于是我和父亲、叔叔一起陪爷爷到了万杰医院，却因为爷爷脑积水严重，无法用诺力刀治疗。回家以后，爷爷就行动不便了，精神状态越来越差，我心如刀绞，真的接受不了爷爷即将离开我们的这个现实。我又想办法挂了省立医院神经外科主任的号，带着爷爷再去省城试试，希望奇迹能够出现。可是医生说，脑瘤和脑干挨得太近，做手术风险很大，一种情况是下不来手术台，另一种情况是做完手术也有可能是植物人；另外，他们认为脑瘤很有可能是前列腺癌转移导致的，所以做了手术也不能彻底解决问题，对于七十五岁的老人来说，不如让他最后的日子保持生命质量，不轻易开刀。到这时候，全家人的心彻底凉了，希望如死灰般破灭。当我用轮椅推着爷爷再次无望地出院的时候，我觉得，他即将离我而去了。

回家以后，我仍不甘心，想方设法打听治癌症的偏方，找到一味用白花蛇舌草、半枝莲、铁树和红枣配的中药，网上说对许多癌症都有疗效。才熬了一服药，爷爷的前列腺炎又发作了，大小便也不畅，憋得脸发青，那种罪，不是普通人能承受的。爷爷说，哪里有实行安乐死的医院？我去打一针吧。听到这话，我心里不知道有多难受。苍天啊！为什么让一个饱经风霜的老人在年迈的时候受这样的罪？当时，我即将到济南参加山东省高考阅卷工作，无法在家陪他，爷爷抓着我的手说："你好好学习，干好你自己的事，我不能替你干事创业，你也不能替我受罪，咱爷俩各干各的，放心吧！"这是他在神志清醒的时候跟我说的最后的话，我的记忆刻骨铭心。

阅卷结束后，我立即赶回老家，这时爷爷已经昏迷，听不到我在他耳畔大声呼喊了。但是，他用那只还能活动的右手使劲攥住我，用尽全身力气想多挽留一下自己的生命，多看一看自己的亲人。我用小勺给爷爷喂牛奶，他还能往下咽。奶奶抱着爷爷的头，一边给他擦汗一边哭着说，你不管我了吗？看着这对七十多岁的老人面临着生死离别，我扭头朝着墙角，再一次泪如雨下，不知道这已经是多少次了。村里的一些老年人说，爷爷也是有福气的人，昏迷不醒，自己受罪不知道，这样总比头脑清醒大喊疼痛要强得多。

农历六月十一日下午六点多，接到父亲的电话，说爷爷去世了！家里声音嘈杂，家族里已经有很多人过去帮忙，父亲说已经给爷爷穿好寿衣，安放在冰棺中了。我止不住地号啕大哭，虽然有了一定的心理准备，但等到爷爷真的离开了我，还是觉得难以接受，觉得爷爷是跟我开了一个捉迷藏的玩笑。第二天上午天降大雨，一早赶回老家，走进大门，看到院子里搭起的灵棚，我才相信，爷爷真的离开了我。走进屋子，双膝扑通一声跪下，扶着棺，我再一次哭成了泪人，嘴里不停地喊着："爷爷！爷爷！"可是他已经安详地睡去，再也听不到孙子的呼唤了。

当日下午，我和弟弟、堂叔去殡仪馆送爷爷最后一程。看着躺在棺中的爷爷，一脸慈祥，特别是灵车在路上拐弯的时候，爷爷的身体也跟着晃来晃去，我又觉得爷爷这是睡着了，不久就会醒来，再与我们喝茶、聊天。到了殡仪馆，焚尸炉打开后，我和弟弟把爷爷抬进去，轻轻地放下。我嘴里一直默念：爷爷别怕，爷爷别怕。我泪如泉涌，此时才清醒地意识到这是永别。我认真地看了爷爷最后一眼，知道从此将天人路隔，爷爷化作一缕青烟飘向了那遥远的天国，那个没有疾病、没有痛苦的地方。二十多分钟后，我和弟弟亲手将爷爷的骨灰收敛进骨灰盒，紧紧地抱着回了家。第二天，按照老家最古老隆重的风俗，将爷爷送走了，并根据他的遗愿，在坟里放上了笔墨纸砚。看着堂屋里爷爷那张遗像，越发觉得和蔼慈祥，我知道他的灵魂还在我们身边，庇佑着孩子们过上自己想要的生活。

爷爷是第一个离开我的至亲的人，好长一段时间，我想起来就哭，眼睛红肿疼痛，久久走不出那种悲伤，尤其是眼睁睁地看着亲人慢慢离去，这个过程让人绝望、让人无力。"子欲养而亲不待",我对这句话有了深切的感受。看着奶奶那布满皱纹的悲伤的脸,我不知道用什么语言来安慰她。从求学至今,我尽量用知识和学问来充实自己的头脑,让自己活得明白些、理智些、通透些;可是,遇到了亲人的离去,理智仍然战胜不了感情,那种悲伤是从心底发出的,是泣血的别离。

  爷爷已经走了八年了,这八年里,不知有多少次,爷爷又重回我的梦中。梦里的他,病已经好了,只是走路有点迟缓,但依然和我们谈笑风生。每次我从梦中醒来,都会怅然若失,然后打开电脑,看看爷爷生前的画面。我很庆幸当年用手机给爷爷录了几段像,有洗衣服的,有侍弄花草的,有和我聊天的,有吃饺子的,这些视频给了我很大的精神安慰。

  去年奶奶住进了养老院,院长听说奶奶是西王善村的,就打听有没有一位叫吕锡源的老人。院长说,那是他的中学老师。当院长得知那正是我爷爷时,他非常惊讶,知道爷爷早已去世,觉得很惋惜,对奶奶说,您算是我师母了,我一定把您照顾好,我们都很感动。

  爷爷一生平凡,干了一辈子乡村教师,没有轰轰烈烈的事,但还是有许多学生记得他,因为他在那三尺讲台上,用一支支粉笔,给许多农村的孩子点亮了人生的希望。

## 奶 奶

奶奶年轻的时候,是个很浪漫又很泼辣的人。

说奶奶浪漫,是说当年她和爷爷的恋爱。听父亲讲,他看过奶奶年轻时的照片,扎着两条大辫子,很漂亮。那时候爷爷还在新泰一中读书,经人介绍后,他们感情发展迅速,爷爷假期回家后,俩人经常到河边谈恋爱。在二十世纪五十年代末,敢公开恋爱的年轻人真是凤毛麟角,但奶奶不在乎别人的眼光,和爷爷享受着属于他们的爱情。

说奶奶泼辣,也是有理由的。她是女人,但并不是淑女,年轻的时候,能上墙修屋顶,能爬树砍乱枝,比男人还能干。她告诉我,她还干过赤脚医生,有一套银针,街坊邻居有个病,她就常给人家针灸。另外,奶奶很要强,得理不饶人,如果村里的妇女和她吵架,她首先在气势上就能把人家压下去,用现在的话说,就是"女汉子"。

我小时候,父亲常年在别的乡镇工作,母亲要下地干活,所以我经常在奶奶家玩耍,有时候吃饭睡觉也跟着奶奶,度过了愉快的童年时光。邻村有戏班子来演出,奶奶经常带着我去看戏。元宵节的时候,学校要求每个学生带一盏灯笼到学校办灯展。奶奶心灵手巧,亲手给我做了红灯笼,每一面都贴上五颜六色的剪纸,是学校里最好看的灯笼,我觉得无比自豪。她给我和弟弟纳的一双双鞋垫,针脚细密,结实挺脱,图案漂亮,我们垫了好多年。

我第一次走出莱芜县城,也是奶奶带我出去的。那是上小学的时候,淄博市博山区在颜文姜祠(老家叫"颜奶奶庙")举办庙会,奶奶和她的老姐妹相约去庙里烧香。出发前一天,她跟我和弟弟说带我们一起去,我们别提多高兴了,当天夜里激动得睡不着,怕第二天早晨起晚了,奶奶已经出发了。天刚蒙蒙亮,奶奶就带着我和弟弟坐上大巴车。大巴车一路开到博山,奶奶领着我们转了颜文姜祠,挨个庙烧香,从山下一直拜到山顶。站在山顶上,我才知道原来世界这么大。

小时候我很叛逆,有件事情,也许奶奶早就忘记了,可我却总能想起来,觉得对不起奶奶。当年,奶奶在院子里种了很多花,有普通的花草,也有娇贵的品种,小院里一年四季鲜花盛开,给生活带来了许多浪漫和温馨。有一回,我带两个小伙伴在奶奶家院子里踢足球,有个玩伴不小心将球踢到了一棵花上,把花碰折了,可能那棵花比较名贵,奶奶看到后非常心疼,责备了我几句。我心里觉得委屈:花又不是我踢坏的,凭什么说我?我非常生气,突然之间就爆发了:你不是嫌我把花踢坏了吗?那好,我就再破坏得更彻底一点。于是,我冲着奶奶种的花,一棵一棵拔过去,连根拔掉了几十棵,奶奶怎么拉也拉不住,急坏了。我拔完之后,扭头就走，一个月没回奶奶家，直到后来奶奶去我家哄我，我们才和好。后来我长大了，一想起这件事来就觉得愧疚，觉得当时错怪了奶奶。设身处地地想一想，即使奶奶知道是别人家的孩子把花踢坏了，也不能批评人家啊！如果批评了，让孩子的父母知道了，都是街坊邻居，面子上不好看，所以只能冲着自己的亲孙子说几句，提醒一下别再把花碰坏了。但那时候我太小，想法太单纯，觉得不是我的错就不应该批评我，所以很生奶奶的气。现在想想，真是不应该。

奶奶过得最幸福的时候，是爷爷退休后的那十年。那十年里，父亲和叔叔都有自己的工作和家庭，不需要爷爷奶奶操心，爷爷每个月有三四千元的退休金，足够他俩花销，有时候奶奶还会给我和弟弟零花钱。爷爷奶奶还会约老兄弟姐妹们在家里吃饭、喝酒、打牌，过得潇洒快活。城里有家照相馆，开业之初，为扩大影响，免费给六十岁以上的老人补拍婚纱照，农村的老头老太太都不好意思去，但奶奶很感兴趣。她带上爷爷走了十几里路赶到城里，拍了一组婚纱照，奶奶穿着白婚纱，爷爷穿着黑西服把奶奶拥进怀里，拍出来的效果非常好，浪漫感人，那种夕阳红的感情，让人觉得特别温暖。

但人生毕竟是不完美的，奶奶七十岁之后，各种打击纷至沓来，让人觉得命运太残酷。先是2009年冬天，小姑生病去世，年仅四十五岁；三年后，2012年夏天，爷爷生病去世，享年七十五岁；又过了六年，2018年秋天，叔叔生病去世，年仅五十五岁。不到十年，三位至亲接连去世，算上十六岁就病逝了的三叔，奶奶亲自送走了老伴，送走了两个儿子和一个女儿，这对一个老人来说，

// 爷爷和奶奶晚年补拍的婚纱照 //

得有多么坚强的意志，才能承受这么大的打击，走出这种巨大的悲伤，不放弃生存下去的勇气啊！从这一点来说，我非常佩服奶奶的坚强，一个个人间悲剧并没有把她打垮，她依然在顽强地活着。

爷爷去世后，奶奶一直在老屋生活，父亲经常回去看她。一般情况下，我每年回老家两趟，一趟是国庆节，一趟是春节。每次回去看望奶奶，我都会大包小包地买些礼物，再留下一些钱。奶奶总是说："你在北京生活不容易，我有钱（她指的是爷爷去世后，政府每个月发给她的教师遗孀补助），别给我买东西。"和奶奶聊天，觉得她又老了许多。离开老屋时，奶奶拄着拐杖站在破败的院子里挥手送我，看着她的腿越来越弯曲，一头白发在风中飘拂，我不禁悲从中来，不忍回头多看一眼，急匆匆离开。

去年秋天，奶奶半夜起来上厕所，不小心摔倒在地，自己爬不起来，又摸不到手机，直到第二天早晨八点多，父亲回家叫不开门，强行打开后，才发现奶奶躺在地上，摔得鼻青脸肿。父亲赶紧把奶奶抱上床，给奶奶敷药，换衣服。我听到这个消息后，心急如焚，怕奶奶有个三长两短，毕竟是八十多岁的老人了。

过了两个月，奶奶逐渐康复了，能下地行走了。考虑到奶奶生活不便，我给她买了带坐便器的软椅，买了带手电筒和四个固定脚架的拐杖，还买了一些治疗失眠的药，用快递寄回老家。奶奶收到后，给我打来电话，哭着说很感动，说她没有想到的事，孙子都替她想到了。我心里很愧疚，我小的时候，爷爷和奶奶多么疼爱我啊！可现如今，我在遥远的北国，能为奶奶做的事情实在是太少太少了。

国庆节期间，我带三岁的女儿回老家，带她看望曾祖母。奶奶喜极而泣，说还以为再也见不到重孙女了。我用手机拍了几段温馨的视频，有女儿搀扶曾祖母走路的，有曾祖母喂她吃零食的，这让我想起了我小时候和曾祖母在一起的时光。我相信，等女儿长大了，这些视频都是非常珍贵的回忆。

  入冬后，因为母亲生病，来京照顾孙女的任务就落到了父亲头上。父亲放心不下年迈的奶奶，奶奶也不舍得让父亲离开。经过商量，奶奶提出到养老院去，那里冬天有暖气，伙食也不错，平时还能和别的老人聊聊天，不孤独，父母考虑了一下就同意了。现在奶奶住到了养老院，精神状态很好，父亲每天都打电话问候，母亲隔几天去看望一次，跟她聊聊天，送些水果和零食。

  希望奶奶能用一贯的坚强，看淡人人都会遇到的"老境"；希望她的病痛少一些，能够开开心心的，走得慢一点，多陪伴我们一些岁月。

## 姥 爷

姥爷1928年生于莱芜县东王善村，其父是北京师范大学历史系的高才生。姥爷曾在济南读书，后来在徐州参军，曾转战云贵地区，做部队宣传文化工作，新中国成立后，因为家庭成分不好，回到老家。二十世纪五十年代初，参加了教师招录考试，当年考了莱芜县第一名，从此走上教师岗位，在中学和小学执教三十多年。

姥爷一生坎坷。1958年，因为在学校表达了粮食不够吃的看法，被错划为右派，在农场集体劳动，"文革"结束后才改正。壮年时期又得了肠粘连的病，肚子疼得厉害，被同事送到学校附近的苗山公社卫生院，那时候医院条件不行，缺医少药，有个叫老丁的转业军医胆子很大，在简易的手术台上割开姥爷的肚子，用手摆弄了几回，然后缝合，居然治好了，可是却留下了严重的后遗症，以后几乎每年都犯，每年都住院。母亲跟我说，有一回姥爷病得厉害，病房和太平间离得很近，感觉姥爷快不行了，母亲在那里陪床，心里很害怕。姥爷在危重病房待了很久，但幸运

// 姥爷年轻时和学生在一起 //

的是，当时从上海下放到我们那里一批技术精湛的医生，他们起死回生，挽救了姥爷一条命，姥爷的病从此以后没再犯过。后来姥爷因为身体虚弱，提前离休，终于可以歇歇了。

离休后的姥爷，过上了优雅闲适的生活。他喜欢养菊花，如果秋天来到姥爷家里，映入眼帘的定会是开满院落的各色菊花，黄的、白的、红的、紫的，有醉杨妃、月下白、黄龙须等不同品种。菊花采摘后进行分类，有的可以泡茶，有的可以浸水洗脸、洗眼睛，有的可以泡脚，有的可以装枕头。

姥爷最喜欢的是书法，他很早就是莱芜市（今济南市莱芜区）书法家协会的理事了。他研习毛笔字三四十年，主临欧阳询和王羲之，尤其擅长楷书和行书。他的行草条幅《满江红》曾在省里获过大奖并被收藏，《莱芜市志》也收录了他的书法作品。在方圆几十里的乡村，许多人都以求得他的字为荣。他也很乐于帮助乡邻，不管是过年的春联、开业的字号还是结婚的囍字，只要身体允许就有求必应。姥爷曾送给我三幅书法：一幅是四条屏诸葛亮的《出师表》，一幅是蔡邕的《笔论》，还有一幅是朱熹的《春日》，都是有代表性的文人佳作。

除了练习书法，姥爷还很注意养生。从饮食上来说，他喜欢清淡的食物，每次只吃七分饱，一日三餐都是按照标准的时间。他不吸烟不喝酒，注意锻炼，我经常看到身体清瘦的他身着藏蓝色中山装，在院子里做操打拳，虽然须发皆白，但精神矍铄，一身正气。赶上大集的日子，他会到集市上购买很多东西，并一趟趟不厌其烦地往家里送，借此来锻炼腿脚。每次我去看他，他总是跟我说一些保健养生的简易办法，说身体应该从年轻的时候就注意保护。每年区里召开离退休老干部茶话会，姥爷总会在发言时探讨老年保健知识，希望他的同龄人都能享受幸福绵长的晚年。闲暇时候，姥爷喜欢读书看报听新闻。我去看望他，他喜欢与我谈文史知识、家国大事，我也乐于徘徊在他身边，听他讲那风雨沧桑的往事。

姥爷一生从教，培养了不少学生。曾经有一位学生，是莱芜茶业口镇的，因幼时家境贫寒，身材矮小，当年参加师范考试时有人无端阻拦，说这个学生的身高不合格，姥爷认为他学习很好，是可塑之材，只是暂时营养不良而已，遂竭力冲破阻挠推荐他参加考试。后来，这位学生成绩优异，随着年龄增长，身体也逐渐长开了，工作之后，因为能力突出，当了莱芜县县长，后来在省里做了正厅级干部。他的这位学生经常在中秋节和春节来看望他，如果工作忙没有时间，就委托家属来看望，师生之情温存于心。

姥爷一生讲求信义，乐善好施。年轻的时候，因为家里人口多，工资少，曾跟一位同事借款三十元，后来因为工作调动失去了联系，那时候也没有电话无法问询，但借钱的事一直装在姥爷心里，直到三十多年后，才打听到当年那位同事的地址，却都已经是古稀老人了。姥爷连忙写了一封信，附上了三百元钱，表达当年得到救济的感谢和无法还债的不安，只有如此，方可释怀。他离休后，每个月有几千元的离休金，在农村生活得比较安逸。有一对并非直系的远亲，因为贫穷和子女不孝，一直住在跑风漏雨的老房子里，姥爷知道后，立即给了他们三千元钱，支援他们修葺房顶，并明确表示钱是"送"而不是"借"，所以不必还，这让那对清苦的老夫妇感动地流下了热泪。

姥爷对他人相当仁慈，可对自己的儿孙却颇为严厉。因为他是离休，每个月可以报销几百元的药费，有时候花不了，孩子们感冒发烧，想用他的卡去拿点药，他从来不同意，说不能乱花国家的钱。可是，他也很注意激励我们，每当我和我的表兄弟在学业和工作上取得了成绩，他总是给我们一些金钱的奖励。他对我们的教育主要还是在做人方面，希望我们能够遵守伦理道德，做一个善人，对国家和民族有用的人。我小时候因为不懂事，曾经遭到姥爷的打，所以多年来只是敬畏而不曾亲近于他。我当时对他的这种严厉苛刻并不理解，等上了大学，才开始逐渐理解他，理解姥爷身上传承的儒家风神，感动于他那平和的心态和仁慈的情怀。他虽身在乡野，但平凡而有真性情，坎坷的生活、渊博的学识、家风的传承铸造了他高尚的人格，这种儒家精神和人道主义情怀，在今天浮躁的社会中尤显珍贵。

我到北京工作以后，只能在国庆节和春节去看望他，他的身体一直还算硬朗，但也出现了一些小问题，比如腿疼、便秘、喉咙嘶哑等，但都不是大病。晚年的姥爷，生活简朴，散淡自然，宠辱不惊的日子像小河流水一样寂静无声，我们也都习惯了这种与他相处的方式，所有人都没有想到，他突然给了我们一个巨大的打击。

2014年春节，我从莱芜返京之前去看望他，与他攥着手话别，希望他身体一如既往地硬朗下去；可一个多月后，当我被父亲的电话急召而回时，他却成了堂屋椅子上安放的一堆灰。他走得很决然，农历甲午年二月二十八日凌晨，他用一根细绳，在院子西南角厕所的门框上结束了自己八十七岁的生命。我走进灵堂，匍匍在地,泪如泉涌,沾满泥土的手上,觉得还有他的余温。

在外人看来,姥爷的晚年很幸福,三个儿子、两个女儿都很孝顺,每月几千元的离休金足够他和老伴的花销,如此天伦之乐不好好享受,为什么说走就走了呢?乡邻们对他这种孤绝弃世的方式感到不解,有人用迷信的方式来解读,说是夜里冲了星宿犯了魔怔。亲人们也觉得非常悲痛,并且背负了沉重的精神枷锁,深深地感到自责。起初我也觉得茫然,一个正直善良、生活舒适的老人,为什么会走这条路呢?他走后,每每想起他,我都努力试图走进他的内心,想知道那段时间他想了些什么,走的时候内心有没有挣扎,虽然不一定能找到答案。我觉得,他有他的苦楚,他有他对人生的独特思量。

首先是身体病痛之苦。人老了,身体总会出问题,姥爷没有危及生命的大病,但一些老年疾病依然缠身。前几年先是腿脚麻木,走路不太灵便,后来又有了便秘的毛病,常常感到痛苦,没有得过便秘的人可能无法体会。另外,最后两三年,他说话声音越来越沙哑,加之有些耳背,与人交流就成了问题。这些虽然都不是什么大病,但集于一身,也会让一位八十多岁的老人经不住折磨。

其次是内心寂寥之悲。姥爷当了一辈子老师,是个文化人,可姥娘不识字,舅舅、母亲和小姨也都不从事文化工作,和他在精神上交流很少,更难产生共鸣。另外,他这一生,不管是作为父亲还是祖父,都是严多于慈,这是性格决定的,儿辈和孙辈在他面前都有畏惧心,缺乏亲近感,甚至说得上是敬而远之。在村里,他又不像其他的老人,可以在墙根晒着太阳打打牌、下下棋,借以打发无聊的光阴。离休后的这二十多年,他除了赶集和看病,

// 姥爷的书法作品 //

其他时间几乎都在自己房间里看书读报写字,极少与人来往,我总觉得他内心有一种孤高的坚守,是一种精神和文化的坚守,但我又能感觉到他想与人交流的强烈愿望。以前他嗓子好的时候,我每次去看他,他都会跟我讲讲自己经历的往事,问问我工作和学习的近况。后来他嗓子沙哑了,随心所欲的表达变得很困难,但有一次我把自己的文章拿给他看时,他竟从书桌上拿起纸和笔,把想对我说的话写了满满一页纸,这是我没有料到的。晚年的姥爷,内心深处是非常寂寞的,他也想与谈得来的人交流,但是没人和他聊他所关心的国家大事,更没人和他聊文学与历史,这就是一个知识分子生活在文化匮乏的乡野的宿命,对此他或许有大悲哀。

最后是参透生命之悟。我觉得,他做出离开这个世界的决定,肯定不是一时冲动,而是思考了很久,觉得是时候离开了。对于一位八十七岁的老人来说,他深知即使活得再久,未来的日子依然不免天天重复,不会有任何新鲜感,而身体状况只会越来越差,孤独感只会越来越强,与其有一日病倒在床上给子女增加负担,给自己增加痛苦,不如在自己能够主宰命运的时候绝尘而去。哀莫大于心死,心里没有了任何期待,这个世界就没有什么可留恋的了。有人说他想不开才走了这条路,而我觉得正相反,他太想得开了。他是个文化人,正因为有文化,才活得太清醒、太明白,悟得太透,把人间的万事万物,甚至亲情也看淡了,来了一场说走就走、永不回头的远行。

去年春节我去看姥娘,在姥爷的书架上发现了几包旧宣纸,用报纸包着,上面有姥爷用钢笔标记的尺幅大小、纸张颜色,适合写对联、条幅还是中堂,还有几本字帖、一盒印泥、一个书法家协会理事的证书，最重要的是，还发现了一册姥爷临写的王羲之的《草诀歌》，纸张已经脆黄，我把这些遗物都好好收藏起来。后来，我请人把《草诀歌》用老宣纸装裱成册页，做上了金丝楠木套封，请著名书法家题签，作为永久的纪念。在一位朋友那里，我看到了一本《莱芜古今书画作品选》，其中收录了姥爷的一幅行书作品，是写的北宋黄庭坚的《水调歌头·游览》。如今，老家莱芜有些书画店，还有他的作品挂在那里出售，一幅陶渊明的《归去来兮辞》，售价两千元；草书四条屏《赤壁赋》，售价四千元。老板不知道我的身份，跟我讲解着作者的书法成就，以及他对这个小城的文化影响。

姥爷走了六年了，关于他的离世，乡人已经不再有兴趣谈论，只有九十岁的姥娘，每当想起来，还会哭着说他活着的时候关心他不够。想起他，我就想起陈忠实笔下白鹿原上的朱先生，一个孤绝的生命，一颗高贵的灵魂。

## 姥　娘

姥娘1931年生于莱城西关，今年九十岁了。在我的印象中，姥娘是个传统的农村女性，一辈子在家相夫教子，正直善良，忍辱负重，拉扯大五个子女，使张家开枝散叶，人丁兴旺。

亓家在莱城西关是大家庭，既出过官员，也出过读书人。姥娘的父亲就是个读书人，但他生了四个女儿，没有儿子，不免有些失望。姥娘在家排行老二，是二姐，因大姐早早远嫁徐州，所以姥娘便承担起看护两个妹妹的任务。她自己没有进过学堂，在家帮父母干活，女孩子当作男劳力用。只要自己的妹妹有出息，自己的付出也值得，当知道四妹考上了师范时，她激动地流下泪来。

姥娘和姥爷成亲，还有一段佳话。当年莱芜县招考教师，姥爷考了第一名，姥娘的父亲是个爱才的人，听说以后便主动找人保媒，希望将自己的女儿嫁给姥爷，于是后来他们在1954年成亲，姥娘走进了张家的大门。

姥娘本以为找到一位相貌堂堂、满腹诗书的如意郎君，就可以过上幸福日子了。谁承想,婚后的第四年,也即1958年,姥爷就被错划成了右派,到农场集中劳动,家里的老婆孩子都顾不上了。又因姥爷的祖父当年有些田产,所以家庭成分不好,雪上加霜,姥娘在村里就抬不起头来了。这种忍气吞声、委曲求全、看人脸色的日子,一过就是二十年,直到"文革"结束。每当姥娘回忆起那段往事,总是泣不成声。穷不可怕,怕的是低人一等,受人欺负,那是一种心灵的摧残。后来姥爷恢复了工资待遇,姥娘才扬眉吐气,重见天日。姥娘晚年过得还算幸福,孩子们都过上了小康生活,不用她操心;姥爷工资不低,他们两人没有后顾之忧,尽享天伦之乐。她总是对我们说,年轻时吃点苦、受点累不算啥,老了享福才叫真享福。

我从小跟爷爷奶奶接触得多,跟姥娘姥爷接触得少。在东王善村上小学的那五年,算是和姥娘的密切接触。那几年,中午我经常到姥娘家吃饭,姥娘会做一种叫"咸食"的食物,用萝卜或南瓜切丝沥水,加上面和水搅匀,再放点盐和辣椒粉,在鏊子上用油煎成饼,吃起来外焦里嫩,很香。后来我也让母亲给我做过,但不如姥娘做的好吃。

2014年姥爷的离世,对姥娘来说是一个沉重的打击。姥爷用自缢的方式结束了自己八十七岁的生命,毅然决然地将姥娘一个人留在了这个世界上,这让姥娘百思不得其解。她后悔自己对姥爷关心得不够,有时候上来脾气还批评姥爷;她痛恨姥爷的无情,不管不顾地一个人走了,给她和子女带来了巨大的心理创伤。姥爷生前有每天早饭后和姥娘一起喝茶的习惯,姥爷走后,姥娘还一直保持着这个习惯,并且把姥爷坐过的椅子和用过的茶杯依然

// 姥爷和姥娘 //

放在自己对面,倒上茶水,等凉了以后再浇到地上,心里觉得姥爷还在和自己一起喝茶聊天,以此抚慰自己孤独伤痛的心灵。我看到此情此景,既感动又伤心。

我曾审视过姥爷和姥娘的关系,他们是生活上的伴侣,但从深层次来讲,二人在精神上却有隔阂。姥爷有文化,作得一手好文,写得一手好字,有精神追求;但姥娘是个农村妇女,没有文化,她操心的是一家人的吃喝拉撒,两个人在精神上很难产生共鸣。我曾听他们一起聊天,姥爷关心的是国家大事,关心的是老百姓道德素养的提升,姥娘谈的是东家长李家短,姥爷只能一声叹息,继而无语。人类在满足了吃穿的需求之后,就要追求更高层次的精神生活,这是人类正常的心理状态。但我们再想想,那一代知识分子,包括更早一代的鲁迅、胡适、季羡林等,娶的妻子都没有多少文化,这不是哪一个人的悲剧,是一个时代的常态,当年有文化的女性毕竟很少,只有亲身经历过这种婚姻的人才能明白其中的甘苦。鲁迅的夫人朱安曾说,她就像蜗牛一样慢慢往上爬,想着总有一天能爬上去,获得鲁迅的认可,可鲁迅到死也没有认可她,还是娶了许广平。其实两个人都没有错,只是错在没找到合适的人。每个人的选择不一样,胡适和没有多少文化的江冬秀过了一生,季羡林也和农村的妻子过了一生,虽然外人并不清楚他们的关系如何,但相互的忍让和彼此的牺牲肯定是存在的。

时间能够抚平一切,虽然这种抚平是相对的,但总归还是有道理。如今姥娘已经九十岁了,逐渐走出了姥爷去世带来的阴影。她身体还不错,头脑也清醒,每年我会带女儿回去看她两次,她很高兴,关心地问这问那,希望我们在外生活美好、平安健康。

姥娘那佝偻的腰身，满脸的皱纹，见证了这座百年四合院的人事兴替，见证了人间的悲欢离合、波澜起伏，唯愿她能够安享剩余的岁月，不受病魔的侵袭，自在从容地老去。

## 父 亲

父亲生于1961年,属牛,和我一个属相,生我那年,他才二十四岁。

父亲身高一米六五,和母亲一样高,作为一个男性,个子算是矮的,所以在相亲的时候,母亲对父亲不太满意,母亲心中的郎君,至少应该一米七五。可有的时候,缘分是上天注定的,他俩由媒人介绍在路边相亲时,母亲的三叔从外面办事回来,恰巧遇见,就劝说母亲,你年龄也不小了,该结婚了,我看这小伙子眉清目秀,看上去也挺老实,我做主了,你就应了这门亲事吧!就这样,几句话成就了一段姻缘。后来,父亲第一次去母亲家看望岳父母,怕人家嫌矮,那天正好刚下过雨,就穿了一双皮靴,在靴子里垫了一本书。有一次我问母亲,父亲长得矮,你当时怎么就答应嫁给他了?母亲说,你父亲年轻时相貌不错;另外,当时你爷爷奶奶家里地多,能打粮食,吃喝不愁。

父母结婚以后,就和爷爷奶奶分了家,住到了村南头的三间新瓦房里。一个小家庭建立后,就要面临吃喝拉撒各种花销。母亲没文化,只能种地;父亲则想办法出去找活干,赚钱补贴家用。

父亲念过书,一直读完了高中。他文科好,理科差,参加了高考,但没考上大学。据他说,当年"文革"期间上学,学校里乱哄哄的,基本没学到什么东西。高中毕业之后,他曾经在工地干过泥瓦匠,在村小学干过代课老师,都没干长久。和母亲结婚后,他去县印刷厂当印刷工人,有一次一个月没回家,把母亲急坏了。那时候没有电话,联系不方便,母亲跑了二十里地赶到印刷厂,才打听清楚是因为要印刷一份重要考试的试卷,所有职工封闭工作一个月。

母亲比父亲大四岁,所以一直以来二人就像姐姐和弟弟一样,母亲更爱护和体贴父亲,家里和地里的事情都不需要父亲操心,母亲会收拾得利利索索。父亲下班回家后,经常到邻居家打牌,母亲也很少管他,由着他的性子。父母精打细算过日子,原先只有三间瓦房,围起一圈玉米秸当院子,经过几年的努力,陆续购买建筑材料,盖起了东屋、西屋、猪圈,盖起了大门和院墙,有了一个四四方方的小院子,还种植了梧桐、竹子、石榴、苹果,养了猪、狗、羊、鸡,小家庭更像模像样了。

1985年秋天,这个小家发生了一件喜事。我出生了,两口之家变成了三口之家,他们开始学着为人父、为人母。到了年底,家里又发生了第二件喜事。国家出台了一个政策,教师的子女可以农村户口转城镇户口并安排工作,因为爷爷是教师,父亲、叔叔和二姑都符合条件。当年,父亲被安排到离家十几里外的电池材料厂工作,成为国企的正式员工,这就代表着有了固定收入,端上了"铁饭碗"。

父亲有了正式工作,母亲是高兴的,对一个三口之家来说,父亲每个月的工资非常重要。但同时,母亲对父亲的担心也增多了。父亲工作三班倒:白班、中班、夜班。如果是中班,就是半夜回家;如果是夜班,就是半夜从家里赶到单位,将近二十里路,骑自行车要四五十分钟,母亲万分牵挂。这段路,父亲风里来雨里去,骑车骑了十年。十年后,我和母亲才搬到父亲单位和他团聚。

父亲在工厂工作,态度非常认真积极。他精心钻研业务,尤其擅长电器维修,领导比较赏识他,让他担任了电工班班长、生产小组组长、团委书记。另外,他也继承了我们这个家族族人的特长,能耍笔杆子,经常给厂里的领导写工作总结、会议讲话,是厂里的一支笔。我小时候有个印象,父亲经常在台灯下铺开几张稿纸奋笔疾书,有时候是给自己写的,但更多的时候是帮领导和同事写的各种材料。逢年过节的时候,厂里搞联欢,他还兼任晚会导演,自编自演节目;唱歌也好听,比较拿手的有《敖包相会》《十五的月亮》等歌曲。总的感觉,父亲在单位是比较活跃的,人缘不错,心情也很舒畅。

父母结婚以后感情一直很好,唯独在一件事情上,母亲经常跟父亲吵架,那就是喝酒。当时父亲年轻气盛,同事又都有几个闲钱,喜欢在一起攒酒场。父亲喝酒实在,别人一劝就喝,酒后回家经常呕吐不止,烂醉如泥。每当这时候,母亲都气得哭起来,总要和他大吵一架。我理解,母亲主要是担心父亲的安全,酒后骑车回家,路上太危险了;另外,经常喝醉身体吃不消。果然有一次,父亲喝酒后,很长时间没有回家,打电话询问,跟他喝酒的同事说，早就回家了啊！母亲急得不行，沿途一路找过去，终于在路边找到了躺在地上呼呼大睡的父亲，幸好那是在夏天，如果是在寒冷的冬天，后果不堪设想。父亲喝醉了酒，不但母亲跟他吵，我也跟他吵。吵完后，他每次都答应得好好的，说不再喝了，可这话记不了十天半月，就又喝醉了，我和母亲非常郁闷。后来，父亲得了严重的胃病，这才给他敲响了警钟，他开始听医生的话，限量饮酒。

父亲是一个优点和缺点都比较明显的人。

他的优点，每一个和他相处的人都能感觉到。他待人热情真诚，用一腔坦荡赤诚和这个世界打交道，心里没有任何藏着掖着的东西，不是自己的东西从来不争不抢，所以他的人缘不错。他工作认真努力，几十年从来不迟到早退。为了有更好的发展，他通过自学考试，考取了法律专业的大专文凭，是单位里少有的大专生。他性格乐观开朗，容易知足，一点小事就会高兴半天，几个小菜，两瓶啤酒，足以让他乐以忘忧。在我的记忆里，从来没见过父亲愁眉苦脸，从来没见过他有跨不过去的坎，他是个真正的乐天派，活得简单、幸福。

但同时，他又有一些明显的缺点，或者可以说，有些缺点是和优点相伴相生的。比如，他因为性格和善，不愿意较真，不懂得拒绝别人，所以有时候马马虎虎、得过且过。我出生时他去派出所给我落户口，本来爷爷给我起的名字是"震"，可派出所民警为了写起来方便，写成了"振"，父亲没有提出任何异议，就这样把户口页拿回了家。到集上买菜，他说要一斤，人家给他称二斤，他就付二斤的钱。甚至卖房子这样的大事，买主说便宜一

// 父亲和母亲 //

些,他没和母亲商量就答应了。他从来不好意思开口拒绝别人,哪怕别人做错了,会给他带来不利影响,或会给家庭带来不利影响,他也像事情没发生一样,转头就忘了。苏轼说,"眼前见天下无一个不好人,此乃一病",我觉得父亲就是这样一个人。另外,他的思维太简单,毫无防人之心,遇到事情,没有能力想出兼顾各方利益的办法,很多时候需要母亲一个妇道人家帮忙出谋划策,从这一点来说,他还像一个没长大的孩子,不像一个成熟的男性。我和母亲经常恨其不争,但也改变不了他多年养成的性格。

我们的父子关系倒是非常融洽。在我的成长过程中,父亲总是乐呵呵的,从来没有严厉批评过我。我一直觉得我的父亲和别人的父亲不同,人家都是严父慈母,父亲动不动就批评孩子、打孩子,可我的父亲却一直与我平等相处,和朋友一样,在中国农村,这实在难得。父亲的这种性格也遗传到了我的身上。我觉得,我平和乐观的心态源于父亲,缜密谨慎的思维则源于母亲,我在性格方面吸收了他俩的优点。现在有时候,我在家炒几个菜,给父亲倒上二两白酒,爷俩对饮几杯,推心置腹,无话不谈,多年父子成兄弟,这种父子关系,非常温暖舒适。

近几年,我有了女儿,因母亲身体不好,父亲便来京帮我带孩子。这几十年来,家里的吃喝拉撒都是母亲一手照管,家务活父亲从来没干过,我小的时候,父亲也很少有时间照看我,所以他初来北京时,我很担心,怕他不会照顾孩子。但令我感到惊喜的是,他的适应能力特别强,不但学会了做饭,炒的菜还很香;小孩天冷加衣、天热减衣,他都能掌握规律;孩子感冒发烧,几点吃哪种药,几点大小便,他都在本子上记得一清二楚,成了照顾小孩的行家里手。看我和妻子工作忙,他又承担起了给孙女洗衣服的任务。他把孙女照顾得如此细致入微,是我没有想到的,现在女儿和爷爷特别亲,玩得最好的就是爷爷。父亲自己也对我说,真是隔辈亲,说我小时候他从来没这么管过我,话里既有对我的歉疚,也有能胜任照顾孙女的任务的自豪。

父亲不但承担了照顾孙女的任务,孙女上幼儿园后,他还承担了更多的家务,平常负责到超市采购蔬菜水果,在家里打扫卫生。我如果第二天一早要出差,他夜里就睡不踏实,怕我听不见闹钟起晚了,耽误了航班,一直等到我起床了他才放心。平常我写了文章就拿回家,请他帮我校对有没有错别字,他除了挑错别字,有时候还会对文章内容进行适当修改,改的都很有道理,我不得不佩服他有点大材小用了。如今,父亲成了我生活和写作上的得力助手,让我倍感欣慰。

对于晚年来京生活,父亲很满意。周末的时候,我有时带他去公园转转,有时去大剧院看演出,有时去美术馆看展览,有时在院子里烤羊肉、喝啤酒,他都很兴奋。他在努力适应城市里的生活方式,幸好这个过程并不难,父亲也乐在其中。

他们这一代人,是由乡下到城里过度的一代;他们之前的先人,世代在黄土地里求生计;他们之后的年轻人,纷纷涌向繁华的都市。北京,对于老家人来说,是个令人向往的遥远的梦。当我带他站在天安门广场的时候,他觉得祖祖辈辈多少代人,都在那一亩三分地上耕耘,没有走出过县城,如今跟着儿子来到了首都,孙女成了北京人,是家族的荣耀,也是他个体生命的一次升华。

# 母 亲

母亲生于1957年，在家中排行第二，上有一个兄长，下有两个弟弟和一个妹妹。母亲出生后不久，姥爷即被错划为右派，到偏远农场参加劳动，从此整个家庭在村中备受打压，又因家庭成分是地主，母亲和舅舅经常被同龄人嘲笑是"地主羔子"，出门总觉得抬不起头来。母亲就是在这样的环境中度过了自己的童年和少年时代。

眼看到了入学的年龄，母亲盼着能和其他孩子一样走进学堂，但结果是她一天学堂也没有进，只能在家帮姥娘操持家务，照顾弟弟妹妹；年龄稍大些就到村里的砖瓦窑上工，到生产队干活挣工分，女人当男人用。母亲每提及此事，经常讲到一个细节：她背着小姨出去割草，在学校外面听见老师带着学生朗读课文，她就会偷偷地听，非常羡慕那些能上学的孩子，让人听了心酸。据母亲讲，她没上学有两个原因：一是家里穷，姥爷当时是乡村民办教师，工资有限，家里人口多，生活十分艰难，没钱供所有孩子读书；二是家里有重男轻女的观念，认为女孩子读书无用，尤其是母亲作为大姐，理应在家帮父母带弟弟妹妹，而不是去学校念书。从此，母亲就与文化知识绝缘，这是她一生的憾事，在日后的生活中她因为不识字遇到过很多困难，至今每每提及，依然无法释怀。

母亲的童年，是在又苦又累的日子里度过的。

为了挣工分，她要去给生产队里的牛割草，村周围地里的草已经被割光了，所以要到很远的野地里去割。有一次，母亲到七八里外的野地割了很多草，分量很重，可以折算好几个工分。母亲很高兴，可是在回家的路上，突然下起了倾盆大雨。母亲全身都淋透了，但又不能把草扔下自己跑回家，那样就挣不到工分了。她冒着风雨一路把这些草背回家，累得喘不动气，就像死过去一般，当时她才是十几岁的孩子。

那时候家里粮食不够吃，大人小孩都到别的村子去挖地瓜根，也就是人家种了红薯，收获了之后，母亲她们再去把人家的红薯地刨第二遍，看看有没有遗漏的，再拿回家当口粮。有时候能挖到一些，有时候也挖不到。有一次，母亲和几个姐妹一起去邻村刨地瓜根，被人家村里的人看到，堵在了那里，要扣下她们的镢。镢是重要的劳动工具，一旦被扣下了，再买一把要花不少钱。母亲她们一起哭着恳求，说以后再也不来了，后来那人看着这群女孩还都是孩子，饿得面黄肌瘦，终于心软了，把镢还给了她们，但刨出来的仅有的一点地瓜却被扣下了。

姥娘家里养了几只鸡，下的蛋自家人不舍得吃，都攒下来卖掉。有一回，姥娘攒了二十多个鸡蛋，一大早就让母亲骑着自行车去十几里路之外的大集上卖。母亲到了集上,发现路上碰碎了两个,伤心地哭起来:这要少卖一毛钱,姥娘又要责怪她了。

母亲二十八岁那年和父亲结的婚。他们去领结婚证的时候,父亲身上带了一点钱,计划给母亲买件新衣裳穿。母亲说,还是别买了,钱省着点花,以后过日子到处都需要钱,于是他们什么结婚礼物都没买,只是中午在集市上买了两个烧饼吃。

父母结婚以后,因为父亲在别的乡镇工作,所以家里的活和地里的活都由母亲承担了下来,无论是院子里的鸡鸭猪狗,还是田里的春种秋收,母亲都打理得井井有条,把小日子过得红红火火。听父亲说,母亲生我那天,还挺着大肚子和他一起在地里干活,有位邻居大娘看见了,把他批评了一顿,说你媳妇肚子都这么大了,不一定啥时候就生,快点回家吧。果然,到了下午,母亲就觉得肚子疼了,这时候才从地里赶回家。傍晚时分,请了邻村北王善的接生婆来,等到很晚,还没有动静,接生婆就走了。凌晨的时候,母亲又开始肚子疼,于是父亲用独轮车推着她到了镇上的医院,当夜就生下了我。

母亲因为没有上过学,所以更懂得文化知识的重要性,也就把更多的希望寄托在了我身上,希望我能好好读书,做一个有主见、明事理、对社会有用的人,不要让她的遗憾在我身上重演。我从小到大,在吃穿用上,母亲从来没有让我受过委屈,尤其是在学业上的投入,母亲都很大气。现在回忆起来,我人生最关键的几步路,最重要的时间节点,不识字的母亲,却用她那朴素的人生道理和有限的人生经验,给我带来了无尽的智慧与光芒。

十一岁那年,我正读五年级,有一次跟随母亲去赶口镇大集,在一个卖咸鱼的地摊前，母亲和鱼贩子讨价还价，希望价格能便宜些，斤两上能足一些，但那个摊贩态度很不好。母亲经过比较，觉得他家的咸鱼质量还是不错的，最后买了两条。我蹲在一旁，对摊贩盛气凌人的样子很反感，于是趁他不注意，私下里拿了一条小咸鱼放进包里。回家以后，我兴奋地对母亲讲，那个卖鱼的太坏了，我偷偷拿了一条，咱们赚了，然后静等着母亲的赞扬。母亲看到第三条鱼后很惊讶，继而脸一沉，对我劈头盖脸一顿训斥。她说买东西讨价还价是正常的，摆在明面上，大家都可以接受，可你这样暗地里偷拿别人的东西就是大错特错，以后坚决不能这样。之后她把那条鱼给人家送了回去，还替我向人家道歉。此事虽小，但回忆起来却有非凡的意义。试想当年母亲的态度若不是批评而是表扬，或者仅仅是默许，那对我以后的人生发展也有极大的坏处，母亲及时纠正了我的错误，给我上了一堂光明磊落、诚信做人的课。

十八岁那年，我参加高考，成绩不理想，离本科分数线还差几分。我心情很差，焦躁不安，看着许多同学都填报了志愿，我也按捺不住了，想上专科院校，不愿意再过一次炼狱般的高三岁月。在这个问题上，母亲与我产生了严重分歧。她虽然没文化，但曾听别人讲过，第一学历是专科的话就业比较困难，所以她觉得，宁可让我再复读一年，再受一年苦，也比毕业时走投无路要强，故而坚持让我无论如何也要考上本科。但她知道我本来心情就差，如果硬逼着我去复读，可能适得其反，更会触发我的叛逆情绪，甚至我会做出意想不到的傻事来。无奈之下，她想了许多办法，让我的班主任开导我，让亲朋好友劝说我，让同学鼓励我。半个多月后,我的心态平和了许多,最终答应了母亲的要求,去高中复读。这一年虽然很苦很累,也承受着巨大的精神压力,但上苍不负苦心人,在母亲的悉心照料下,通过自己的努力,我如愿以偿地考上了一所重点本科院校。四年后我大学毕业时,才发现母亲当年的明智和前瞻,许多当年放弃复读上了专科的同学,在就业时面临重重壁垒,有些岗位连报考资格都没有,后悔晚矣。在我意气用事的年龄,母亲没有让我放任自流,也没有针锋相对地强行干预,而是采取迂回战术、恩威并用,旁敲侧击地解决了问题,这是母亲的智慧和伟大之处。

二十五岁那年,我已在青岛日报社工作两年,觉得周围的环境不太适合自己,所以想考研究生继续深造,再给自己一次选择命运的机会。有些亲友听说我的想法后,表示强烈反对,认为我当前的工作已经不错了,何必再去冒险?况且研究生毕业后,也未必能找到一份更好的工作,有可能还不如目前这份工作。我正在犹豫的时候,母亲表态了,她非常支持我的决定。她也知道我考取报社这份工作不容易,但是她相信一个简单的道理:书读得越多,知识越丰富,文凭越高,在社会上越容易立足,怎么可能还会倒退呢?所以她一直鼓励我向前冲,说我还年轻,不要瞻前顾后,虽然她也不知道前方是鲜花还是荆棘。后来我考上研究生,毕业的时候,同时考取了好几个别人羡慕的岗位,证明我和母亲的决定是正确的。

二十八岁那年,我通过公务员考试,到党政机关工作,这对于一个普通的农家子弟,犹如鲤鱼跃龙门。正当亲朋好友们都沉浸在喜悦之中时,母亲却与我进行了一次长谈。她告诉我今天有这样的机会不容易，这是因为社会越来越公平了，走上公务员岗位后要多为国家做事，多为百姓做事，平常少喝酒，注意身体，尤其要不贪不沾，做个清正廉洁的好干部。母亲在关键时刻给我打了一剂预防针，我不得不再一次佩服她的远见卓识。

夜深人静的时候，我会想起母亲对我说的一些话。她是地地道道的农民，连自己的名字也不会写，但是她对我的言传身教，有时候比学富五车的老师还重要。在她的思维里，最重要的就是多读书，走正道。她给我的教诲，使我一次又一次修正了自己的人生道路，不至于走到偏斜或错误的路途中。和母亲一样的广大农村女性，她们一辈子忍辱负重，为自己的家庭默默地付出，尽着相夫教子的责任，用柔弱的臂膀，撑起了大半边天。

我到北京安家以后，母亲曾来帮我带过一段时间孩子。她对孙女，和对小时候的我一样，精心呵护，关怀备至。但她对城市生活却非常不适应，觉得楼房狭小、交通拥挤、物价太高，觉得呼吸城里的空气也不如乡下的舒服，这是许多农村老人进城后的普遍感受。

2019年夏天，母亲因为甲状腺结节回济南做了手术，又切除了胃息肉，身体一度比较虚弱。我回去看她，觉得她消瘦了一些，白发也多了。在我心里，总觉得母亲年龄还不大，因为她一直那么能干，那么有活力，从来没说过累；但仔细想想，她毕竟也是六十多岁的人了，到了身体出毛病的年纪。做子女的，应该更多地关心父母的身体健康，丝毫不能忽视。我只有好好工作，好好孝敬他们，才能报答父母的养育之恩。只要母亲在，我的人生之路就会走得更加正确，更加自信。

·第十章·

# 乡关何处

{ 鲁中平原上那个炊烟袅袅的小村庄,那里的山与水,那里的花与树,那里的月与星,那里的人与事,春荣秋枯,暮雪朝霜,融进了历史的尘埃里,也深深地镌刻在了我的心底。 }

十九岁之前,我一直生活在家乡莱芜,对这里的山水草木、风土人情十分熟悉,我最难忘的童年在这里度过,我最亲爱的人在这里生活,这些都深深地刻进了我的骨血、我的生命里。我对家乡,有言说不尽的深厚感情。

十九岁那年,我考上大学,离开家乡,从那时起,家乡就变成了故乡,我与故乡,就由天天腻在一起,变成了寒暑假才能相见。后来参加工作,尤其是到北京以后,故乡于我,就成了一年只能见一次或两次的老友,一次就是春节,两次就再加上国庆节,甚至有两年,因为女儿刚出生,老家冬天太冷,春节也没有回去。

因为与故乡在时间和空间上都产生了距离,所以给了我一种远距离观察和思考故乡的机会。苏轼在《题西林壁》中说:"不识庐山真面目,只缘身在此山中。"我与故乡也是如此,以前我在她怀里,喝着甘甜的乳汁,感受着她的温暖,但她长什么样子,性情如何,我是无法体会到的。随着年龄增大,随着离开故乡,我才有机会远距离看一看生我养我的故乡，到底是什么模样，近些年发生了哪些变化。

最明显的是乡村城镇化。我相信，在中国大地上，除了极其偏远的山区，大部分农村都在经历城镇化的过程。我所能感受到的变化主要是：村子周边的商铺越来越多了，有钱的村民开始盖楼了，工厂把村子里的河流污染了，年轻一代都到城里打工了，许多土地都没人种了。以前老槐树下，总是坐着一群乘凉的婶子大娘，如今夏天走在村里的街道上，很难遇见人了。每年都有一些老人去世，和我父母同龄的一些人，许多到城里带孙子孙女，再年轻一些的，都在外面闯世界，村子逐渐空心化，许多老房子多年没人住，已经坍塌了，杂草丛生。以前读贺知章的《回乡偶书》："少小离家老大回，乡音无改鬓毛衰。儿童相见不相识，笑问客从何处来。"那时候没有多深的体会，如今再读，不禁悲从中来。我现在虽还没到"老大"的年纪，但两鬓也已生出了白发，村里的儿童也不认识我了；因多年未见，有些相识的老人也忘了我的模样。一个"客"字，写出了多少离乡之人的悲凉与无奈。听说市里的旧村改造计划，已经把我家所在的村子列入拆迁范围，不久之后，这片房屋将被夷为平地，继而在不远的地方盖起几栋高楼，与其他村子合并为社区，"西王善"这个几百年的村庄，也将随之湮没在历史尘埃中。

另外，是道德的滑坡。在有些城里人看来，农村是世外桃源，日出而作，日落而息，青山绿水相伴，鸡犬之声相闻，没有钩心斗角、人事纷争。当然，这是农村的一面，但如果认为这就是农村的全貌，认为以前的农村和现在的农村都是这样，那就过于理想化了。记得小时候，人与人之间关系很简单，街坊邻里都互相帮助，大人有事，就把孩子放在邻居家里，让他们帮忙照看。谁家有红白事，大家都积极参与，没有人要情分。谁家有个稀罕物，也都懂得和邻居们分享。碰上农忙时节，家里壮劳力多的，就会给人手少的人家搭把手。那时候生活节奏慢，贫富差距小，人们也没有攀比心，不自私，见面笑脸是真诚的，问候是走心的，大部分人比较朴实厚道，大家都遵守着基本的道德礼数。那种暖暖的氛围，深深地影响着我，让我在幼小的时候便知道，人与人之间应该充满善和爱，应该相互扶持、抱团取暖，感受这个世界的美好。但这些年，农村的变化很大，我屡屡听到一些恶性事件，让我对农村和农民有了新的认识。有的儿子儿媳不孝顺，和公婆打架，老人含恨自尽了。有的两家人因为一点矛盾，一家人就用炸药把另一家人炸死了。有的无业青年为了偷点钢筋卖钱，就把建筑工地看门的老人杀死了。有的人打着高息存款的名义，骗来亲朋好友的血汗钱跑路了。有的亲兄弟姐妹，为了争夺老人那一两万元的遗产，反目成仇，撕破脸皮不相往来了。有的人家有钱有势，村民便趋之若鹜，大事小事都去凑热闹；有的人家家境贫寒，便被人看不起，家中遇到大事也无人帮衬，冷冷清清，门可罗雀。有人听说修高速公路要占地，为了多获得经济补偿，一夜之间就临时盖起两间简易房，在地里栽上几十棵树苗。这种道德滑坡，使我在心理上与故乡拉开了距离，开始重新审视人性的贪婪与丑陋。大家都在向"钱"看，都在为自己活。只要有利于自己，哪怕损害别人的利益也在所不惜；只要能占到便宜，便毫无规则可言。那种简单朴素的关系，守望相助的温情，诚实守信的理念，再也回不去了。

前面说的两点，是我对故乡的一种整体感受，这种变化具有典型性，可以说是中国农村的缩影。另外还有两点，对于我和故乡的关系，影响是更为直接的。

一个是亲人的逐渐离去。从 2009 年开始，因为疾病或其他原因，我的多位亲人去世了，先是小姑，之后是爷爷、姥爷、叔叔。每次有至亲去世，都像在我的心头剜了一块肉，觉得生疼。这是无法愈合的疼痛，但在无情的岁月面前，再怎么努力，也留不住他们。如今奶奶已经八十三岁，姥娘九十岁了，都已是风烛残年，需要人照顾了。想念一座城市，主要是想念这座城市里的人，以及在这里发生的故事；如果自己最牵挂的人不在了，那这座城市，在心里的分量自然就有了变化。难以想象，到奶奶和姥娘百年之后，我还有多大的动力回故乡。如果亲人都不在了，回故乡就会变得非常茫然，不知道去看谁，不知道到哪里去，活生生的故乡就会变成一个概念，一个符号，一个留在记忆深处的前尘旧梦，无法延续。我希望这个时间来得慢一点，再慢一点，只要还有亲人能攥着我的手说说话，故乡于我，就是温暖的、亲切的、值得思念的，就一定要回去。

另一个是我的能力与家乡父老的期待无法匹配的苦衷。我深知，我的成长，除了自己的努力，也离不开家乡的哺育和亲友的支持。当我考上大学的时候，考上研究生的时候，到北京工作的时候，乡亲们都为我感到高兴，觉得小村子里出了个人才。近几年，事情有了一些变化，有些亲友在生活中遇到了困难，会向我求助。他们对我有一定的心理期待，对此我特别理解：老百姓最弱势，办事最难，不遇到难处不会开口。他们觉得我在机关工作，人脉多一些，路子广一点，向我求助也是正常的；在我力所能及的范围内，我肯定也会尽力帮忙。但是，个人能力毕竟是有限的，他们的诉求却是多种多样的。有的生活中面临实际困难，合乎情理；有的明显超出我的能力范围，不切实际，难以理喻。有个在中央机关工作多年的领导跟我讲："老百姓最痛恨官员以权谋私，但那是因为官员不是自家亲戚。老百姓都有两面性，一旦自家亲戚是官员，就想跟着沾光，就想让他以权谋私；如果不以权谋私，不照顾亲友，反而要被骂没良心了，这是个滑稽的悖论。没有能力的时候，他们会无视你；有一定能力的时候，他们会对你有所期待。满足了期待，他们觉得是理所应当；一旦没有满足，你的人品就会受到质疑，先说你无情无义、不给老家人办事，后说你徒有虚名、啥本事没有，让人很无奈，百口莫辩。"这位领导快六十岁了，这是他基于亲身经历说出的肺腑之言。我发现，在急功近利的生活法则下，想与故乡保持一种清爽舒适、散淡自然的关系，很难。

　　人在年轻的时候，故乡是个地理概念；随着年龄增大，阅历增多，故乡会逐渐转变为一种精神和观念的存在。"此心安处是吾乡"，每个人都可以在心里建造一个自己认可的故乡，一个属于自己的精神场域，在这里丰富和完善自己，自由而有尊严地活着。

　　日久他乡即故乡。这些年在北京，我已经适应了大城市的节奏，也爱上了这里的生活，虽然也有很多不尽如人意的地方，比如高房价、工作压力大、堵车、看病难，但这些外在的困难，我觉得都能想办法克服，我看重的是精神层面的舒适感。在北京生活的优势，是一种精神上的愉悦和富足。对我的生命而言，这是不可或缺的,主要体现在三个方面:其一,市民整体素质相对较高,讲规则、讲文明,有契约精神,不会为鸡毛蒜皮的事情与人发生口角,人们活得比较独立,比较大气;其二,事业发展相对公平,只要有能力,总有施展才华的舞台,大家都是凭本事吃饭,不怕因为没有关系而遭受排挤打压;其三,文化氛围非常浓郁,无论是图书馆、博物馆、展览馆,还是剧场、电影院、书店,应有尽有,只要有时间,总能享受文化盛宴,让自己的精神世界变得丰富多彩。以上这三点,是大城市所共有的特征,也是乡村相对缺乏的,这是一种深层次的心理认同。

但是,无论何时何地,我都会记得我的故乡,鲁中平原上那个炊烟袅袅的小村庄。那里是我的根,是我人生开始的地方;那里的星空和大地,河流与远山,使我与大自然有了无限的亲近;我生命的底色,我所看重的正直、善良、勤奋,都是故乡的赐予。随着年龄的增大,我越来越庆幸自己生在农村,是农民的儿子。我在农村生活过,后来又到了城市,既能过穷日子,也能过富日子;既见过百姓生活的艰辛,也见过高官富贾的安逸,这种人生体验是相对完整的,这样才能了解真实全面的中国。相反,如果从小就生活在城市,可能再到农村体验生活的机会就很少了,就不会和土地、和农民建立起实质性的亲密关系,就缺少了了解这个国家、这个民族最重要的一个视角。感谢故乡,让我的生命体验更加完整、更加深刻。

我回望故乡的精神之旅,就这样幸福又惆怅地结束了。那里的山与水,那里的花与树,那里的月与星,那里的人与事,春荣秋枯,暮雪朝霜,融进了历史的尘埃里,也深深地镌刻在我的心底。

# 手写故乡的人

齐鲁大地有个西王善村,1985年秋天,有个男孩出生在一户姓吕的人家,他是吕氏二十二世传人。这个男孩家族的祖辈,无论是爷爷还是姥爷,都是饱读诗书之人,奶奶和姥娘虽然文化不高,但她们具有中国妇女传统的美德,善良、隐忍、勤劳。他的父母平平凡凡,但识大体、懂感恩。可以说,这个男孩出生在好土壤中,这个土壤既包含了自然的土壤,也包含了来自家庭和社会的人文土壤。爷爷给他取名"吕震",但父亲为他报户口时,派出所的户籍警为图方便,随手写成"吕振"。在我看来,舍"震"取"振",也是命运对他的一次温柔眷顾:"震"阵仗太大,而"振"内敛得多。拥有这样的"振",既低调,又昂扬向上,实在得感激那位懒得写繁复笔画"震"的户籍警。

吕振在西王善村度过了难忘的童年和少年时光,之后随父母进城,和这个年代出生的孩子一样,受到良好教育,虽然初次高考失利,但复读一年后,考上了青岛大学,毕业后做了编辑,又考取山东大学研究生,再之后考上公务员,进京成了国家某机关的一名公职人员。可以说,以吕振目前的年龄,他从一个小小的西王善村起步,得天地厚爱,靠着个人努力,一路走到今天,也是赶上了一个好时代。因为不是所有的时代,都能人尽其才的。

吕振爱好文学,自上学起就对数理化不感兴趣,偏爱语文,很早就在校刊发表作品,文学是他生命的灯。就像他在作品中写的那样,元宵节时,姥娘会用胡萝卜削一盏别致的灯,插上灯捻,注入豆油或花生油,让胡萝卜灯照亮简朴温馨的家。家人领受它的光明后,胡萝卜又会被炒了吃掉。有谁吃过"灯"呢,西王善村长大的这个孩子,就有这个福气。而从土壤中长出的"灯",给了吕振生长的力气,也给了他审美的智慧。所以尽管来到大都市,他对故乡还是心心念念,在工作之余,勤奋笔耕,拾取那片土地的文学珍珠,以虔诚的手写方式,在悠长的回忆中,一笔一画,写就这本《望乡书》。

《望乡书》的作者署名是"雪野",这是吕振为自己起的笔名,虽说在他的故乡,雪在冬天是精灵,难得一现,但正是这惊鸿之美,摄人心魄,令他有找到写作精魂的感觉。

我与吕振并不熟,只在北京关于文艺工作的两次座谈会上匆匆见过。几年前他因公来哈尔滨出差,因为同行者中有我故乡的一位老友,老友说吕振比较喜欢我的作品,希望能见一面,结果我去宾馆看望他们时,吕振刚好出去了,错过了交流机会。这次他寄来《望乡书》的手稿,希望我能为他的新书作序,令我诚惶诚恐。因为我给自己立了个规矩,除了工作原因,不做任何形式的序言,主要是我能力和精力实在有限。但当我花了三个晚上拜读完这部散文集后,为他朴实的文字所打动,心有所触,愿意为雪野的文字写点什么,就算对这本书粗浅的读后感吧。

也许因为我的祖辈也来自齐鲁之地,所以我读《望乡书》时,有一种亲近感,因为很多风俗是相近的。比如他对红白喜事的描绘,对祭灶的描写等等。而且雪野的语言朴实,不乏诗意,有着他这个年龄段的人难得的一份稳健和赤诚,所以是在听一个人真真切切地讲故事,很容易走进文本。

《望乡书》共十章,每一章都有个主题,但无论主题如何细化,雪野笔到之处,无论是故乡的人,动物植物,还是风物,都脱不开一个"情"字。他的散文不干瘪,洋溢着动人的泥土芳香,有赖于他的情感浓度。他很自然地贴近了五味杂陈的生活,既拾取那天籁般的美好,也不回避它的落后和愚昧的一面。看到他捉鱼捉出了蟾蜍的描写,谁能不会心一笑呢!至于偷杏子和西瓜,放野火,捉知了,吃蚂蚱,挖荠菜,点燃玉米秆"照庭",做游戏等洋溢着乡间浪漫情调的童年往事回忆,更像一杯杯醇酒,醉人心脾。但在《望乡书》中,我们也能看到偷情的人,看到投井的妇女和自尽的姥爷,这背后也有着生活裂隙处,那难言的绝望和孤独。作者对哑巴等弱势群体的描写,也投入了深深的同情。而当我读到他写的一个要饭的死亡细节时,更是深为震撼——路边的水沟里,躺着一个人,穿着破衣烂衫,头发凌乱,胡子很长,一动不动。我们走近一看,他嘴角还叼着一截很短的灭了的烟头,其中一个胆大的孩子拿起一块石头,向那人砸去,那人还是一动不动,但嘴角的烟头却被打落在地上。这样的描写,若非亲历,难以虚构。那截掉落的烟头,仿佛是坠向大地的叩问死亡的一个问号，触目惊心。

雪野的根在故土，所以他比在城市长大的"80后"青年，多了一份天然的广阔和必然的沉重，这是他生命和事业的两翼吧。一个人缺乏自然的熏陶，容易流俗；而一个人自幼年起就目睹生之艰难和死亡，在经历坎坷和挫折时，肩膀会自觉承担起重负。故乡是雪野最大的恩人，所以多年之后，他也回馈故土，把他的部分藏书捐赠给母校。

读《望乡书》，我知道雪野喜欢读韩少功、梁鸿、刘亮程等描写乡土的作品，他们也是我极为欣赏的同行。除了刘亮程，其实新疆还有位女作家李娟，她是当代散文天空的夜莺，不可多得的好作家。如果说雪野的散文还有缺憾的话，那么比之这些成就卓著的前辈作家，他笔下的乡土，虽然经过了文学的"反刍"，但还不够精深，个别章节枝蔓繁复，裁剪不当。我想随着阅历的增长，这些问题都可以得到解决。毕竟他给我们奉上了一部心血之作，没有哗众取宠，踏踏实实走着自己的路。

一个手写故乡的人，他在对亲人尽孝的同时，其实也是用笔，对哺育了自己的故土"尽孝"。这样的"孝心"，永远是美德。

迟子建

2020年5月3日

图书在版编目（CIP）数据

望乡书 / 雪野著 . —济南：山东文艺出版社，2021.3
ISBN 978-7-5329-6340-9

Ⅰ . ①望… Ⅱ . ①雪… Ⅲ . ①散文集—中国—当代
Ⅳ . ① I267

中国版本图书馆 CIP 数据核字（2021）第 043156 号

## 望乡书

雪野　著

| | |
|---|---|
| 主管单位 | 山东出版传媒股份有限公司 |
| 出版发行 | 山东文艺出版社 |
| 社　　址 | 山东省济南市英雄山路 189 号 |
| 邮　　编 | 250002 |
| 网　　址 | www.sdwypress.com |
| 读者服务 | 0531-82098776（总编室） |
| | 0531-82098775（市场营销部） |
| 电子邮箱 | sdwy@sdpress.com.cn |
| 印　　刷 | 山东新华印务有限公司 |
| 开　　本 | 880 毫米 ×1230 毫米　1/32 |
| 印　　张 | 10.5　插页 /2 |
| 字　　数 | 240 千 |
| 版　　次 | 2021 年 3 月第 1 版 |
| 印　　次 | 2021 年 3 月第 1 次印刷 |
| 书　　号 | ISBN 978-7-5329-6340-9 |
| 定　　价 | 48.00 元 |

版权专有，侵权必究。如有图书质量问题，请与出版社联系调换。